快乐读中外文学故事
KUAILEDUZHONGWAIWENXUEGUSHI

快乐读中外文学故事

文学故事

汉雄魂——豪情歌大风

范中华 ◎ 编著

湖南人民出版社

图书在版编目（CIP）数据

秦汉雄魂：豪情歌大风：秦汉文学故事 / 范中华编著 . —长沙：湖南人民出版社，2013.1（2024.09 重印）

（快乐读中外文学故事）

ISBN 978-7-5438-8640-7

Ⅰ.①秦… Ⅱ.①范… Ⅲ.①故事—作品集—中国—当代 Ⅳ.① I247.8

中国版本图书馆 CIP 数据核字（2012）第 186802 号

快乐读中外文学故事：秦汉雄魂——豪情歌大风（秦汉文学故事）

编 著 者　范中华

责任编辑　骆荣顺

装帧设计　君和设计

出版发行　湖南人民出版社［http://www.hnppp.com］

地　　址　长沙市营盘东路3号

邮　　编　410005

经　　销　湖南省新华书店

印　　刷　永清县晔盛亚胶印有限公司

版　　次　2013 年 1 月第 1 版

　　　　　2024 年 9 月第 4 次印刷

开　　本　710×1000 1/16

印　　张　15

字　　数　250千字

书　　号　ISBN 978-7-5438-8640-7

定　　价　25.00元

营销电话：0731-82683348　　（如发现印装质量问题请与出版社调换）

目 录

秦代文学家李斯的悲情故事
qín dài wén xué jiā lǐ sī de bēi qíng gù shì

李斯画像

秦代的统一，结束了二百年来七国纷争的局面。为了适应统一帝国的需要，秦王朝在政治、经济和文化上，采取了一系列改革的措施。统一了文字，为文化学术的发展创造了有利条件。但是，秦王朝为了消灭一切反秦意识，实行了史无前例的"焚书坑儒"，使中华文化遭受了历史上空前的劫难，许多先秦宝贵典籍从此湮没失传。在以"挟书者族"为法律的秦代，文学几乎没有什么成就。可以作为文学作品来提及的，只是几篇政论文和几则铭文，其作家则仅有一个丞相李斯。因此，鲁迅先生在《汉文学史纲要》中指出："由现存者而言，秦之文章，李斯一人而已。"

李斯（？—公元前208年），战国时楚国上蔡（今河南上蔡县西南）人。他出身卑微，早年生活穷困。他不满自己社会地位的低下，对富贵者常怀钦慕之情。李斯年轻的时候，曾做过管理文书的"郡小吏"。他看见办公处厕所里的老鼠，贼头贼脑地吃点脏东西，每当有人或狗走近的时候，总是吓得逃之夭夭。而进入粮仓时他看到仓里的老鼠，无忧无虑地吃着仓里储存的粮食，个个肠肥脑满，在宽敞的大屋子里不遭风雨侵扰，又不受他物的惊吓。由此他联想不同的人生，而深有感触地说：人们贫贱与富贵的悬殊，就如同这"厕中鼠"与"仓中鼠"的区别一样，一个人要想有出息，就要像"仓中鼠"那样为自己寻找一个优越的环境和有利的条件。

　　为了这一人生追求，李斯千里迢迢诚拜荀况为师，跟他潜心学习"帝王之术"。学业完成后，适逢楚国贵族专权，政治黑暗，英雄无用武之地。李斯考虑到六国皆弱，不足依赖，就辞别老师，前往秦国，想趁秦统一天下、创帝王业之机，来施展自己的才华，赢得应有的功名。

　　公元前247年，李斯到达秦国。正逢秦庄襄王病死，秦王政即位。为能接近秦王，李斯暂时做了当时秦国丞相文信侯吕不韦的家臣。后得吕不韦赏识，被提升为郎（国君的侍卫）。李斯因此得到了游说秦王的机会。他借职务之便，寻机陈述政见，力劝秦王趁国势强大、诸侯臣服之时，吞并诸侯成就帝业，实现天下统一。如不尽早行动，一旦诸侯强大起来，或联合起来抗秦，就失去了良机。秦王听后颇受震动，决心不失时机地灭掉诸侯，统一天下，于是任命李斯为长史，参与议政。

　　李斯通观时局，知道诸侯各国因长期内战，内部矛盾重重，建议秦王暗地派人持金银珠宝去贿赂、说服各诸侯国的大臣，让他们事秦；不受贿赂又不肯事秦的，想方设法进行暗杀。以此来分化瓦解，造成混乱，削弱诸侯国实力，随后，再派良将率大军趁乱而入，各个击破。秦王言听计从，又拜李斯为客卿。

　　秦始皇统一中国后，李斯因辅佐君王有功，官升至丞相。秦王朝建立初期，百业待兴，秦始皇常常以国事征询李斯意见，李斯成了秦始皇的得力助手。他谋划实行君主专制的中央集权制，剥夺宗室大臣的特权，协助秦始皇制定了全国统一的法律、文字、度量衡等。李斯还亲自书写奏章、刻石文，像著名的《琅琊刻石》、《泰山刻石》、《会稽刻石》等都出自李斯的手笔，那是他随同秦始皇巡游山东、浙江等地时，刻在山石上的文字，因此也叫石刻文或刻石文，其内容多是歌颂秦始皇的功德。如《琅琊刻石》中宣扬：宇宙之内，都是皇帝的国土，西海流沙，南尽北户，东有东海，北过大厦（即晋阳、今山西太原西南），凡是有人的地方，都是皇帝的臣民。刻石铭文的形式模仿雅颂，都是四言韵句，多以三句为一韵，其语言"质而能壮"。铭文的篆书艺术也受到后人的推崇。元代郝经在《太平顶读秦碑》诗中盛誉李斯的刻石书法："拳如钗股直如箸，屈铁碾玉秀且奇。千年瘦劲盖飞动，回视诸家肥更痴。"李斯的奏章、刻石文多是应制之作，对秦始皇歌功颂德不遗余力，虽然文学价值不高，但文章多用对偶句，文辞修饰整齐，音节和谐流畅，对后世的骈俪文、散文赋的形成有一定影响。

秦始皇对李斯信任有加，不仅采用他的计谋方略，而且还将公主嫁给了他的儿子，让公子娶了他的女儿，与李斯结成了儿女亲家。李斯一时权倾朝野。李斯的长子李由做三川

赵高开启了一个宦官专权的时代，也创造了一个意指"颠倒是非"的成语："指鹿为马"。

郡（今河南西部，治所在今洛阳东北）守，有一次从任所回咸阳探亲，李斯便在家中大设酒宴，朝廷百官都去庆贺，门前的车马数以千计，盛极一时。李斯眼见此景，想到往昔穷困潦倒，感慨万千。他知道人生变幻无常，担心富贵不能长久，忧心忡忡地说："我听荀子说过，'事情最忌讳好过了头'，我本来是一个普通百姓，竟做了丞相，可以说富贵到了顶点！但是，物极必反，盛极则衰，我自己会落个什么结局呢？"李斯对自己前途茫然莫测的这种矛盾心理，使得他在社会地位"富贵已极"的时候，竭力追求保住自己既得的利益，至于国家的安危、人民的死活早置于脑后。

公元前210年，李斯随同秦始皇出巡到沙丘（今河北平乡东北）时，秦始皇突然病逝。同行的中车府令（掌管皇帝车马的官）兼符玺令（掌管皇帝印玺的官）赵高是个十足的野心家与阴谋家，他一面策动始皇第十八子胡亥趁机夺取帝位，一面劝诱李斯与之合谋。因为在当时的朝廷内部，李斯是最有力量来揭露赵高、粉碎阴谋的人。赵高十分清楚李斯的弱点，便用高官厚禄引诱他，说："如果你照我的话办，立胡亥为太子，你就会

永远封侯，否则就要祸及子孙。希望你早拿主意，转祸为福。"对李斯软硬兼施，威逼利诱。李斯明知此举有负皇恩，有背天理，有害国家，但为了保护自己既得的富贵功名，最终还是向赵高妥协，参与了"沙丘之变"。今保留下来的《论督责》一文，就是李斯为了个人全身避祸而给秦二世上的一份奏章。文章迎合秦二世的残暴和贪欲，为其维护统治而献计献策，是秦朝实施暴政的一份难得的自供状。语言阴鸷峭刻，与其内容相一致。

秦二世执政后，听从赵高之言，先是逼死了兄长扶苏，杀害了将军蒙恬，并清除一切能察觉他们篡夺皇位的人，对这些人进行血腥镇压，连坐者不计其数。就连秦始皇的十二个公子、公主也难以幸免，搞得宗室震怒，群臣人人自危，众叛亲离。随后，继续推行虐民政策，甚至比秦始皇有过之而无不及。秦二世昏庸无比，赵高助纣为虐，李斯曲意协从，在他们的统治下，上层贵族奢侈无度，老百姓劳役、赋税无边，阶级矛盾日益尖锐。全国像一堆干薪，只要有一颗火星便会燃成熊熊大火。终于，在秦二世执政还不到一年的时候，爆发了陈胜、吴广领导的农民起义。

李斯对动荡的时局深感不安。他曾多次进谏，都被秦二世拒绝，秦二世更把吴广攻打三川郡，李斯之子李由不能抵御的责任，归咎于李斯，并责备李斯身为丞相，为什么让起义军如此"猖狂"。赵高又趁机编造了许多李由勾结陈胜反叛的罪状，以此陷害李斯，并说："丞相在外边，权力比陛下还要大，他羽翼丰满，就可以杀君谋反了！"秦二世信以为真，立即把李斯逮捕入狱。

李斯非常气愤，又无法面见秦二世，便上书揭发赵高罪行。文中述说赵高弄权，陷害忠良，指出赵高才真正具有奸邪之心，叛逆之行，如不及时防范，赵高终会作乱。同时也陈述了自己追随秦始皇三十多年立下的功绩，表明自己忠心耿耿，决无反意。但李斯的上书，落到了赵高的手里，赵高骂道："囚犯哪能上书！"把李斯的上书扔到了一边。

李斯被赵高私下严刑拷打，百般折磨，他忍受不了如此的痛苦，只好"供认"了"谋反"的罪行。为了不使李斯翻供，赵高派人装成秦二世的使者，对李斯进行轮番审讯。李斯不知使者是假，便诉说真情，结果又是遭到一顿毒打。经过十余次这样的审讯，李斯被打得死去活来，哪里还敢说真话！等到秦二世真的派人去复审时，李斯不敢再申辩了，结果屈打成招，承认谋反，被判处死刑。

公元前208年初冬，北风呼啸，寒气逼人。刽子手们把李斯押赴刑场。李斯走出监狱的时候，仰天长叹，回头对一同被押解的二儿子说："我不该离开家乡来秦国谋这份富贵，现在我真想和你再牵着黄狗，一同出上蔡东门去追逐狡兔，还能办得到吗？"说罢，父子两人相对痛哭。随后，李斯在咸阳街头被处以腰斩，依照秦法，他的全家老小也全被杀害。

李斯虽然死得冤枉，令人痛惜。但是，他从布衣到丞相又到死囚的人生历程，也给后人留下了深刻的思考。李斯作为一名政治家，在中国历史上起到了推动历史进步的重要作用；作为一名文学家，对秦代文学有着特殊的贡献，他的作品几乎成了秦代文学的代名词；而他那为追求爵位俸禄而丧失气节、为保全私利而丧失尊严的人品，则是造成他人生悲剧的根本原因所在。

2. 秦代文学代表作：《谏逐客书》

qín dài wén xué dài biǎo zuò：jiàn zhú kè shū

李斯作品保留至今的有政论散文《谏逐客书》、《论督责》、《焚书奏》以及一些铭文。其中《谏逐客书》可称得上是秦代散文的上乘佳作。这是一篇富于文采、趋向骈偶化的政论散文。

秦王政初年，秦用韩国水工郑国筑渠，郑国计划沟通泾水与洛水间的大运河，以耗费秦国的人力、物力和财力，牵制秦国进攻韩国。工程未完，郑国的目的即被察觉。秦王政九年（公元前238年），秦国又发生了丞相吕不韦操纵下的嫪毐叛乱，而参加叛乱者及吕不韦的门客多为六国入秦的客卿。由于秦灭六国已是大势所趋，入秦效力的客卿逐渐增多，影响了秦国宗室贵族的利益，于是，秦国的宗室大臣们借机对秦王说："诸侯各国来侍奉秦国的人，大都不过是为他们的国君来秦国游说，挑拨离间罢

了！恳请大王把诸侯各国来的宾客们一律驱逐出境。"秦王果然下达了逐客令。李斯是楚国人，时为秦国的客卿，也在被逐之列，临走时，李斯愤然向秦王呈交了《谏逐客书》。文中这样说：

　　"我听说官吏们在商议驱逐客卿，我认为这是错误的！从前秦穆公寻求人才，西边从西戎得到了由余，东边从宛地得到了百里奚，从宋国迎来蹇叔，从晋国得到了丕豹、公孙支，这五个人都不是出生在秦国的，但是穆公依靠他们，兼并了二十个小国，才称霸西戎。孝公采用商鞅的新法，移风易俗，百姓因此而富足，国家因此而富强，百姓乐于为国家效力，诸侯国对秦国也亲近归服，先后打败了楚国、魏国的军队，攻占了千里的土地，至今安定强盛。惠王采用了张仪的计谋，攻下了三川的土地，西部并吞巴、蜀，北部收服上郡，南部攻取汉中，包围东夷各部，控制鄢、郢一带，向东占据成皋险关，取得了肥沃的土地，结果瓦解了六国的合纵联盟，使各国争着向西侍奉秦国，功业延续至今。昭王以范雎为丞相，罢免了穰侯魏冉，驱逐了华阳君华戎，加强了王室权力，堵塞了权贵的私门，好像蚕吃桑叶一样逐渐吞并诸侯，最终使秦国成就了帝业。这四位君主，事业有成，都凭借了客卿。由此看来，客卿有什么对不起秦国的呢？假使这四位君主拒绝客卿而不接纳他们，疏远贤士而不任用他们，那就会使国家没有雄厚的实力，而秦国也不会有强盛的威名了。

　　"如今陛下得到了昆仑山的美玉，隋侯的明珠，卞和的宝玉，悬挂明月珠，佩带太阿剑，骑着纤离马，树立翠凤旗，摆设灵鼍鼓。这些珍宝，一样都不是秦国产的，而陛下却喜欢它们，为什么呢？如果一定要是秦国产的然后才可以用，那么这种夜光明珠就不能用来装饰朝廷；犀角和象牙器物就不能成为玩物；郑国、卫国的美女就不能充满后宫；骏马也就不能充实于马厩；江南的金锡不能被使用；西蜀的丹青不能用做色彩。如果用来装饰后宫的珠宝、充满堂下的美女、悦人耳目的东西，一定要秦国出产的才可以使用，那么这些嵌着宛珠的簪子、镶着玑珠的耳环、东阿白绢做成的衣服、锦缎绣成的饰物就不能进献到您面前，而且打扮入时、优雅、姿容美好、身材窈窕的赵国女子就不能侍立在您身边了。击瓮、敲缶、弹筝、拍腿，呜呜地歌唱呼喊来娱人耳目，这是地道的秦国音乐，郑、卫之地的乐曲，舜时的韶虞，周时的武象，这些都是异国音乐。如今抛弃击瓮敲缶，而听郑国、卫国的音乐，取消弹筝而选取韶虞的古曲，这样做是为什么呢？为了眼前的快乐，适合观赏罢了。而现在用人就不是这样了，不问是否可以，不论是非曲直，不是秦国的人都得离去，做客卿的都要被驱逐。既然这样，那么您所看重的就是女色、音乐、珍珠、宝玉，您所轻视的就是人才了。这不是统一天下、征服诸侯的办法啊。驱逐客卿必然在客观上帮助敌国，这样做要想求得国家没有危险，是不可能的啊。"

　　《谏逐客书》一开头就开门见山地亮出逐客是错误的这一论点，使人马上引起震动，立即清楚本文的根本宗旨。接下来才有层次地论证、说明逐客为什么是错的，错在何处，错的程度。

　　作者善于学习战国纵横家的论辩方法，首先采取了比较有力的驳论方法——以大量确凿的史实来说明现实问题。他列举了四位秦国先王任用客卿而强国的历史事实，说明客卿有大功于秦，而秦国的先王接纳客卿也是英明之举。如果当年四位先王也同今日一样实行逐客，那么肯定不会有秦国今日国强民富的局面，但是秦国的先王并没有那样做，今日的逐客与先王的英明决策背道而驰，其错误的性质已是不言而喻了。

　　文章至此似乎意尽，作者却把笔锋一转，从回顾历史转到眼前的现实中来。眼前的现实是秦王要逐客，作者本来意在说明今日逐客是不对的，但他先避开这一正面交锋，而是先历数现在君王所赏玩的宝物、所喜欢的

宫女、所愿听的音乐等等，皆不产生于秦，那么"非秦不用"的论点便不攻自破，以子之矛攻子之盾，深刻有力。

文章先援引史实，然后取譬于现实；先以人事说理，然后再以物喻论事，层层推进，步步深入。最后又以用不用客卿两种结果作结，指出逐客是帮助敌对之国，使秦国内忧外困、危机四伏，把逐客的危害分析得十分透彻，不能不使秦王为自己的逐客错误而出一身冷汗。

此文所选用的论据，或人或物都很典型，极有说服力。叙述史实，辞约意丰，有高度的概括力。描写事物，形象生动，文采飞扬。行文多排比句，使用了反诘的语气，既有力又含蓄，有一股不可遏止的气势。全文章法整饬而富有变化，首尾呼应，条理清晰，确实是一篇好文章，不仅在秦汉，就是在整个中国古代，也算一篇难得的散文佳品。

秦王读后，为文章充足的理由、充沛的气势所打动，心悦诚服，当即收回逐客的成命，恢复了李斯的官职，从此，李斯成了秦王最信赖的人。

3. 文化大劫难：焚书坑儒
wén huà dà jié nán：fén shū kēng rú

秦始皇统一中国后，雷厉风行地推行了一系列改革，促进了中国社会的飞速发展与中国封建中央集权制的建立。但秦始皇不体恤民情，以严刑酷法治理国家，不考虑老百姓休养生息，修长城，建骊山墓，盖阿房宫，苛税劳役，使天下百姓怨声载道。在文化界，又搞了一场"焚书坑儒"的惨案，使中国文化的发展受到莫大的摧残，给中国历史写下了最黑暗、最悲惨的一页，这是秦始皇暴政在文化方面的集中体现。

秦始皇在推行新政时，就有些文人引经据典地对新政评头论足。随着反对秦王朝暴政情绪在全国的高涨，文人们反对现行政体的意识也越来越强。秦始皇也意识到了这一点，很想把说三道四的人惩治一下，但一时不知如何下手才好。

公元前213年的一天，踌躇满志的秦始皇在咸阳宫中大摆宴席。宴会

壮观的秦始皇兵马俑，其巨大的规模、威武的场面和高
超的科学、艺术水平，让今人惊叹不已。

后，在李斯的建议下，秦始皇就在全国推行"焚书令"与挟书律，"焚书令"规定："非博士官所职，天下敢有藏《诗》、《书》、百家语者，悉诣守、尉杂烧之。有敢偶语《诗》、《书》弃市。以古非今者族。"此令出后，全国开始了大规模的焚书运动。秦都城咸阳收起的书堆积如山，熊熊烈火烧了几十天。有许多珍贵的书籍、史料都因这次焚书而永远地失传了。幸亏孔子的后代冒着杀头的危险，将一部分儒家经典藏入孔府的墙壁中，古籍总算保存了一部分，这部分古籍成了汉代古文经学派的理论依据，因而引发了长期的今古文经学之争。

秦始皇焚书本意是贯彻统一全国的思想，推行愚民统治。然而这闻所未闻的暴行，遭到了朝野上下的纷纷反对，曾经给秦始皇求神仙药的侯生和卢生，看到秦始皇为所欲为，连祖宗留下的典籍都敢毁掉，担心自己有一天事败身亡，也大骂起秦始皇来："秦始皇刚愎自用，以为自古以来，谁也比不上他，任意胡作非为。他还以刑杀来威胁天下人民。朝中有博士七十人，他也不好好待他们。这样的人，谁愿意为他求仙药，让他早早去死吧！"两人大骂完秦始皇后就逃走了。

有人把这事报告了秦始皇，秦始皇大怒说："这还了得！徐福花了我那么多钱，没有给我找回一点长生不老药，无影无踪了。侯生、卢生，我给了他们许多赏赐，没有找回药，还要诽谤我。"他即刻下令：追杀卢生和侯生，查出参与诽谤朝廷的儒生。

御史大夫按秦始皇的旨意传讯儒生，最后，460 个儒生被认为是不满朝廷的人。按照秦始皇的旨意，这些儒生在咸阳被挖坑活埋了。

秦始皇"焚书坑儒"后，人们更加痛恨他，连他的一些大臣也和他离心离德，他真正成了孤家寡人。他的长子扶苏也对他说："天下初定，远方黔首未集，诸生皆诵法孔子，今上皆重法绳之，臣恐天下不安。唯上察之。"秦始皇根本不听这些话，他索性把扶苏打发到远离都城的上郡（今榆林东南部）去了。

"焚书坑儒"是秦始皇统一全国后实行残酷统治的一个重要组成部分。这位"千古一帝"统一全国后，为了防止各地反秦，"收天下兵，聚之咸阳，为巩固统一封建国家采取了有力的措施。而这些，他觉得还不足以稳固自己的皇帝宝座，他在意识形态领域上也采取暴烈的行动，以残酷的烧杀政策，来达到他企图消灭一切反秦意识的目的。这就是他"焚书坑儒"的实质。

"焚书坑儒"的结果适得其反，从此后秦始皇人心尽失，反抗暴秦的意识更加深入人心。"焚书坑儒"也确实是中国文化的一场大劫难，不仅使古代大量文献、特别是春秋战国时的大量文史著作失传，也使得秦代文人噤若寒蝉，不敢操翰，使秦代文学田园一派荒芜，造成秦代几乎无作家、几乎无作品的悲惨局面。"焚书坑儒"不仅是秦代文学乃至秦代文化的灾难，也是中国文学乃至中国文化的灾难。

4. 屠门高愤然奏琴讽秦王
tú mén gāo fèn rán zòu qín fěng qín wáng

秦代诗歌的园地一派荒芜，只点缀着几朵惨淡的"小花"。这稀有的几朵"小花"中，就有一首叫做《琴引》的诗歌，据传是秦时的艺人屠门高因不满秦始皇大兴宫殿、遍采天下美女而作的。

秦始皇三十五年（公元前212年），秦始皇对已有的宫殿还不满足。他嫌这些宫殿小，还要营造一所更大的帝王之宫。宫殿地址选在渭南上林苑中，前殿取名叫阿房。据记载，仅这个前殿就"东西长五百步，南北五十丈"，殿上可坐上万人，殿前可树五丈高的大旗。周围架设阁道，从前殿直通终南山，并在终南山的山顶上建造宫阙。还造了复道，从阿房一直通过渭水，和咸阳的其他宫殿连接。

阿房宫遗址。富丽堂皇的宫殿已不见踪影，只有今人竖立的碑石能让人联想起那浩大的工程。

为了建造这座特大的宫殿和修骊山墓，秦始皇从全国各地征来民工70多万人。建这些宫殿需大量的木材，于是四川的几座大山被砍伐成了光山秃岭。

阿房宫建起来以后，秦始皇派人继续在各地征选美女以充后宫。他还派人在各地搜罗艺人，为他寻欢作乐效力。

有一次，秦始皇在阿房宫欣赏了美女的歌舞后，意犹未尽地说："朕要听琴，可有弹得好的?"

话音刚落，只见车府令赵高起身对秦始皇说："启奏陛下，咸阳城中

有一艺人叫屠门高，此人弹得好琴曲。"

秦始皇说："可召来弹与朕听。"

屠门高原来就是秦宫中备用的艺人，但他还从未进过阿房宫。他跟着朝廷的差人走进阿房，只见五步一座楼，十步一座阁，屋檐上雕龙绘凤，长廊曲折迷离，架设在空中的复道油彩斑斓，像道道彩虹。楼阁排列得像蜂房那样多，每所楼阁中都有成群结队的美艳女子。屠门高想起和自己相恋的一位丽人，一年前也被强征宫中，她被拉走时那凄楚的哭声，仿佛又在他的耳边响起……

屠门高随差人进了一所宫门，只见宫内美女云集，约有千人。秦始皇高居台上，几位美人正服侍他饮酒。

差人带屠门高给秦始皇跪拜完毕，赵高说："听说你琴曲奏得好，陛下要听你弹奏。"

屠门高坐在琴边，思绪万千。他想起了荆轲，他敬佩荆轲刺杀秦王的壮烈，但可惜他没有刀剑。他又想起了荆轲的好友高渐离，秦王把高渐离的两眼弄瞎后，又让其击筑。高渐离把铅块放在筑中，举筑击打秦王，秦王没有被击中，高渐离最后也被这位暴君活活整死。面前的这位暴君，现在为了自己一人的淫乐，把上千名妙龄少女禁锢在这里，吞噬着她们的青春。他的手上曾沾满了千万人的血，现在又充当着一个杀人不见血的魔鬼角色……想到这些，屠门高愤然地弹起琴来，琴声激越，充满了愤怒与仇恨。不一会儿，竟把琴弦弹断，琴柱折断。秦始皇命人给屠门高又换了一只琴，屠门高情绪激昂，一边弹，一边情不自禁地唱起了《琴引》之歌。

唱辞借怜惜美人歌舞娇态，反映了后宫女子幽愁怨旷之情；借对美人衣着妆饰的描述，表达了作者对秦始皇骄奢淫逸、暴虐统治的愤恨。

屠门高的《琴引》，反映了秦始皇遍采天下美女的暴政的现实，对秦始皇"安危亡于旦夕，肆嗜欲于目前"的行为，进行了辛辣的讽刺。由于屠门高的《琴引》含蓄委婉，所以也有人认为是屠门高作《琴引》以劝谏秦始皇。但从《琴引》的言辞看，绝非是谏辞，而是绵里藏针，内含锋芒。正因为含蓄委婉，秦始皇才一时听不出辞中的愤恨与讽刺，从而避免了作者的杀身之祸。

5. 孟姜女哭长城的传说
mèng jiāng nǚ kū cháng chéng de chuán shuō

万里长城是秦代人民智慧的结晶，巩固了以汉族为主的统一的多民族国家的政权，但同时也给秦代人民带来了莫大的灾难。秦始皇决定修长城的原因，据传是因燕人卢生等奉秦始皇之命赴东海寻访仙山时，带回一本哄骗秦始皇的"仙书"，书中都是像蝌蚪一样的"字"，秦始皇召满朝文武辨认后，认出几个字，其中有"亡秦者胡也"，秦始皇想来想去也没有想到"胡"是指其幼子胡亥，而把"胡"理解为胡人，于是就北筑长城，以防胡人之侵。

秦时全国人口约为 2000 万，修长城动用了 50 万人，加上造骊山墓和修建阿房宫，劳役在人口中的比例是相当大的，人民是很难承受的。

孟姜女庙。一个并无史实依据的故事流传了两千多年，说明暴政不得人心，纵然修长城目的正确，用暴虐的手段也不可取。

在江南松江府华亭县，有一个孟家庄，庄上有一富户孟德隆，他有个独生女儿，名字叫孟姜女。孟德隆十分喜爱女儿，视为掌上明珠。他为她请来先生教她从小就读书写字。孟姜女十分聪慧好学，心灵手巧，无论是女红针钱，还是经史诗文，一学便会。

孟姜女长到十六七岁时，出落得艳如桃花，孟德隆夫妇都盼望能给女儿找门好亲事。一天傍晚，月明星稀，孟姜女独自一人来到后花园在荷花池边赏月，忽然一阵清风把她手里心爱的扇子吹下莲池。孟姜女急忙脱下衣衫游入水中。她取回扇子，穿好衣服后，看到树后有一位公子正躲身偷看。

孟姜女怒说："这位公子，黑天半夜私入人家花园干什么！"公子闪身出来作揖说："小姐千万不要见怪，容我相告实情。"

原来这位公子叫范喜良，他是苏州府元和县人，为躲避修长城的劳役而逃到这里。白天怕被公人撞见，所以藏身于孟家后花园。

孟姜女听了他的一席话，觉得句句入理，又见他生得眉清目秀、英俊潇洒，加上她刚才下池时身子都被他瞧见了，孟姜女便带他禀明父母，并情愿与他结为夫妻。父母也正想招一个上门女婿，看到范喜良也是个知书达理的人，便定了亲。

于是择吉日良辰，孟德隆为他们二人举行了婚礼。孟家请了一些亲友，备了几桌酒席，热闹了半日。夜晚，客人离去，孟姜女夫妇刚刚入洞房后不久，就看到外面火把通明，有人朝屋里大喊："范喜良，我看你往哪里走！"

一伙如狼似虎的公差闯入洞房，不容分说，把新郎范喜良绑走了。一对新婚夫妇就这样被拆散了。孟德隆多方打听，得知范喜良被送到北方修长城去了。孟德隆心里难受，更可怜的是心爱的女儿孟姜女自从范喜良被抓走后，日思夜想，常常哭哭啼啼，茶饭无心，云鬓不理。

孟德隆见女儿如此思夫，便派家人孟兴带着书信银两去长城探望范喜良。孟兴出了华亭县后，天气已晚，便在一家店里住下了，这家店是一家暗娼店，孟兴经不起引诱，便在店里和一位苏州来的叫杨花的年轻寡妇合房了。第二天，孟兴算了店钱要走，被杨花拦住，孟兴说："花娘，不是我薄情，只因我奉主人之命，要到长城探视姑爷，不敢久延，等我探视回来，在此多住就是了。"杨花好不容易才放他走了。

孟兴历经长途跋涉，到了长城后，各处打听，最后在山海关才打听到范喜良早已因劳累过度而病死，尸体也埋到长城里了。

孟兴得知范喜良的死讯后，立即返回。路上他暗想："姑爷已死，小姐必然性命难保，小姐若有个三长两短，老爷夫人也不久于人世了。不如回去就说姑爷生病，老爷一定会多给我些银两，我就在杨花家中，与她过上一年半载……"

孟兴想定主意后，回来告诉老爷夫人说："姑爷在长城生了病，不能修城，小的给当头的使了钱，让照顾姑爷。"

孟姜女听说孟兴回来了，急忙去问孟兴："姑爷在长城如何？长城何时完工？"孟兴又把回老爷的话说了一遍。孟姜女又问："姑爷可有书信？"孟兴说："姑爷病倒，哪有气力去写信！只是叫小人多送些钱去，还要两套寒衣过冬。"

孟姜女对她爹爹说："我丈夫在长城生大病，没有衣服，没有钱，必然伤身，我要去送寒衣给他好过冬。"孟德隆说："女儿你去不得！孟兴是飞毛腿，回来还得两个多月，你坐车去也得半年多，你丈夫没钱没衣服可不行！不如再让孟兴去吧！"

孟姜女把寒衣交给孟兴。孟兴带着衣服和银两径直去找杨花去了。

后来，孟兴嫖娼的消息传出，孟家这才知道受骗。可怜孟姜女思夫心切，毅然辞别爹娘去寻丈夫。她历尽千辛万苦来到了长城边，但她得到的却是范喜良的死讯。

孟姜女手拍着长城大声哭喊着自己的丈夫。她哭得天上三光暗，她哭得地下起悲风，她哭得行人都落泪，她哭得树上鸟哀鸣。孟姜女哭了很久，忽然"轰隆"一声，长城倒塌了一截，城墙下露出了范喜良的尸身。孟姜女过去为丈夫穿好她带来的寒衣，哭骂着害死她丈夫的秦始皇。后来，她悲愤地投河自尽。

历史上并没有孟姜女其人其事，这个动人的故事是后人虚构的，但它反映了秦始皇时人民深受徭役之苦的历史事实，它是当时千千万万个不幸家庭的缩影，"不见长城下，尸骸相支拄？"死于长城下的筑工，何止一个"范喜良"？孟姜女的故事也许是受秦时那首民歌的启发而编成的，而那首民歌确是用血泪凝成的，我们今日面对万里长城这一人类奇迹，不难想象到昔日先人们为之而作出的牺牲。

楚霸王项羽的垓下绝唱
chǔ bà wáng xiàng yǔ de gāi xià jué chàng

项籍（公元前232—公元前202年），字羽，下相（今江苏宿迁县西）人。秦二世元年（公元前209年），陈涉起义，项羽和他的叔父项梁在吴（今江苏苏州）起兵响应。项梁战死后，公元前207年，秦军20万人在大将章邯的率领下攻打赵国。楚怀王任命宋义为上将军，任命项羽为次将军，率军援救赵国。宋义到安阳（今属河南省）后就按兵不动，项羽杀死宋义，亲自率大军渡漳水救赵，他破釜沉舟，在巨鹿之战中摧毁了秦军主力。此后，他率军西入咸阳，杀秦王子婴，自立为西楚霸王，并封刘邦为汉王。刘邦后来逐渐扩展自己的势力，占领了项羽的根据地彭城（今江苏徐州），并联合其他反项羽势力，和项羽在荥阳、成皋间相持。公元前203年，双方签约，以鸿沟为界，东属楚，西属汉。

公元前202年，刘邦听从张良、陈平的主张，撕毁和约，又以封地相许，联合了韩信和彭越。这年十二月，韩信布下十面埋伏，把项羽困于垓下。

项羽率楚军进行了激烈的战斗，但十多天来始终不能突出重围，他只好吩咐将士们坚守大营，伺机再突围。

一天晚上，项羽拖着疲惫的身体，心事重重地回到营房，屋内宠姬虞早已为他备好酒菜，项羽看着美丽的虞姬，却叹了一口气。虞姬仍像往常一样，用纤纤细手把一杯杯美酒斟满送到项羽唇边，她还不时起身为他歌舞。

虞姬知道项羽宠爱她，她也十分爱慕项羽。在连年的征战中，她一直陪伴着项羽，而今在这生死攸关的危急之时，她更不愿意离开他。她要安慰他，照顾他，为他分一份忧愁。

二人饮酒到半夜时分，刚去歇息不久，忽然听到外面传来阵阵楚国人的歌声。不一会儿，唱楚歌的人越来越多，四面八方好像都有许多人在唱。

项羽披衣起来，走出营房，隐约看见楚营中许多人纷纷溜走。原来这些人早就思念自己的家乡，思念家乡的亲人。听到家乡的歌声，再看看眼前被重重围困、缺粮断草的情景，他们就更不想再战斗了。项羽深为惊恐，心想：难道汉军已俘虏了我大批的楚兵？不然为什么唱楚歌的人这么多？

其实，这是张良故意让汉军中会唱楚歌的人教会了大家，他们为的就是动摇楚营军心。

项羽回到营房，再次看着自己的虞姬。这个一向叱咤风云的英雄顿时束手无策。他预

霸王别姬图

感到自己大势已去，不由得浮想联翩，思绪万千。几年来的征战，胜利与失败像是就在昨天；轰轰烈烈的事业、显赫的霸主地位，如过眼烟云一般即将消散。他悔恨天时不利，他觉得无可奈何。在这兵尽粮绝、即将全军覆没之时，他对自己的性命已经看得很淡，他只是舍不得丢下和他生死相依、夜夜相伴的绝代美女虞姬，但残酷的现实将使他不得不和她生离死别。他心情极度烦乱与哀伤，在点点星光下，抽出宝剑边舞边歌，唱道：

> 力拔山兮气盖世，时不利兮骓不逝。
>
> 骓不逝兮可奈何，虞兮虞兮奈若何！

此歌首句有雷霆万钧之势。项羽力能扛鼎，神勇过人，破秦军，斩宋义，令千人皆废。然而，如今时运不好，连日行千里的骏马也不能冲出重

围。骏马不前已无奈，可是心爱的美人虞姬又该如何安排？后三句有无限的悲伤苍凉，与首句形成强烈对比，更突出了英雄末路的悲哀。

虞姬深明诗意，霸王是放心不下她啊！于是也舞着剑唱道：

> 汉兵已略地，四方楚歌声。
>
> 大王意气尽，贱妾何聊生！

歌词反映出虞姬的无可奈何之情与愿与项羽共生死的决心。歌舞毕，她便举剑自刎，倒在了血泊中。战场上，项羽是何等的英雄，此时他抱起流着殷红鲜血的虞姬，泪流满面，英雄有泪不轻弹，他今天如此落泪，不光为了虞姬，也为了自己痛失天下。他把虞姬掩埋在营房前面的一株垂柳下。然后跨上他的乌骓骏马，率领他的剩余子弟兵，冲杀了出去。由于夜里看不清道路，天亮时项羽只跑到东城（今安徽定远南），追杀的数千汉军也已赶上他们。项羽清点自己的兵士，只剩下 28 人。项羽对他们说："我起兵至今，已经八年了，身经七十多次大仗，从没有打过败仗，才当了天下霸主。今天被围困，这是老天要亡我。现在我要为你们痛痛快快地打一仗，让你们突围。我要斩他们的将领，砍他们的军旗，让你们知道这是天亡我，不是因为我不会打胜仗。"

说完后，他把二十八人分成四队，让大家分四股突围。项羽大声叫喊着，挥舞着手中的武器杀了不少汉军。他们终于突出了重围，来到乌江边。乌江亭长划来一条小船，他对项羽说："江东地方虽然小，只有一千多里，几十万人，但是您可以去那里做王。请大王赶快上船吧！现在这里只有我这一条船，汉军来了，他们没有船。"项羽听罢，仰天大笑说："老天亡我，我渡过河有什么用！原来江东的八千子弟随我渡江，往西去打天下，而今没有一人回来。纵然江东父兄可怜我，让我当他们的大王，可我有何颜面再去见他们！即使他们不怪我，我也感到羞愧！"

他又对亭长说："我骑这匹马有五年了，曾经日行千里，随我转战南北，我不忍杀它，送给你吧！"

项羽把马交给了乌江亭长后，他和剩下的子弟兵步行和汉军作战，子

垓下遗址。一位"起兵八岁，身经七十余战，所当者破，所击者服"的英雄，在这里结束了自己悲壮的一生。

弟兵都一个个地倒下了，最后只剩下了项羽。而项羽也身受了十几处伤。这时候，汉将吕马童骑马过来了，项羽说："这不是熟人吗？"吕马童点点头，对汉将王翳说："这就是项王。"项羽说："我听说汉王出千金、封万户买我的人头，今日我把这个好处给了你吧！"说完，项羽自刎而死。项羽虽然失败了，但他死得轰轰烈烈，后人也不以成败论英雄，总把他当作英雄豪杰的典范，如宋代李清照有《乌江》一诗为赞：

> 生当作人杰，死亦为鬼雄。
>
> 至今思项羽，不肯过江东。

项羽是一个神勇的英雄，也是一个多情的英雄，他的《垓下歌》，蕴涵着对虞姬刻骨的挚爱。在这位英雄身上，气壮山河的勇猛与缠绵悱恻的柔情是和谐统一的；在《垓下歌》中，慷慨激越与哀怨叹息又是融为一体的。这首诗歌，使这位一生纵横驰骋战场的英雄，在诗歌史上留下了自己的地位，一出"霸王别姬"的悲剧，给后人留下了许多深刻的思考。

7. 汉高祖豪情歌 "大风"
hàn gāo zǔ háo qíng gē dà fēng

《大风歌》是汉代开国皇帝刘邦的即兴创作，作品起势突兀，概括力强，富有阳刚之气。

刘邦的建功立业，是有赖于那个"大风起兮云飞扬"的年代的。刘邦（公元前256—公元前195年），字季，沛丰邑（今江苏沛县东）人。青年时生活放荡，不事生产，曾在泗水当一个叫亭长（古代一般十里为一亭，十亭合为一乡）的小官。秦朝末年，刘邦以亭长身份，受命为县里送一些劳役去骊山修造大墓。一路上，这些做苦役的逃走了许多。刘邦想，等不到去骊山，这些劳役就都跑光了，自己轻则吃官司，重则掉脑袋。为此，他每日忧心如焚。

一天傍晚，他们走到丰邑西面的水边上歇息。刘邦心情愁闷，独自饮酒消愁。深夜，刘邦走到被他押解的人们面前，趁着酒兴，他上前给这些人解开了绳索，对他们说："唉！听说骊山修墓的活儿能把人累死，让你们去送死，我真是于心不忍啊！今天我索性都放了你们，你们快各自逃命去吧！从今天起，咱们都一样了，我也要逃了！"

刘邦说完后，有十几个人拥到他面前说："我们感谢亭长的救命大恩！我们愿意和你在一起！我们一块儿逃跑吧！"刘邦握着他们的手说："好！好！"他同大家一起饮了一杯酒，连夜赶路。

那天夜里没有月亮，十几个人在星光下，深一脚浅一脚地摸黑向前，走着走着，却走进了沼泽里，弄得满身都是泥水。他们费了好大的力气，才退出沼泽地。

刘邦吩咐其中一人先去前面探路，探路的人不一会儿就气喘吁吁地跑回来说："前面不远就有一条路，可是路上横卧着一条大蛇。"大家都说："我们还是返回去再找路吧！"

刘邦醉眼惺忪，高声说："大丈夫该走便走，一条蛇有什么可怕的！"他大步流星走在最前面。走到小路边，路上果然有一条碗口粗细的大蛇，刘邦毫不畏惧，跨步向前，抽出宝剑"哗啦"一声砍下去，蛇被分为两段。大伙齐声高叫："好功夫！"其实，当时身上有武器的只有刘邦一人。刘邦和这十几个人一直逃到了芒砀山（今江苏省）中躲藏了起来。

后来，刘邦夜间杀蛇的故事逐渐传开，而且添油加醋地越传越神。说是那天夜间杀蛇后，他们走了一程，忽然遇到道旁有一老婆婆在哭，大伙儿走到老婆婆身边问："深更半夜，您老人家为什么哭泣？"老婆婆说："有人刚刚杀了我的儿子，所以我哭他。"大家又问："刚才是谁杀了您的儿子？"老婆婆哭着说："我的儿子是白帝子，刚才化为蛇挡了路，被赤帝子杀了。"老婆婆说完，大伙儿刚要再问什么，但老婆婆已倏忽不见了。

汉高祖刘邦塑像

人们纷纷传说：世上又出了"真龙天子"，就是沛县的刘邦。还说：白蛇就是秦朝天子，白蛇被杀，秦朝气数已尽了。还有人传说，刘邦藏身的芒砀山上，出现了一层层的祥云，这些都是天子的征兆。

这些都使刘邦这个人逐渐罩上了一层神奇的色彩，刘邦也就是利用这些传来传去、越编越神奇的迷信故事，把人们组织到自己的周围。陈涉起义后，刘邦回到沛县，人们尊称他为"沛公"，他也宣称自己是"赤帝子"，正式树起大旗，招兵募将，势力日益扩大。秦王朝灭亡后，公元前206年，刘邦被项羽封为汉王。公元前202年，刘邦军大败项羽于垓下，项羽自刎乌江，刘邦称帝。起初建都洛阳，后又迁至长安。

刘邦建立汉朝，继承秦制，实行中央集权制，先后消灭了韩信、彭越等异姓诸侯王。公元前195年，刘邦在会垂打败了反叛的淮南王英布，在得胜返回长安的路上，回了一趟他的故乡沛县。

刘邦的坐骑在众兵将的前呼后拥下，来到了沛县的地界，沛县县令等人早已在此迎候。县令率众人在马下匍匐，山呼万岁。穿着彩色裙裾的窈窕美女，在路边跳起了欢庆胜利、祝福君王万寿无疆的舞蹈。沛县的百姓也来到道路两旁迎接他，大家都想一睹这位当今天子衣锦还乡的风采。

刘邦高兴地在他的沛县行宫大摆宴席十多天。他把当地的官吏、昔日的尊长、儿时的朋友、家族的亲戚，都召来款待。

一天，刘邦和亲友们畅饮了一阵后，回想过去，谈论现在和将来，激动不已，感慨万端，不禁诗兴大发，吟唱道：

大风起兮云飞扬，威加海内兮归故乡。安得猛士兮守四方？

"汉并天下"瓦当。陕西临潼出土，为汉高祖刘邦初定天下时所造。

首句既是自然景物描写，又有深刻寓意。秦失其政，如失其鹿，天下逐之，一时各路英雄兴起，如风起云涌。刘邦知人善任，注意纳谏，依靠部下，由弱变强，最终在群雄竞逐中夺得天下。每想到风云骤变的岁月，刘邦自然激情难抑，感慨万千。第二句由首句风云突变之"动"，转入四海晏然之"静"。经过长达四五年的"楚汉战争"，刘邦终于把对手项羽逼得乌江自刎，现在四海归一，万民咸服，自己也尝到了当皇帝的尊荣显贵，如今衣锦荣归，更是春风得意。然而，一想起那些同他开创江山的老臣宿将，有许多已被他翦灭，朝中能征善战者寥寥无几，就产生了孤寂凄凉的感受。结句即表露了这种情绪。他多么希望能有像往日那样的将才，来为他守住这来之不易的江山呀！

他把《大风歌》唱了一遍又一遍，情到深处时，他还激动得流下眼泪。大家也跟着他唱，跟着他流眼泪。地方官还选了当地的120个儿童来，刘邦亲自弹奏乐器，教他们唱《大风歌》。

刘邦对家乡父老当年对他的拥戴十分感动，他表示：他将来死了，魂魄也要再回故乡。当下还颁布命令，豁免了家乡人民对王朝承担的全部徭役赋税。

《大风歌》唱出了刘邦在风起云涌、群雄角逐年代中运筹帷幄得到江山的豪迈之情，也唱出了他想要永远保住天下的忧思。他希望有"猛士"

为他捍卫江山，他希望"四方"安宁，江山永固。但他对前途仍然感到迷惘，他不能预料未来的"风雨"，他靠"风"起"云"涌而得到了政权，而他又怎能知晓将来的"风"、"云"变幻呢？

《大风歌》全诗气魄宏大：风、云、海内、猛士的形象，生动地显现着过去、现在与未来。

 ### 最早的汉乐府诗人：唐山夫人
zuì zǎo de hàn lè fǔ shī rén：táng shān fū rén

汉朝的乐府诗严格地说，应该是指汉武帝刘彻建立了"乐府"这个机关以后所采集和制作的诗。但作为一种文学现象，它总有它的发生、发展、高潮和衰落。汉乐府诗是继承《诗经》而来，到武帝时得到了发展。在武帝以前，像《诗经》中采集到的那类合乐民歌，在民间流传肯定不少，只是没能很好地保存下来。汉武帝建立"乐府"，不仅采诗、制诗、制乐，更主要的功绩是保存了大量的乐歌。但在乐府诗发生初期，武帝设立"乐府"前，一些入乐的汉代诗歌或多或少还是有流传下来的。如刘邦的《大风歌》、《鸿鹄歌》，戚夫人幽居永巷时所作的《春歌》等，这些实际都是早期的乐府诗歌。其中，被认为是最早的汉乐府诗歌的，是汉高祖刘邦的唐山夫人所作的《房中祠乐》，也叫《安世房中歌》。

《安世房中歌》是汉高祖刘邦的后宫唐山夫人所作。"唐山"是复姓。唐山夫人生卒年月不详，大约汉初高祖在位时在世。因为高祖本是楚人，一直喜欢听楚地的音乐，所以《安世房中歌》也用的是楚乐。全诗共十七章，各章标题大都失传，每章句数不等，有的八句，有的六句，最多的有十二句，最少的仅四句，大部分是四言句，个别章节有三言句或七言句。一般每章单独押韵，有的几章通押一韵。由于此歌词文字颇多，文辞比较古奥，仅录前二章以示：

大孝备矣，休德昭清。高张四县，乐充宫廷。芬树羽林，云

景杳冥。金支秀华，庶旄翠旌。七始华始，肃倡和声。神来晏
娭，庶几是听。

粥粥音送，细齐人情。忽乘青玄，熙事备成。清思眇眇，经
纬冥冥。

《安世房中歌》十七章，极尽铺排，多方设喻，充分显示汉高祖刘邦
功满孝备、四方归心、恩泽万世。歌词首先颂扬高祖大孝，功盖天下，所
以人们竖起大钟鼓乐来歌颂他，神明也降世来谛听，使福喜全至。

由于高祖德惠天下，诸侯恭敬，百姓安宁，所以四方归心，臻以至
治。诗中还写到百姓仰慕，万方和乐，臣民信赖，恩惠广博，都是因为王
者有德。

诗中进一步说，由于德布天下，就像灯光一样照到四方各地每个角
落，使蛮荒之民都得到了福泽。

最后说帝德深远，善行远布，下民皆沾润恩泽，永世万代，福寿
长久。

《诗经》有"风"、"雅"、"颂"，而汉乐府诗有"相和"、"鼓吹"、
"郊庙"等曲；《安世房中歌》就是郊庙曲类的作品。宋代郭茂倩辑《乐
府诗集》，把《安世房中歌》归入"郊庙歌辞"。从它的内容看，纯粹是
歌功颂德、誉美时政的。全书不外说了六个字："孝"、"德"、"福"、
"君"、"臣"、"民"，概括地说，就是孝备、德昭、福长、君明、臣归、
民康。但作为文学作品，它却是最早的汉乐府诗。因而从形式上对后代、
特别对汉代乐府诗发展有着借鉴和参考作用。可以看出《安世房中歌》承
继了《诗经》四言诗的形式的余绪，是从《诗经》到成熟的乐府诗的过渡
作品。所以它既有《诗经》的痕迹，又可见汉乐府的端始。沈德潜称赞
《安世房中歌》为："古奥中带和平之音，不肤不庸，有典有则，是西京极
大文字。"

9. 从楚辞到汉赋的文学发展
cóng chǔ cí dào hàn fù de wén xué fā zhǎn

在汉代的各体文学中，汉赋是最流行、最具创造性、最富文艺特点的，它不仅真实而典型地表现了大汉帝国恢弘向上的时代精神，而且形象地传达出了汉代文人心灵意绪的细微变化。两汉四百年间，赋家云集，赋作可比繁星，整个文坛都为汉赋所垄断。此际，赋作为一种文体正式宣告产生，并获繁荣发展，我国古代的文艺之林又添加了一朵艳丽多姿的奇葩。因此，近代著名学者王国维在其《宋元戏曲考·序》中说："凡一代之有一代之文学：楚之骚，汉之赋，六朝之骈语，唐之诗，宋之词，元之曲，皆所谓一代之文学，而后世莫能继焉者也。"在整个中国文学史上，汉赋的成就虽不及唐诗宋词那样突出，但作为汉代文学的代表，它还是名副其实的。

赋体的主要特征是铺陈写物，"不歌而诵"（《汉书·艺文志》），介于诗歌和散文之间，产生于战国后期。最早写作赋体作品并以赋名篇的是荀子。据《汉书·艺文志》载，荀子有赋十篇，现存《礼》、《知》、《云》、《蚕》、《箴》五篇，系用通俗"隐语"铺写五种事物。旧传楚国宋玉也有赋作，如《风赋》、《高唐赋》、《神女赋》等，辞藻华美，有讽谏意。对于汉赋来讲，其产生显然是前代文化遗产哺养的结果，就是说，它的源头是多元而非单一的。概言之，有《诗经》、楚辞、倡优、纵横家等四个方面。其中，楚辞的影响是最大的，清代的刘熙载甚至认为"骚为赋之祖"（《艺概·赋概》）。的确，汉朝人往往辞、赋不分，不仅如此，汉赋作品也与以屈原《离骚》为代表的楚辞很相近，如贾谊的《吊屈原赋》、《鹏鸟赋》、《惜誓》，淮南小山的《招隐士》，司马相如的《大人赋》，扬雄的《甘泉赋》，班固的《幽通赋》，张衡的《思玄赋》和蔡邕的《述行赋》，体式上都是抒情浓烈，带"兮"字调，句子长短也差不多，与楚辞真假难辨。至于楚辞对汉赋的影响，主要有以下三点。

首先，作为汉赋两大类之一的抒情述志赋，是在楚辞的直接启发影响下发展起来的，与楚辞属于同一类型。屈原的辞赋是在遭忧被谗又放不下对祖国命运关心的背景下创作出来的，是"贤人失志"之作。而贾谊的《吊屈原赋》，董仲舒的《士不遇赋》，司马迁的《悲士不遇赋》，张衡的《思玄赋》和蔡邕的《述行赋》等，也都是在抒发他们的怀才不遇，抑郁不得志，以及对祖国和人民的关切，流露出对现实社会的不满和批评，这与《离骚》的产生背景异常相似。

其次，汉赋的虚构夸张手法，也深受楚辞的影响。在这方面，汉赋中的抒情赋表现得尤为突出。刘熙载认为司马相如的《大人赋》出自楚辞里的《远游》，郭沫若甚至说《远游》是《大人赋》的初稿，而其老祖宗就是《离骚》。至于张衡的《思玄赋》，则简直是《离骚》的翻版。即使在汉赋的另一大类叙事描写赋里，也多有楚辞虚构夸张特点的遗留。《离骚》中的"屯余车其千乘兮，齐玉轪而并驰；驾八龙之蜿蜿兮，载云旗之委蛇"之类情节，在汉代散体大赋中则变成了帝王浩浩荡荡出游狩猎的场面描写。杨雄、班固等人都曾批评汉大赋夸张过分，更加说明了由楚辞到汉赋的这种倾向。

最后，汉赋文辞的雍容华丽和文采流溢，也是从楚辞学来的。不仅楚辞中大量的诸如香花、香草、飞龙、瑶象、玉鸾、神鸟、云旗、仙乡、帝都等美丽神奇的名词在汉赋中频频亮相，而且有的连整个美丽的句子也照搬过来。所以，刘勰总结说，因为楚辞"气往轹古，辞来切今，惊采绝艳……是以枚、贾追风以入丽，马、扬沿波而得奇。其衣被词人，非一代也"。

另外，汉赋在写作上，还借鉴了《诗经》中雅颂的讽谏和歌颂以及表现手法与韵律格式，倡优们反话正说、"推而隆之"的表达方式，先秦纵横家居高临下、纵论古今天下的气势与辩说艺术。当然，以上这些文学遗产必须通过两汉社会这个根本条件，才能在汉赋的产生、发展和壮大中起作用。从这个意义上讲，汉武帝揽士写赋功不可没。

汉赋的发展，大致经历了三个阶段。第一个阶段是西汉初年的"骚体赋"时期。主要是继承楚辞的余绪，多抒发作者的政治见解和身世之感，形式上稍有转变，代表赋家为贾谊、淮南小山和枚乘等人。第二个阶段是汉武帝至东汉中叶的"散体大赋"时期。赋体开始有独立特征，名家名作激增，多描写汉帝国威震四方的国势，新兴都邑的繁荣，水陆产品的丰饶，宫室苑囿的富丽以及贵族田猎歌舞时的壮丽场面等。这是汉赋的鼎盛时期，代表赋家为司马相如、扬雄、班固等人。第三个阶段是东汉中叶至东汉末年的"抒情小赋"时期。赋体的内容和形式都开始有所转变，对黑暗现实的揭露和忧愤代替了奋发卓厉精神，抒情咏物的小赋代替了专以铺采为能事的大赋。张衡为其首事者，赵壹和蔡邕则逐其流而扬其波。

汉赋对后世文学的滋养是多方面的。单就中国文学观念的形成来说，其促进作用也是相当明显的。中国的韵文从《诗经》、《楚辞》开始，中经西汉以来辞赋的发展，至东汉时已将文学与一般学术区别开来。《汉书·艺文志》除《诸子略》外，又特设《诗赋略》一门，出现了"文章"这样的新概念。到魏晋时更出现了"诗赋欲丽"（曹丕《典论·论文》）、"诗缘情而绮靡，赋体物而浏亮"（陆机《文赋》）等对文学基本特征的探讨和认识，由此，中国人的文学观念就日益趋于明晰化了。

10. 陆贾以《诗》、《书》劝服南越王
lù jiǎ yǐ shī、shū quàn fú nán yuè wáng

陆贾，汉初政论家、辞赋家，楚国人。秦末，刘邦起事时，他以门客身份随从，因熟读《诗》、《书》，满腹经纶，能言善辩，受到刘邦的重用。刘邦平定天下后，他常伴随在刘邦身边出谋划策，并时常奉诏出使诸侯国。

汉朝建立，结束了多年楚汉争战。但汉军武力未能达到的一些边地，仍盘踞着地方割据势力。比如，赵陀占据南越（今广东、广西一带）后，便在那里自立为王。汉高祖刘邦决定派遣辩士陆贾说服赵陀接受南越王封号，与汉朝建立臣属关系。汉高祖十一年（公元前196年），陆贾出使南越。

陆贾初到南越时，赵陀根本就不把他放在眼里，他梳着锥形发髻，叉

位于陕西省永寿县店头镇桃花塬边的陆贾塑像

开两腿，像个簸箕的样子，不拘礼节地坐在那里接见陆贾。陆贾毫不胆怯，走上前去劝说道："您是中原人，父母、兄弟的坟墓还都在真定。如今你抛弃中原地区的穿戴习俗，改从越人装束习俗，想凭借小小的南越弹丸之地与天子对抗，一旦形成敌对，灾祸就要临头了。您没听说，秦朝暴政，不得民心，天下大乱。诸侯豪杰纷纷起事，唯独汉王首先进入关中灭秦，占据秦都咸阳。当时势力强大的项羽违背盟约，自立为西楚霸王，天下的诸侯都归附于他，大概是当时最强大的了。但在汉王强大的征讨之下，也迅速兵败垓下。五年之间，全国安定，诸侯归顺，天下一统，这不是人力所能办到的。所谓秦失其鹿，天下共逐，而唯汉所得，这是天意安排。现在，天子听到大王在南越称王，不利于天子为天下除暴安良。朝廷中的将相们都纷纷要求征讨大王，但天子怜悯百姓刚刚经历战乱之苦，所以劝其作罢。派遣我来送给你王印，以剖分符信作为凭证，互通使节。大王本应该到郊外迎接我，接受赐封，向汉称臣。你这样无礼，想凭借刚刚建立起来尚未安定的越国，在这里负隅顽抗。假如汉朝了解到这些情况，挖掘烧毁大王祖宗的坟墓，诛灭你的家族，派遣一名副将率领十万军队来攻南越。那样的话，越人乘机杀死大王，投降汉朝，是易如反掌的事情。"

听了陆贾的这席话，赵陀大吃一惊，急忙坐正身子，向陆贾谢罪说："我在蛮夷之地已久，太失礼数，望先生多多原谅。"赵陀又担心归顺称臣，汉高祖不信任自己。于是又问陆贾说："我跟萧何、曹参、韩信相比，哪一个贤能？"陆贾回答说："大王好像更为贤能。"赵陀一阵心喜，进而又问："我与皇帝相比，哪一个贤能？"陆贾说："当初，高祖从沛县丰邑起兵，讨伐暴秦，诛灭强楚，替天下兴利除弊，继承了五帝、三王的功业，统治了中国。中国的人口

广州陈氏书院陆贾像。陆贾说服刘邦以礼乐治天下，他的思想大都写在他的著作《新语》里。

数以亿计，土地辽阔万里，处于天下的肥沃地区，人口稠密，车辆众多，万物丰富，政令统一，这是开天辟地以来所没有过的。而大王所辖的人口不过数万，且都是未开化之民，居住在崎岖的山边海南，就像是汉朝下属的一个郡，大王怎么能跟高祖相比呢？"赵陀佩服陆贾的辩才，开玩笑地说："我不是在中原兴起，所以才在这里做个小小的王。假如我处在中原，未必就比不上汉帝！"

赵陀很喜欢陆贾的伶牙俐齿，于是，留下陆贾与他一起饮酒作乐好几个月。赵陀说："越地没有人能与我进行如此深刻投机的交谈，直到先生来，才使我每天听到过去听不到的事情。"最后，陆贾说服赵陀接受南越王的封号，让他对汉称臣。赵陀也赏赐给陆贾价值千金的宝物。陆贾回朝汇报南越归顺之事，高祖非常高兴，任命陆贾为太中大夫。

早在刘邦称帝之初，陆贾就帮刘邦制礼作乐。汉王朝建立后，陆贾更是时时在高祖面前依据《诗》、《书》谈话。高祖是个小吏出身的人，以为陆贾故意在他面前卖弄玄虚，便生气地骂他说："我是在马背上夺得天下的，哪用得着什么《诗》、《书》。"陆贾马上反驳说："打天下固然可以在马背上，治理天下难道也可以仅仅停留在马背上吗？昔日，商汤、周武王以武力夺取天下，但却顺应形势以文治来固守天下，文武并用，才是长治

久安的办法。以前吴王夫差和智伯穷兵黩武以至败亡；秦朝治天下使用严刑苛法，终于自取灭国。假如秦朝统一天下之后，能施行仁义，效法先圣，陛下又怎么能够取得天下？"高祖听后脸有愧色，觉得陆贾的话有几分道理。便叫他总结秦亡汉兴的原因，以及古代国家成败的历史经验教训，写出来供自己参考。陆贾遵从高祖旨意，援引大量史实，深刻分析、精辟论证，阐述了国家存亡的道理。他夜以继日，共写出了十二篇文章，每奏一篇，高祖都大为赞赏，皇帝左右的人也皆呼"万岁"，把陆贾的书称为《新语》。

陆贾著有《新语》十二篇，主张治国以儒学为主而辅以黄老"无为而治"思想，对汉初政治颇有影响。又著录《楚汉春秋》九篇，记项羽、刘邦楚汉战争事及惠帝、文帝时事，为司马迁写《史记》提供了宝贵的资料，可惜今已佚失。

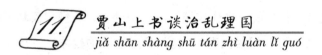

11. 贾山上书谈治乱理国
jiǎ shān shàng shū tán zhì luàn lǐ guó

贾山，颍川（今河南禹县）人。他的祖父贾祛是战国时魏国的博士弟子，很有才学，但生不逢时，赶上战乱年代，魏国在公元前225年灭亡，贾祛只好回家闲居。秦统一天下后，施行暴政，短短十几年时间，就因激化阶级矛盾而被人民推翻。对于这些国家兴亡、社会治乱的过程，贾祛亲眼目睹、亲身经历，这些历史变迁使他深刻地认识到：在国家的治乱兴衰中有一点起着至关重要的作用，那就是能否施行仁政，是养育万民，使人民安居乐业，还是为了一己之私，掠夺民脂民膏，使人民处于水深火热之中。爱民者昌，虐民者亡，这是从无数历史事实中得出来的结论。

贾山从小就跟从祖父学习，思想上深受祖父的影响。贾祛求学于战国末年，当时儒、墨、道、法诸家学派还不存在以法律形式尊此黜彼的问题，贾祛学习的内容兼杂诸子百家，后来指导贾山学习，也不主张专治儒学，而是让贾山广泛涉猎历史典籍，从中吸取营养，总结经验教训，并时常给贾山讲起魏国是怎样衰亡的，秦朝又是如何由一个地偏西北的小国，通过变法强大起来，逐步吞并六国成为盛极一时的大帝国，又是如何在十几年间便土崩瓦解的，使贾山很早就开始思考国家治乱兴衰的问题。

文帝登基后，非常注意发展农业生产，采取休养生息、减轻徭役赋税、救济灾民等政策和措施，并广开言路，听取各界人士的意见。贾山把这一切都看在了眼里，认为文帝是个贤能英明的君王，于是便以颍阴侯灌婴门客的身份，向文帝上书，分析古今治乱兴衰的道理，这篇上书就是后来的《至言》一文。在文中，贾山阐述的问题主要有两个，一是详尽地分析了秦朝灭亡的原因：秦始皇大兴土木，修造宫室陵园，筑长城、驰道，为逞一己私欲，耗尽民力，使天下百姓疲于奔命而难以应付过多的徭役和赋税，最终使民心离散，群起反抗；二是通过分析秦朝亡国的原因，来强调直言进谏对于保国存君的重要性。文中说：

　　臣下听说忠臣对君王谏言，往往直切逆耳，所以很容易触怒君王而使自身遭殃。然而不直言则不能反映出真实的情况，最终于事无补。忠言虽逆耳，但实用。贤明的君王急于听到忠言，忠心耿耿的臣子就一定会冒死直谏，使君王知晓实情，明主应当培养这种风气。这就好比在肥沃的土地上劣质的种子也能发芽，最后长成枝繁叶茂的植物；而在坚如岩石的土地上，再好的种子也不能生根发芽。所以夏桀、商纣时，虽然有箕子、比干这样的忠直之臣，但君王不纳忠言，最终也只能亡国；而在文王之时，由于广纳贤良，喜闻忠谏，所以人们都能施展才华，可谓人尽其能。有明君才有诤臣，这是西周得以兴旺发达的主要原因。然而广开言路并不是轻而易举就能做到的。即使如今像陛下您这样和颜悦色地纳谏，号召大家倾诉肺腑之言，而且进言的人还能因此显身扬名，犹有人害怕遭祸而不敢多言，更何况一旦因某些言论过分激切，触怒君王，使君王大发雷霆之怒呢？那更会使大臣们噤若寒蝉。果真如此，君王便听不到忠言，觉察不到自己的过失了。不知自己的过失，那江山社稷就危险了。上古圣明的君王，设有史官在旁边专门记载他们的过失，而且士农工商各种人都能随便议论朝政。这样才能使君王闻过而改，治国才会没有失误，天下从而安定繁荣。贤主们尊养德高望重的老人以倡导"孝"的风气；选用稳健的大臣以防止自己骄奢；设置敢以激切言辞指出自己过失的谏官，以防不能闻过；甚至向割草砍柴的人去请教，追求真理不分尊卑贵贱；即使从事末业的商贾之人批评朝政，也照样闻过则改；这样从善如流，为的是天下人都能畅所欲言。

贾山的《至言》强调纳谏用贤，把它视为治国的根本，言辞激切，论证有力，特别是认为秦朝败亡不仅由于使用严刑峻法，而且还有一个重要的原因是使"天下莫敢告也"，所以秦皇帝居灭绝之中而不自知。文章立论新颖，在两汉文章中独树一帜，明代徐中行称此文"骨法奇爽，西汉当称独步"。

文帝对贾山的《至言》很重视，尤其认为劝他广开言路、采纳忠言的建议是至理名言，于是专门下诏书向天下宣布招贤纳谏。

贾山既然劝文帝广开言路，他自己当然是积极进谏，以身作则。贾山的谏书言辞往往较为激切，不顾及文帝的面子，但文帝对他的直言总是欣然领受，从未动怒，为的是使诤谏之路畅通无阻。

贾山的《至言》不但在当时很有政治影响，而且也是历史上一篇有很高艺术价值的政论散文。它针对国家治乱的根本大计，陈述政见，分析形势，提出策略。内容充实，说理透彻，思想深刻，文辞朴素、精炼，感情真挚、恳切，是汉代散文大系中的一枝奇葩。

12. 短命的绝代才子贾谊
duǎn mìng de jué dài cái zǐ jiǎ yì

贾谊（公元前201—公元前169年）是河南洛阳有名的少年才子。在他十八岁的时候，就因博览群书且写得一手绝妙文章而闻名遐迩。当时河南郡守姓吴，仰慕贾谊的出众才华，就亲自出面招贤，将他纳入自己门下充当幕僚，出谋划策，辅佐政务。贾谊此时颇受吴公器重，自然知恩图报，尽心尽力，充分施展才能，积极辅佐吴公将政务治理得井井有条，初步显示了他作为政治家的谋略和才智。汉孝文帝即位以后，听说河南郡政绩口碑很好，可以说是政通人和，民生富足，名列全国诸郡之首。于是下诏令他入京任廷尉。饮水思源的吴廷尉自然也忘不了贾谊，就借机向孝文帝推

贾谊画像。贾谊怀着满腔政治热情想帮助君主治国安邦，可是孝文帝问他的却是鬼神之事，真是绝妙的讽刺。

荐贾谊，说他如何年轻而才华出众，并且博学通识，诸子百家之学尽皆通晓。孝文帝正好求贤若渴，乃任命贾谊为博士。

贾谊初入仕途，自是踌躇满志。尽管只有二十多岁，在众位元老大臣面前属小字辈，但每当应诏在朝廷商议国事的时候，却当仁不让，表现得十分突出。往往当许多年老资深的大臣拙于应对的时候，他却总能独辟蹊径，敢于提出自己的见解和主张，并且言之凿凿，对答如流，把许多人心里有嘴上却表述不出来的意见，条分缕析、有理有据地论述了出来。因此深受孝文帝的宠幸，不到一年的时间，就又破格提拔他为太中大夫。

贾谊的政治才能，突出表现在他对汉代的社会、政治、法律、制度等都有深入的研究和思考，并结合实际，敢于提出自己的见解和主张。他认为，从汉朝建国到孝文帝已经历时二十多年，天下安定，人民和顺，此时就应当根据实际情况，适时进行一系列社会政治改革，如更定历法，改变服饰的颜色，订立法律制度，统一官位名称，振兴礼乐等。并且，他还身

贾谊的塑像。这位仅仅活了三十三岁的天才政治家和文学家，给人们留下了不尽的遗憾。

体力行，亲自草拟了各项礼仪制度，主张应该崇尚黄色，官印的字数也要以"五"计算数目，重新确定官名，全部变更秦朝的法律制度。然而，当时的孝文帝刚刚即位，对朝政处理相当谨慎，不敢进行大的改革，所以对贾谊的这些政治远见并没有放在心上，更不用说依照行事了，枉费了贾谊的无数心血。但是，从这里，我们却能够看出贾谊作为政治家的谋略和远见。

贾谊这种兴利除弊、热切呼吁政治改革的主张，集中体现在他的奏疏中。这些奏疏，既有强烈的政论色彩，又有鲜明的艺术特色，凸现出他集政治家、文学家于一身的过人才华。《过秦论》和《陈政事疏》即为此类作品的代表作。这类文章多是针对现实中各种具体问题而写给皇上的奏疏，因而具有很强的现实性。同时，为了使文章的观点、建议为皇上采纳，贾谊十分重视文章的文采，笔端饱含深情，行文畅达而不肤浅，语言犀利激切。这些散文，一方面从宏观上总结秦代兴亡的历史原因，另一方面，又针对汉代社会存在的具体弊端和潜在危机，在微观上寻求更改的出路，具有鲜明的醒世和警世的作用。这种在政治上的远见卓识和行文表达上的强烈感染力，使孝文帝对贾谊宠爱有加，想把他提拔到公卿的高位。

　　然而，"木秀于林，风必摧之"，贾谊的出众才华，虽为他赢得了孝文帝的赏识和器重，却也由此招致了嫉贤妒能的老聩之人的恶意攻击和排挤。他们利用各种机会和场合，纷纷向皇帝进谗言，讽刺贾谊这个洛阳少年，年轻气盛，故意扰乱朝纲。古来有"三人成虎"的典故，比喻谣言重复多次，能使人信以为真。孝文帝果然听信了谗言，渐渐疏远了贾谊，后来干脆将他放逐到了偏远的长沙。

　　贾谊空有一腔报国热情，却没有能够施展才能，反而遭谗罹诟，被贬到了地势低凹、气候潮湿的长沙，内心非常郁闷，始终难展笑颜，唯将天生才情转到作赋写辞上。

　　贾谊一直生活在北方中原地区，对地势低洼、潮气阴重的偏远的长沙自然很不习惯，此番遭贬谪，内心更是不舒畅，抑郁得很，所以他在渡过湘水时便不由自主地想到了屈原，为了哀悼屈原，更为了排解心中的郁闷之情，他愤然写了《吊屈原赋》，并将其投入江中，以示他深深的哀悼。贾谊当时年仅25岁，却留下了这篇脍炙人口的佳作。

　　《吊屈原赋》是较为典型的骚体赋，在句法上是四言、六言的合用，句式整齐，通篇用韵，带"兮"字调，富有抒情色彩。后来，他虽然再次被征召回京，但征召他的目的，却不是因为需要他的济世安邦的政治才能和写赋作辞的文学才华，而是向他咨询关于鬼神的事宜。尽管当贾谊尽心尽力解说着与个人抱负和才华风马牛不相及的鬼神之事的时候，孝文帝听得津津有味，甚至不知不觉地在坐席上向前移动，但仍令贾谊这一绝代才子感到深深的悲哀，既为他出众的才华只配给皇上讲神论鬼，更为他满腔的政治热情无从施展而长久废疏。

　　贾谊热情讴歌和赞颂屈原高洁的品格和德行，把屈原比做"自引而远去"的凤，比做"深潜以自珍"的龙。由于屈原同昏君和党人的对立，同恶德与浊世的对抗，他不为恶人与浊世所容。贾谊在赋中，运用寓意深刻的比喻，表现出屈原终遭迫害的不幸："彼寻常之污渎兮，岂能容夫吞舟之巨鱼？横江湖之鳣鲸兮，固将制于蝼蚁。"这表明屈原如横绝江湖的巨

鲸，因不幸陷人污渎，却在蝼蚁残害下而丧生，悲剧何其深刻啊。

这篇赋作，虽然是哀悼屈原的，但同时也寄托着贾谊自身的感受，赋中写到的屈原的时代，也正是贾谊生活时代的衬托表现，屈原的遭际悲剧也正是贾谊横遭贬谪的曲折反映。所以这篇赋作既是哀悼屈原的祭文，更是作者曲折抒发个人情怀、批判和揭露所处时代的檄文。

此后，贾谊事实上一直赋闲。虽然名义上是梁怀王的太傅，但他已经远离了自己曾经有过的梦想和远大抱负，内心的郁闷可想而知。终于，一件偶然的意外之事，导致了他的命运悲剧：梁怀王骑马时，不慎坠马而亡。与此毫无关系的贾谊却自责甚深，郁闷不已，忧伤长恸，痛哭哀伤了一年多，终于抑郁而亡，死时年仅三十三岁。

贾谊的一生，如火石闪电，尽管照彻天宇，却迫于情势而未能在政治上有长久的建树。但在文学史上，他却以非凡的才华，给后世留下了光辉的篇章。

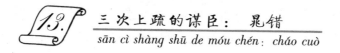

13. 三次上疏的谋臣：晁错
sān cì shàng shū de móu chén：cháo cuò

西汉初期，有一位通古博今、才华出众的文人谋臣——晁错，时人誉称"智囊"。

晁错（公元前200—公元前154年），颍川（今河南禹县）人。青年时代跟随张恢学习申不害、商鞅的法家学说。因通晓文献典故，任太常掌故。文帝时为太子家令。后元七年（公元前157年），文帝病故，太子刘启继承皇位，是为景帝。景帝任用晁错为御史大夫，晁错极力主张改革政治、奖励农耕、抗击匈奴、巩固皇权。深得景帝宠信，可谓言听而计从，成为景帝首屈一指的谋臣。

晁错是西汉文景时期著名的政论散文家。他一心为社稷着想，敢于犯颜直谏，秉笔直书，不避祸难，陈述己见。其无所畏惧的抗争精神，可歌可泣；其高人一筹的胆识方略，可敬可叹。他的文笔峭直挺拔，简洁犀利，议论精深，逻辑严密，所持观点多能切中时弊要害，具有远见卓识。

晁错留给后世的政论散文，有《贤良文学对策》、《言兵事疏》、《守边劝农疏》、《论贵粟疏》（一作《重农贵粟疏》、《论削藩疏》等）。其中最为著名的是"三疏"，即《言兵事疏》、《守边劝农疏》和《论贵粟疏》。这"三疏"都是西汉散文中的名篇，涉及军事用兵、徙民实边、重农贵粟等关系国计民生的大事。

汉王朝建立以来，一直遭受匈奴欺凌。汉高祖曾亲率30余万大军北击匈奴，结果被围困于平城白登山（今山西大同东），与主力隔绝，七天未能突围，被迫签订了平城之约。从此，汉王朝采取了绥靖政策，把皇帝的女儿嫁给匈奴单于为妻，每年赠送丝絮酒米等财物。但和亲并没有换来长久的和平与安宁。冒顿单于礼品照收，掳掠如故。每年秋高马肥就入侵汉区。匈奴军"小入则小利，大入则大利"。文帝后元六年（公元前158年）冬天，各以三万骑兵大举入侵上郡（今陕西榆林南）和云中（今内蒙古托克托），杀害地方官吏，掳掠人民畜产，其侦察尖兵竟至深入到长安郊外的甘泉宫，战火逐渐向内地推进，京师长安一片骚动。汉文帝紧急调集部队，作大规模的防御部署。为了抵御匈奴的侵扰，加强边防，维护大汉帝国的安定，晁错献计献策，连上"三疏"，陈述政见，提出富国强兵、抗击匈奴的主张。

晁错先向文帝上《言兵事疏》，谈军事用兵。他陈述说，安边境，驱匈奴，在于扬长避短，这是用兵的关键，不可不认真考虑。晁错首先分析了汉匈两军的优缺点，指出匈奴是游牧民族，全民皆兵，共有30多万骑士，机动灵活，突击力强，军事上很占优势。其三条长处是：战马好，骑术精，人民吃苦耐劳。汉军也有自己的优势：武器精良，训练有素，长于在平原展开正规车骑大战和下马短兵相接搏斗。而且汉王朝地广兵多，在数量上更占绝对优势。如果再把归附汉王朝的义渠胡等游牧族组成军队配合汉军作战，就能兼备敌我双方的优点，在军事上万无一失了。文帝读后，龙颜大悦，赐晁错书策以示嘉奖。

晁错又上《守边劝农疏》，建议徙民实边，抗击匈奴。匈奴不以土地种植为生，而以放牧牲畜为业。其生活方式往来迁徙，游牧射猎在沿边各地，哪里薄弱就可以从哪里入侵，非常主动。而汉王朝边境漫长，实难兼顾。遭到匈奴侵犯的地方求救，若不去救援则受损失，而且边民心生绝望，就有投降匈奴的念头；若前往救助，派兵少了则不足以抵挡匈奴军队，派兵多了，则大队人马从千里之外跋涉而来，敌人早已闻风跑得无影无踪。为此，晁错建议移民屯田充实边区，选择战略要地建设守备牢固的据点，要求能够容纳千户以上。然后到内地招募百姓，或者赦免犯人，让他们充军边塞。政府要为移民划分土地，建造住宅，供给开荒时所需的衣服口粮，直到生产能够自给时才停止。把他们按五家、十家编组从事生产和军事训练，使他们安居乐业，确立长期定居、保卫乡土的决心。这种移民定居地区，其战斗力必然远远超过从内地征发前去守边一年的戍卒。有了许多个这种具备相当自卫能力的战略据点，才能构成一条比较巩固的边防线，从而对匈奴军队的行动起到一定的限制作用。文帝采纳了晁错的建议，于是下诏募民，迁徙到边塞，去垦田筑城，加强边防。

晁错又上《论贵粟疏》，建议文帝"重本抑末"，重农贵粟，减轻赋税，广积粮食。当时，西汉政权继续用户籍制度控制人口。在列入户籍的编户中，人数最多的是自耕农民，广大的自耕农民是汉代农业生产的主力。晁错估计，通常是五口之家，耕田百亩，大约每年交田租三石至四石粮食，约合钱三百。但是人头税每年却有户赋二百，献赋每人六十三，算赋每个成人一百二十，口赋每个小孩二十三，加起来就将近八百。另外还有兵役和各种劳役，成年男子都得按规定的时间地点去负担或者交钱代替。如果碰上水旱之灾，或者赋敛无度，农民更是不堪重负。

所以，当务之急是让农民有心务农，让农民务农的最好方法是提高粮价，提高粮价的方法，是以粮食为赏罚。现在，可以号召天下，有向朝廷交纳粮食的，可以封爵，可以免罪。这样，富人有了爵位，农民有了钱财，粮食有了流通，损有余而补不足，这种做法对国家和百姓都有利。爵位是君主专有的，出于口而没有穷尽；粮食是农民种出来的，出于地而不会贫乏。得高爵和免罪都是人所希望的。让天下人向边郡交纳粮食而得以受爵、免罪，不出三年，边防上的粮食储备必然丰富。汉文帝采纳了晁错的建议，下令全国百姓都可以"入粟拜爵"。晁错的为政措施，促进了社会经济发展，调整了生产关系，安定了人民生活，加强了国防，巩固了中央集权统治。开辟了"文景之治"的大好局面，为后来汉武帝反击匈奴，奠定了雄厚的物质基础。

晁错的"三疏"，以历史事实为依据，对当时各种利弊得失能作具体的分析，立论精辟而切于实际，语言质朴而笔力遒劲，行文豪放而富有文采，对后世的政论散文颇有影响。其作品被鲁迅先生誉为"西汉鸿文"之一，并"沾溉后人，其泽深远"。

晁错削弱诸侯国的主张，打击了诸侯王的政治野心，直接损害了他们的既得利益，引起了众多割据势力的怨恨。

晁错坚定地坚持削藩，当要削夺吴国的会稽郡和豫章郡时，吴王刘濞十分气愤，他是最强大的封王。都吴（今江苏苏州），拥有江东五十三县，盛产铜、盐，国富民强。他听说胶西王勇猛、好斗，便派使者中大夫应高前去游说胶西王起兵反汉。应高对胶西王许愿说，将来夺取天下之后，两主分割，胶西王表示同意。吴王刘濞还不放心，又亲自前往胶西，与胶西王结盟。随后吴王又派使者联络胶东、菑川、济南、济北、楚、赵等国，各国推举吴王为盟主，建立军事同盟，共同起兵反汉。

刘濞等人深知叛乱难得人心，师出无名，就非常狡猾地打出了"请诛晁错，以清君侧"的旗号。他们说晁错离间"刘氏骨肉"，他们起兵的用意也只是清除皇帝身边的坏人，为了"安刘氏社稷"，并非反对皇帝。用攻击晁错的障眼法，掩盖其攻击汉王朝的真实野心。

公元前154年，吴、楚、胶西、赵、济南、菑川、胶东七个封国，同时发动叛乱，这就是历史上著名的"吴楚七国之乱"。刘濞下令先将汉朝所任命的2000石以下的官吏统统杀掉，然后他亲率大军从广陵北上，西渡淮水，与楚军会合，纠集20万人继续西征。胶西、胶东、济南、菑川等国合兵围攻仍然忠于汉王朝的梁国。赵国也暗中勾结匈奴，起兵反叛。一时黑云压城，长安城中的高利贷者认为东方战事胜败难知，竟不肯贷款给从

军东征的列侯封君，好像汉中央政权已经危在旦夕了。

汉景帝正无良策之时，袁盎向景帝建议说："诸王起兵，完全是因为晁错，只要杀了晁错，吴楚即可退兵。"袁盎曾做过吴相，本是吴王派来的亲信，又曾因晁错欲治他的贪污受贿罪，因而对晁错恨之入骨，他此刻找到了报复的机会。在吴楚七国声势汹汹的进攻面前，景帝也动摇了。他听信了晁错政敌袁盎的挑拨怂恿，说："吾不爱一人谢天下。"以牺牲晁错，退还削地，来换取七国退兵。便授意丞相庄青翟等人诬告晁错不忠，把他骗到长安东市腰斩，时晁错年四十六岁。同时，晁错的全家老小也被残暴地杀害了。

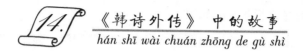

14. 《韩诗外传》中的故事

hán shī wài chuán zhōng de gù shì

韩婴，就是今文经学"韩诗学"的开创者。韩婴，燕（治所在今北京西南）人，文帝时任博士，景帝时为常山王刘舜太傅。著有《韩诗内传》四卷和《韩诗外传》六卷。《内传》可能是解释《诗经》的著述，早已佚失，《外传》并不是以解释《诗经》为宗旨，而是一部汇集古代故事与诗说的书，通过人物的对话和故事这个主体来宣扬儒家的政治思想与社会伦理道德观念，以达到讽喻劝惩，教育人、启发人的社会功用。但在发挥经义，阐明道理中，为后世保留了很多历史故事和一批各具特色的人物形象。

石奢是楚国昭王时的一位义士。由于他为人公道正直，楚王就让他做了一名执法断狱的官。经他办理的案子，全都公正合理，连犯人都打心眼里服气。他又能勤于职守，严于律己，所以很得朝野人士称赏。有一次石奢又奉命去追捕一名杀人犯，到了杀人犯面前，才发现竟是自己的父亲。这一来，石奢可犯了难，是徇私情放了父亲，还是秉公执法，抓父亲回去呢？思量再三，他选择了前者，毕竟是亲生父亲啊，治他的罪，于心何忍！返回朝廷后，石奢就跟楚王报告说："那个犯人，是臣的父亲，我若是为了维护法律的尊严和自己的地位而杀了父亲，就是大大的不孝，所以我私自把他老人家放走了；但因此我没能执行大王您的法律，是对您大大的不忠，我犯了欺君之罪，不可饶恕，请求大王您下令杀了我吧。"态度非常诚恳坚决。楚王向来赏识石奢这个人才，也很能体谅他的难处，就跟他说："是犯人逃得太快，你没能追得上，怎可怪你呢？你还是回去继续做事吧。"石奢却执意不肯，又跟楚王说："切不可这样。当时我若不放父亲，是我的不孝；但放了父亲，又是我的不忠；我自己犯了死罪却还活着，是我的为政不廉；大王您赦免我，是您对臣下的恩德；我决意领受制裁，是臣下的义气和本分。"说完就当场刎颈自杀了。这则小故事塑造了石奢这个既为人子又为人臣的双重身份的人物形象，着重体现了他性格中刚烈廉直的一面。

"公仪休嗜鱼"一章，则从一件极其普通的日常小事着笔，宣扬了为官清廉的思想。公仪休这个人很爱吃鱼，他在鲁国做官时，有一次，国人送鱼给他，他却无论如何不愿接受。他的弟弟就很不解地问他："你明明爱吃鱼，现在有人送鱼来，却不要，为什么呢？"公仪休解释说，正因为自己爱吃鱼，所以才不敢接受送的鱼。接受了鱼而养成受贿的习惯，将来罢了官，自己就没条件吃鱼了。相反，拒绝这次的送鱼而保住了官位，自己就会永远有足够的鱼吃，而且也会吃得心安理得、津津有味。这则小故事，通过公仪休兄弟俩简单而不失幽默的对话，反映了公仪休廉洁奉公的精神品格，教给世人做人和做官的深刻道理。

在朋友之间的交往上，儒家向来提倡相交以诚、相交以心、相交以义，"知心"、"知音"成了人际交往的最高追求。魏文侯时的解狐和荆伯柳却是一对有私怨的仇人。但在国家利益面前，解狐却又能抛开个人恩怨，处理得公私分明。魏文侯曾经想选拔一位贤人做西河之守，于是便征求他一向信任的大臣解狐的意见。解狐毫不犹豫地推荐了荆伯柳，夸赞荆伯柳是少有的贤人，堪任此职。荆伯柳得任西河之守的职位后，就问他的手下是谁在魏侯面前举荐了他，得知竟是跟自己有隔阂的解狐后，心中很是感动，就亲自到了解府，感谢解狐对自己的宽容和保举之恩。谁知解狐竟神情冷漠，不以为然地对荆伯柳说："我在国君面前推举你，那是为公，我心里怨恨你，那是为私。现在公事办完了，而我与你的个人恩怨依然如故。"说完便拉开了箭向荆伯柳射去。荆伯柳一阵快跑，总算躲过了箭。故事对解狐的性格，刻画得十分成功，一个固执地坚守做人原则，冷静、泰然地对待公私恩怨的人物形象呼之欲出。

《韩诗外传》中还记述了一些下层人物的故事，如屠牛吐就是其中之一。齐王有个女儿，年龄很大了，因为相貌丑陋还没嫁得出去，齐王为这事很犯愁。听说都城中有个叫吐的杀牛匠还没娶媳妇，就准备了丰厚的嫁妆，要把女儿嫁给他。可屠牛吐得知这个消息后，不但没有欣喜若狂，反而赶紧推说有病，把婚事给辞掉了。他的朋友都很不解，纷纷指责他说："难道你要一辈子死守这间破杀牛店吗？为什么要辞掉这么好的婚事呢？真是没出息。"屠牛吐却回答说，因为齐王的女儿太丑，自己心里不乐意。朋友们又问他："你从没见过国王的女儿，怎知人家的丑俊呢？"屠牛吐说道："从我自己杀牛卖肉的经验可以推知。我的牛肉质量好时，只怕肉太少，不够卖的；当我的牛肉质量不好时，虽然多给斤两，甚至免费附送别的东西，却还是剩下很多卖不出去。现在齐王准备丰富的财物要把女儿嫁我，我想大王的女儿一定很丑陋，所以我不情愿。"这个故事很有趣，屠牛吐身为一个地位低下的宰牛匠，却能够不为富贵名利所引诱，保持住自己的个性和志趣，实属难能可贵。另外，从这个普通人物身上，也可以看到他头脑清醒和聪慧的一面，增强了人物的性格美，既可敬又可爱。

《韩诗外传》中，除了记述许多明君、贤臣、勇夫、义士的嘉言懿行外，还留下了一些贤良女子的典型形象。

孟子，是中国文化史上最伟大的思想家之一，是继孔子之后儒家学派的又一代表人物，后世的封建统治者甚至还冠之以"亚圣"的称号，与"至圣先师"孔子齐名。这些荣誉和地位的取得是与孟子母亲的精心培养教育之功分不开的。作为一位慈母、严母，孟母可谓是中国母亲的典范。《韩诗外传》中也有两则关于孟母的记述，讲的是她如何教育儿子做人的故事。头一则是说孟子小的时候，有一次看到邻居有钱人家里杀猪，就回来问母亲，好好的一头猪，那家人为什么要把它杀死呢？孟母不假思索地随口哄他道："杀了猪割肉给你吃啊。"但马上就对自己这句话后悔自责起来。心想：我十月怀胎，含辛茹苦，席不正不坐，食物不敢乱吃，一直都很重视胎教，就是希望这孩子将来能成器。现在他刚刚懂点事，我却欺骗他，这不是在教他说谎话、不诚实、不守信用吗？于是赶紧去邻家买了块猪肉，吃饭时做了给儿子吃，以此弥补先前的失言，让孟子觉得母亲并没有骗他。另一则是讲孟子结婚后，有一次从外面回来，进到内室后，发现妻子一个人在屋，衣着随便，两腿伸张，像簸箕似的随便坐在那里。这副姿态对于当时的妇女，可是大忌讳的事情。于是，当时就转身去跟母亲说妻子无礼，应该把她休了。孟母听了颇为惊讶：儿媳一向都很贤惠，儿子为何要休弃她呢？仔细询问一番后，孟母明白了。于是转回头来批评孟子道："原来是你无礼呀，并不是我儿媳妇无礼。礼仪上不是很明白地讲了吗？登堂入室的时候，要人未到，声先闻，以免仓促间，别人没有准备；进屋后，要眼睛向下，稍等一会儿，免得别人来不及反应，出现难堪的事。你刚才不声不响，就冒冒失失地进了内室，令媳妇毫无准备，没能及时整理仪容，这是你的不是啊，怎能怪她呢？再说，她一人闲处内室，那样做法，也没什么不合礼的。"孟子听了母亲的教诲，就认了错，不再提休妻的事了。这两则小故事，主要描绘了一位深明大义、非常慈爱的母亲形象，在慈爱里又透着严格，很有生活气息。虽然作者旨在宣扬儒家教义，但字里行间处处洋溢着浓厚的情感色彩，又能注意揭示孟母的心理活动，把人物的喜怒表情通过语言折射出来，读来颇为感人。

"责儿还金"一则，讲的是一位母亲，教导儿子为官清廉莫贪的故事。有个叫田子的人，在外做小相的官。满三年后，回家休假，他带回了黄金百镒孝敬老母亲，并跟母亲说这是他做官三年的俸禄。母亲不相信，就对他说：你做三年小相，除去吃饭花费，哪能剩余这么多钱？一定是贪污的了，你为官贪财，不是我的孝顺儿子。作为孝子，不光要在家孝敬父母，更要在外做事忠诚尽力，报效国家，不丢父母的脸。你现在拿回这些不义之物，对国家不负责，也有损父母和你自己的名声，真是大不孝，我不认

你这个儿子，你还是走吧！受了母亲的责备，田子惭愧不已，立即回到官府退还了贪得的金子，并请求国君的制裁。国君被田母的深明大义所感动，不但赦免了田子，还大大奖励了田子的母亲。这个故事叙述平实，但却告诉我们一个深刻的道理：母亲不光哺育了儿子的生命，还在关键时刻拯救了儿子的生命和灵魂。看似无情却有情，至情至爱，正在那看似无情的深沉的关注和严厉的责备里。

与孟母、田母相比，"魏少子乳母"对养子魏少子在危难中所表现的那份责任心和侠义心，更显得难能可贵，更值得称道。事情是这样的：秦国有一次攻打魏国，攻陷了它的都城，抓了满朝上下许多人，唯独逃了国君的小公子。于是秦国人下令说，凡能生获公子的，赏金千斤；知情不报的，诛灭九族。这时，就有人跟小公子的乳母说，你一定知道公子的去处，如能报官的话，有大赏呢。不料乳母竟颇有怒色地正声回答道：我并不知道公子的下落。就算我知道，杀了我，我也不会说的。作为乳母，为别人抚养儿子，就要尽心尽责地把他养大，而不是让他早夭。我又听说"忠不叛上，勇不畏死"，我不能出卖公子，陷他于死地，而自己独生。于是随公子一道逃往深山大泽，路上被秦军发现，乳母替公子掩护，身中十二箭而死。秦王听说了这事，也深为乳母的大仁大义大勇所震动。

楚庄王是春秋后期一位有名的国君和霸主。他有一位非常温婉贤惠的王后，叫樊姬。有一天，庄王罢朝晚了点。回来后，看见樊姬早已在门口焦急地等待了。就向她解释说："今天听忠贤之臣的谈论，兴之所至，竟忘了饥倦。"樊姬颇感兴趣地问："您所说的忠贤之臣是谁啊，竟然能让大王您忘了退朝的时间？"当听楚王说是沈令尹时，樊姬忽然用手捂着嘴轻笑起来。庄王很奇怪，问她为什么笑，樊姬马上正色答道："臣妾侍候大王您有十多年了。这些年里，我经常派人到外地去物色一些美人回来进献给大王，至今已有十位与妾一起侍奉大王了，并且还有两位比妾不知要贤惠多少倍呢。我难道不想独自拥有大王的恩宠吗？我之所以这样，正是怕因为自己的私心而妨碍了其他更多更好的女子晋见于大王，娱乐于大王啊。沈令尹做楚相好多年了，但我至今未见他引进多少贤人，斥退多少小人，怎能称得上大忠大贤呢？"次日早朝时，庄王把樊姬的话跟沈令尹说了，令尹很是惶恐和惭愧，很快就引进了孙叔敖来代替自己的位置。在孙叔敖的治理下，不出三年，楚国就称霸于天下了。可以说，楚国的称霸，有樊姬的一份功劳。在封建社会，帝王后宫大多争风吃醋，嫉妒成性，而樊姬的形象是独特的，她不仅贤惠温婉播于后宫，而且才智远见达于朝廷。

另外"齐景公弓人妻"，是讲弓人（做弓箭的艺人）为景公做弓箭，不合景公意，将要被杀时，弓人之妻挺身而出，责君救夫的故事。反映了弓人妻不畏强权、大智大勇的形象。"北郭先生妻"是讲楚王重金礼聘北郭先生，北郭先生在是否为官上举棋不定时，妻子帮他排忧释难的故事。表现了北郭之妻体谅丈夫、不慕富贵、安贫乐道的美好内心世界。而"鲁监门之女婴"讲的是一位普通织线女听说贵族卫世子不成材，进而预感到他将给国家带来祸害，因此夜里向丈夫忧虑而哭诉的故事。赞扬了她的卓越见识和"位卑未敢忘忧国"的赤子之心。

诸如此类的有关贤妻良母的故事，比起那些君臣义士的男人事迹，读来别有一番撼人心魄之美。韩婴把她们单独记述下来，其实并无意于张扬女性的崇高，提高她们的地位，他毕竟超越不了历史局限。但唯其如此，才更让我们觉得《韩诗外传》中这些巾帼模范的形象弥足珍贵。

15. 淮南王刘长是怎样死的
huái nán wáng liú cháng shì zěn yàng sǐ de

淮南王刘长是汉高祖刘邦最小的儿子，他是原来赵王张敖的一个美人所生。汉高祖八年（公元前199年）刘邦东击匈奴，征讨韩王信后，回京途中路经赵国暂住歇息，赵王张敖派赵美人侍奉刘邦，不想赵美人竟怀上了身孕。赵王生怕得罪皇上，也不敢把赵美人继续留在自己的宫中，就另建外宫让她居住，等生了皇子再作打算。后来赵王的谋臣贯高等准备谋杀高祖的秘密泄露后，赵王一家都受牵连被捕入狱，准备治罪。其中赵美人也一齐被捕来，而这时赵美人就要生产了，她向狱吏求助，狱吏虽然很同情她，但又不能放她出去。她只好求狱吏转告皇上，说她怀上了皇上的孩子，请求赦免，这时刘邦正在气头上，根本不理睬这件事。赵美人有个弟弟叫赵兼，先前曾认识辟阳侯审食其，于是他托审食其向吕后说情，希望搭救他的姐姐，吕后本来对刘邦纳妾入姬非常嫉妒，哪里还会主动去管这种事，所以一口回绝。审食其碰了一鼻子灰，赵兼也无计可施了，赵美人只好就在狱中生下了刘长。赵美人一肚子冤屈，一腔怨恨，想自己为皇帝生了个儿子，没人侍奉不说，还得在牢狱中生产，越想越气，一气之下就自杀了。狱吏只好把刚出生的孩子抱给皇上，高祖一看这孩子生得健壮雄伟，有些像自己的气魄，后悔不该不管她们母子，于是就把这孩子交给吕后抚养，把孩子的母亲厚葬到真定老家。

刘长渐渐长大，他生性聪明，很听吕后的话，吕后也很喜欢他，把他视做亲生的儿子，以至吕后专权时他也未受什么挫折。

高祖十一年（公元前196年）七月，原淮南王黥布造反，经高祖亲征，平息了叛乱，杀了黥布，就把少子刘长封为淮南王。刘长从小跟吕后长大，所以，到了淮南才知道自己的亲生母亲早已死亡。于是他又找到舅舅赵兼，舅父痛说他母亲死时的前前后后，刘长听了非常悲痛，从此以后，他心里特别恨辟阳侯审食其。因为据传吕后与审食其有暧昧关系，如果审食其尽力帮助搭救，或许吕后能救刘长母亲，所以刘长怀恨在心，定要杀审食其为母报仇。吕后在世时他一直忍在心里，不敢爆发，吕后死后，他就开始预谋击杀审食其。

淮南王刘长天生力大无穷，几百斤重的大鼎他都能举起来，再加上他生就的一副蛮横样子，谁见了都得怕他三分。一天，他袖里藏了一柄铁锥，带了几个随从去见辟阳侯审食其，审食其见淮南王来访，就慌忙整衣整冠上前作揖、问安，岂料一句话还没说完，就被淮南王当头一椎击倒，紧接着淮南王的随从魏敬用刀把审食其杀死，他们一直看着审食其确实断了气，才从容地离去。几年来淮南王一直心里嫉恨，伺机为母报仇，今天他终于把辟阳侯杀了，心里像放下一块石头一样轻松，他什么也不怕了，光着膀子，到朝廷去请求治罪。他历数了辟阳侯该杀的三条罪状："一是我母亲不该死而辟阳侯见死不救；二是戚夫人、赵王如意无罪，吕后杀了他们，辟阳侯能救不救；三是吕后大封吕家人做官，想夺取刘家天下，辟阳侯不和吕后斗争。为其三条罪状，我今天杀了审食其，上为民除去一害，下为母亲报了私仇，请皇上给我治罪吧！"孝文帝本来对审食其没有好感，也很同情淮南王的身世遭遇，念他一片孝心，再加上同根兄弟的份，也就没有给他定罪，赦免了他。

刘长犯罪没有得到惩处，越来越有恃无恐，他不遵礼法，直呼皇上为"大兄"；和皇上一起打猎，要与皇上同乘一辆车；对大臣们骄横傲慢，当时上至太后、太子，下至各大臣都很怕他，因此，回到淮南就更加肆无忌惮。在他管辖的范围内不使用国家统一的法规，而是自定法律，自作主张，他的话就是法律。他出入时还擅自使用皇上的礼仪，简直就像个天子。文帝听到后，只顾念手足之亲，没有立即治罪，先令将军薄昭去信劝告，可刘长不思悔改，他恐怕朝廷查办，便先发制人，指使大夫但等七十多人，潜入关中，暗暗勾通棘蒲侯柴武的儿子柴奇同谋造反，约定用大车四十辆载运武器，到长安北面的谷口，凭借那里的险要地形起事。柴武派了一个因犯罪而削了官职的叫开章的人去与刘长联络，让他南连闽越，北通匈奴，一齐发兵大举进攻洛阳。刘长听了很高兴，当下把开章留到府中，又给开章娶了妻子，又赏赐了许多财物。开章见升官发财的机会到了，也乐意留在淮南府中卖命，于是又写了封信派一个随从向柴奇报告情况。不想派去的人被当地官吏抓住，搜出密信，报告朝廷。文帝虽然很生气，但还是不忍心捉捕刘长，只命长安尉（管刑罚的官）先去逮捕开章。可是刘长把开章藏匿在家不让逮捕，当天就与他的幕僚商量把开章秘密处死，以免留下后患，同时伪造开章的灵柩，埋在刘肥（刘邦的儿子）的陵墓中，还写着"开章葬在此处"几个字。长安尉知道这是假象，也不去追查，只回长安向皇上报告。

刘长眼里根本没有朝廷的法度，他视人命如草芥。他早些时曾无辜杀死一个没有犯任何罪的人，还满不在乎地让地方官吏专门报告说他杀了

"无罪者"六人，为什么要这样做呢？原来他是为几个曾经犯死罪、朝廷正在通缉追捕的要犯开脱罪责，好让他们死心塌地地为自己效力，反正他杀人不用偿命。他先后擅自赦免过死罪者十八人，重罪者五十八人，轻罪者十四人，而他随便给人定罪，别人也不敢告发他。所以刘长越来越胆大妄为，无视朝廷。

一次刘长生病，皇上专门派人去慰问他，并给他送去枣脯等食品，以示关怀，可他都不屑接受，也不去接见使者。南海（指今广东一带）一个百姓得了一块很珍贵的玉璧，上书并献璧给皇上，刘长的幕僚简忌把书信烧掉，把璧留在刘长府中。种种不法行为都早已构成重罪，这次造反事泄，也是皇上放纵而造成的，所以，朝廷不得不召刘长到京服罪。刘长因为力量还小，羽毛未丰，只好进京受责。当时丞相张仓、典客冯敬等联名上奏，坚决要求治淮南王刘长死罪。但文帝毕竟顾全同胞之情，最后还是赦免死罪，削去王爵，发配到四川严道县邛邮安置，并允许家属同去，由严道县令替他们建造房舍，供给衣食。命令下达，就把刘长押上车，送往四川。

当时有个叫袁盎的人对皇上说："以前对淮南王有些放纵，没有派一个得力的大臣辅佐和管教他，致使成为今天这个样子，淮南王个性刚直，现在这样摧残他，我恐怕他吃不了这个苦，早晚死在那穷乡僻壤，到那时陛下就得担个杀死弟弟的声名了。"皇上告诉袁盎说："我这样做也是让他吃些苦，能改过自新啊！"结果淮南王真的不愿吃那份苦，在去四川的途中绝食自杀了。

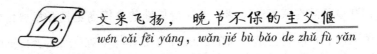

16. 文采飞扬，晚节不保的主父偃
wén cǎi fēi yáng，wǎn jié bù bǎo de zhǔ fù yǎn

主父偃（？—公元前127年），齐国临淄（今山东淄博市临淄区）人，生活于汉武帝时代。汉武帝喜爱贤良文学之士，所以当时向武帝呈献文章而博得赏识的人很多，例如司马相如、徐乐、东方朔、终军、朱买臣等，

都属于这一类人。主父偃也是其中的一位。

主父偃最初学纵横之术，后来又学习儒家经典，同时采纳百家之言，所以他的思想博采众家，可以说没有门户之见。而汉武帝时儒学兴盛，尤其是齐鲁地区，儒学在政治思想与学术领域中占有绝对的统治地位，因而主父偃在齐国治学，后来做王公贵族的门客时，经常受到正统儒生的排挤。主父偃家里经济条件又不好，无人赏识就无以为生。在这种情况下，他只好去云游燕赵，想在那里寻求发展。但是他没有想到，燕赵同齐鲁一样，也是儒生们的天下。大家一打听他并不专治儒学，就把他当做"杂牌军"，甚至还把他看做异类，不敢和他接近。那些诸侯王也不赏识他，其实这些诸侯王并不需要真正有才学的人，他们养门客只是追求时尚，附庸风雅而已。

主父偃的游学之路满是坎坷，饱受冷落还算其次，日子一久，连生计也成了问题。他意识到，这些王公贵族不赏识他，他也不值得去为他们效力。于是在汉武帝元光元年（公元前134年），他离开燕赵，向西南进发，到了京城长安，想办法拜见了当时的大将军卫青，他向卫青陈述自己的政治见解，深得卫青赏识。卫青认为主父偃有栋梁之才，便与他结成好友，常常促膝谈心，并极力向汉武帝推荐，但没有引起汉武帝的重视。主父偃在长安滞留的时间越来越长，盘缠也花得差不多了，而前途却依然很渺茫。使他痛苦的不仅是物质上的匮乏，还有经常遭受的势力小人的冷嘲热讽，他们肆意讥笑主父偃的寒酸。当所携带的钱快花光的时候，他不得不搬到更便宜的旅舍去住。他仍和卫青往来，但和卫青有往来的别的王公贵族及他们的门客，都对主父偃嗤之以鼻，在门口相遇时，常常是用藐视的眼光打量他一下，然后拂袖而去。

一筹莫展的主父偃终于下了决心，亲自上书汉武帝，表述自己的政见和主张。卫青非常支持他，一天早朝替他把奏章呈与汉武帝。恰逢武帝无事，退朝后便拿来几篇下面呈上的文章，随意浏览。当他读到主父偃的文章时，看着看着，就被文中对国家大政鞭辟入里的分析深深地吸引住了。文章大意是：

我听说贤明的君王不讨厌恳切犯颜的谏言，为的是能最大限度地听取臣民的意见；忠直的大臣不避被诛杀的危险而敢于直谏，为的是能使君王在处理政事时没有失策之过，从而使治国之功万世流传。我不敢因怕犯颜直谏而隐藏忠直之言，所以上书提出愚臣的主张，希望陛下能宽恕我的激切言辞，能体察我的拳拳之忠。

《司马法》说："国虽大，好战必亡；天下虽平，忘战必危。"古代的君王常因小事而怒发冲冠，动不动就发动战争，使伏尸遍野，血流成河，这样的做法有什么好处？圣明的君王在动用武力之前一定要认真地、冷静地思考。那些穷兵黩武的人，最终没有不追悔莫及的。秦始皇以强大的武力扬威海内，吞并天下，但征战不知适可而止，不听李斯劝谏，派蒙恬北击匈奴，连战十余年，死者不计其数，最终也不能跨过黄河而占据北方。难道是人力不够？或是武器装备不好？都不是，而是客观形势达不到。全国为战事转运粮草，从东海之滨运往西北大漠，一石粮食运到前线，光路费就要支付一百石。全国男子忙着耕田，女子日夜纺织，都供应不上军需。最终使国家经济凋敝，百姓饥寒，天下大乱。高祖初定天下，开疆扩地，想击败匈奴，御史成劝谏说："匈奴，像鸟兽一样聚散，打击他们像打击影子一样难，捉摸不到。现在陛下德威如此之高，去攻打匈奴，有损害威仪的危险。"高祖不听，最终在平城白登山被围，此时后悔已于事无补，只得被迫与匈奴和亲，才得以解围。所以，用兵日久，劳苦过重，必生变故，边境军民会里通外国，如秦朝那样，使国家不安定。《周书》说："安危在出令，存亡在所用。"希望陛下深思、明断！

主父偃的奏章，具有西汉前期散文的一些普遍特征，注意在政治上总结秦亡的教训；在思想内容上，不像春秋战国时期的文章那样执一家之言，有了兼容并包的特点，反映了西汉前期思想统一的趋势；在文风上，既注重实际，揭露问题，言辞又比较委婉典雅，还留有纵横家感情充沛、气势磅礴的特征。

主父偃的上书深为武帝赏识，汉武帝任命他为郎中。此后他又多次上书给武帝，其主张都被采纳。武帝越来越重用主父偃，一年之中升迁四次，由郎中、谒者、中郎，最后升为中大夫。他针对当时国内重大政治问题，上书给武帝，提出许多切实可行的措施。如允许各诸侯王将领地分封给他们的子孙建立侯国，这样便分化瓦解了王国的力量，使建国以来一直威胁中央集权的诸侯割据的大问题被稳妥而彻底地解决了；建议将各地豪强迁往茂陵，这样就保护了中小地主和农民免受兼并，其实也保护了小农自然经济的发展。可见，主父偃确实是有才能的，先前在齐鲁燕赵不被重视，只是明珠暗投而已。

主父偃后来因为拥立卫皇后有功，更成了皇帝和外戚都很看重的人物。大臣们都害怕他，因为皇帝那么信任他，如果他向皇帝参上谁一本，谁就要倒霉，所以大家都去贿赂主父偃。主父偃是来者不拒，累计收受黄金有千斤之多，有人称他为"大横"。主父偃听了对人说："我游学四十多年，而不被重用，屡遭困窘，亲生父母不认我这个儿子，兄弟也不愿理我，那些和我同为门客的人都瞧不起我，我遭受困厄太久了。大丈夫生不能很好地享受，死了也要下地狱。我现在是老年人了，再不捞一把就没机会了，所以只好倒行逆施，不遵常理尽情享受。"

主父偃的地位迅速上升，他本人的欲望也随之膨胀。他是齐人，欲与齐王家通婚，被拒绝，主父偃便借机报复。元朔二年（公元前127年），主父偃上书弹劾齐王有淫行。皇帝就拜他为齐相，让他到齐地监督齐王。主父偃重回齐地，可谓衣锦还乡，以前的亲朋早在很远的地方等着迎接他。把政务安顿好之后，主父偃把这些人都召集到一块儿，对他们说："我贫贱之时，弟兄不给我衣食，朋友将我拒之门外。现在我做了齐相，你们殷勤得恨不得到千里之外迎接我；我命人将五百斤黄金分给你们，我与各位的交情从此一刀两断，你们谁也不必再来找我了。"

主父偃做了齐相后，立刻查办齐王与其姐通奸的事，齐王认为难以逃脱制裁，便自杀了。当初曾冷落过主父偃的赵王怕主父偃将来加害自己，便借机上书告主父偃收受贿赂，并诬陷主父偃建议各王国分封侯国，是因为收受了各侯国的钱财。武帝大怒，将主父偃下狱。大臣公孙弘坚持认为齐王自杀是主父偃逼迫的，不诛主父偃难以告慰天下。于是主父偃一家被诛灭。

主父偃是诤臣，能臣，但他收受贿赂，晚节不保，最终为人所害，也是理之必然；不过，他诣阙上书的奏章却是一篇出名的文章，是汉代散文中的一颗明珠。

17. 今文经学大师董仲舒
jǐn wén jīng xué dà shī dǒng zhòng shū

汉武帝时期，有个今文经学大师董仲舒，他提出了"罢黜百家，独尊儒术"的主张，开此后二千多年以儒学为正统思想的先河。

董仲舒（公元前179—公元前104年），广川（今河北枣强县东）人，出生在一个大地主家庭。他的青少年时代，是在西汉文帝、景帝时期度过的。据说他自幼便养成两耳不闻窗外事、一心只读孔孟书的习惯，特别是对儒家经典《春秋》，更是潜心钻研。他家房后有个小花园，他三年没进去一次，号称"三年不窥园"。汉景帝时期，董仲舒获得了"专精于述古"的声誉，当上了"博士"。他的弟子众多，辗转相授，有的都没见过他的面。

文景时期的博士并不限于儒生，但是儒家学说却越来越占据优势。武帝刘彻即位的头一年，即建元元年（公元前140年），汉武帝下了一道诏令，要各地方长官推荐天下贤良文学之士到长安献计献策，董仲舒被举为贤良。武帝亲自命题，征求贤良文学之士对于国家大政方针的看法，董仲舒一连上了三篇奏章，统称《举贤良对策》，回答武帝的策问，系统地阐述了董仲舒的哲学思想和政治主张。

《对策》写道：当今天下人们所学的理论不统一，人们的观点便不同。

各家皆持一己之见，主张存在着很大差异，因此造成朝廷难以定一统，法制屡次变化，使下属不知道何所依从。因此，闭塞那些不学习六艺和孔子学说的人的仕途，才能废止其他各家异说。尊崇儒家学说，以儒家学说为唯一的指导理论，才能求得全国民众思想的统一。所以大力彰显六艺，弘大儒学，维护皇家法度的尊严，是治国的根本方针。这一主张得到武帝的赞赏，于汉建元五年（公元前 136 年）兴办太学，设置五经博士，即讲授《诗》、《书》、《易》、《礼》、《春秋》五部儒家经典的学官。

提出"罢黜百家，独尊儒术"的汉儒董仲舒。他最早提出只有统一思想、否定学术的独立才能确立稳固的统治。他的主张被历代专制君主奉为圭臬。

汉代以前的儒生传经，大都是师徒口耳相传，到了汉代才用当时通行的隶书将经文著于竹帛上，所以叫做今文经。董仲舒专治《春秋公羊传》，是武帝时期的《春秋》经博士。他以儒家宗法思想为中心，杂糅阴阳五行说，将神权、君权、父权、夫权贯穿在一起，形成一套封建伦理体系，最适合统治者的政治需要，在当时影响很大，他自己也成了今文经学的代表人物。五经博士设置后，朝廷规定为博士配备弟子，每经十人，全国博士弟子共五十人，并规定博士弟子可以免服徭役，治经优良者还可以做官。由此，读书人争相作为博士弟子，今文经学日益兴盛。

董仲舒在《对策》中还提出了他的"天人感应论"的唯心主义世界观。他认为天是有意志的，天创造了万物，主宰了万物，皇帝受命于天，并按照天的意志进行人间的统治。如果人君暴虐无道，天就会降灾异来警告他，甚至夺去他的皇位。这表明上天对君主非常慈爱，愿意帮助君主制止祸乱，只要不是坏到极点，上天都希望加以扶持保全。所以君主应当强化自己奉行天意的意识，着重教化统治，辅以法治刑杀，用自己的模范行动影响朝廷百官以至万民，兴办学校，用仁义礼教养成良好习俗，消除秦王朝苛政的流毒。这样，上天就会降下吉祥的征兆，国家就太平了。

《对策》还宣传"天道不变"的观点。治理国家的根本原则——道，是圣人取法上天而制定的，本来是永恒的。然而，有些王朝出现了弊端，那是由于违背了道。所以后继的王朝就需要纠偏补弊，但这只是改革具体体制，并不变动根本原则。因为帝王统治的秩序和伦理道德是从天那里来的。天是不变的，帝王统治的秩序和伦理道德当然也是不变的。古今没有区别，朝代的更替只是循环往复。这种"天不变，道亦不变"的理论，是以宣扬封建统治天长地久为目的的。

董仲舒的新的儒家学说，逐步发展成为我国封建社会的主要理论。一方面他以儒学为体，配合阴阳五行学、黄老刑名和其他各家学说，创造了完全适合地主阶级统治需要的今文经学；同时，也由于汉武帝采取诱导鼓励其发展的方针，不用粗暴禁绝的强制手段，比较适合学术思想斗争的规律，所以儒家学说得到流行。它适合政治、经济发展的要求，对于巩固国家统一，防止暴政，缓和对农民的剥削压迫，有着积极作用；同时，对后世中华民族文化的形成，也有重要的作用；在社会习俗、伦理道德等方面也产生了深远的影响，这对巩固封建统一帝国的意义十分重大。当然，作为一种剥削阶级的思想体系，它的消极影响也是不可低估的。东汉时，著名的唯物主义思想家桓谭、王充等人首先认识到了这一点，他们勇敢地站出来，对以董仲舒为代表的唯心主义进行了有力的批判。

董仲舒被西汉儒生称为群儒之首，著作颇丰。但可以作为散文来加以研究的只有《举贤良对策》三篇、《乞种麦限田章》、《高祖庙园灾对》、《雨雹对》、《郊祀对》等数篇。董仲舒的散文在艺术方面一改贾谊、司马相如等汉初文章的那种豪迈雄放、气势磅礴，而转为一种温文尔雅，侃侃论道。他引经据典，深奥宏博，有条不紊，从容舒缓，给人以醇厚典雅之感。刘熙载在《艺概·文概》中说："秦文雄奇，汉文醇厚。大抵越世高谈，汉不如秦；本经立义，秦亦不能如汉也。"董仲舒的文章就属于"温雅"、"醇厚"的类型，他在汉代散文文风方面的影响是很值得重视的。

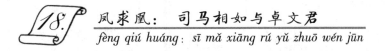

18. 凤求凰： 司马相如与卓文君
fèng qiú huáng： sī mǎ xiāng rú yǔ zhuō wén jūn

汉代辞赋家司马相如与女才子卓文君结为连理，至今传为佳话。

司马相如不仅好读书击剑，善为辞赋，而且精通音律，弹得一手好琴。景帝初年他是武骑常侍。景帝不好辞赋，因此也不看重司马相如。一年梁孝王来朝，随行的还有邹阳、枚乘、庄忌等文士，梁孝王爱招揽文士，相如一见如故，便借口有病辞去武骑常侍之职，去做梁孝王的门客。与邹阳等人相处数年，写了《子虚赋》。后来梁孝王去逝，相如决定归蜀，因为家贫，投奔了临邛令王吉。

临邛（今四川邛崃）有家富豪叫卓王孙，他家的家奴就有八百多人。卓王孙素与临邛令交往，现在听说司马相如作为王吉的客人来到了临邛，他也想见见这位有些名气的青年才子，同时，他也想让司马相如认识认识他——临邛的卓王孙可是方圆几百里的大名人啊！

卓王孙请方士算好吉日后，便向临邛的官吏、富商、地主以及亲朋下了请帖，邀请他们都来家里参加盛大宴会。卓王孙还特地邀请王吉和司马相如两人以贵宾身份参加。

卓王孙有个女儿，名卓文君，时年芳龄十七岁。她喜好琴棋书画，酷爱舞文弄墨，但已成新寡。一天晚上，文君正在绣楼弹琴，卓王孙笑呵呵地走了进来。文君急忙起身把椅子推了推说："爹爹请坐吧!"卓王孙坐下后，文君忙着给爹爹沏茶。

卓王孙捋了捋胡须，微微点点头说："我女儿的琴可弹得越来越好了啊!"卓文君微笑着说："爹爹净胡夸，女儿可觉得没有长进。"卓王孙说："爹爹今天来是想和你借一样东西。"文君说："爹爹需要什么尽管自己拿，怎么能说借呢？"卓王孙说："爹爹是想借你的古琴，你肯借吗？"文君笑

相如别友往都亭

图为相如别友往都亭。司马相如离开梁国后，回到了家乡成都。后来投奔临邛令王吉，王吉把他安顿在都亭居住。

着说："爹爹又不会弹，借琴干什么？不是说笑话吧？"卓王孙说："好女儿，爹爹不会弹琴，可有人会弹，爹爹是给别人借的。"文君说："琴是女儿的心爱之物，女儿一向是不出借的，爹爹你也是知道的呀！"卓王孙说："爹是知道，可是——可是这个人可不一般呵！"文君说："女儿不管是谁，一概不借！"卓王孙着急地从椅子上站起来，搓着手说："好女儿，爹爹明天要请司马相如来，听说他是风流才子，琴也弹得好。另外，爹爹也是想在众人面前露露脸，让他们

也见识见识咱家这把传世的宝贝古琴。"文君笑着说："既然是这样，女儿就借爹爹一次，不过得答应女儿一个条件。"卓王孙满脸堆笑："女儿有什么条件，尽管说吧，爹爹依你就是了。"文君说："女儿读过司马相如的文章，辞藻华美，汪洋恣肆，女儿也想见见这位才子，也好当面请教。"卓王孙面露难色说："女儿不可见他，听说他一向风流倜傥，万一对女儿有什么非礼之举，岂不让人笑话。"文君想了想说："那女儿就在帘内瞧他一眼，听听他的琴，总行吧？"卓王孙叹了一口气说："也罢！明天你就在客厅小门的帘内听听，不许你进去，记住了。"文君点点头说："女儿记下了。"

第二天，卓王孙门前车水马龙，好不热闹，来赴宴的有三四百人，卓王孙在厅前迎接客人。他不断地颔首抱拳，客人们也频频向他点头作揖。

卓王孙在大客厅摆下了丰盛的宴席，山珍海味、各种点心、上好的美酒令人大饱口福。宴会从中午开始一直进行到太阳西斜，席散后，丫头们又走马灯似的端来了各种瓜果和茶水，客人们一边喝茶，一边聊天。

卓王孙脸色通红，显然是喝多了。他走到司马相如面前，坐下来。王吉对卓王孙说："卓翁兄，这位就是当今辞赋才子、成都司马相如公子，年轻有为之人啊！"卓王孙深深地点点头说："久闻公子大名，今日一见，果然有才有貌，老夫不懂文章，只是听说公子弹得好琴，唱得好歌，今日不妨请公子给诸位弹唱一曲，如何？"王吉点头附和说："我也正有此意，卓兄主意甚好。"他回过头对司马相如说："公子意下如何？"周围众人都嚷嚷说："公子弹唱一曲吧！公子弹唱一曲吧！"司马相如见此情景，也不推辞便说："好吧！"

卓王孙吩咐家人："拿琴来！"家人早把琴安放好。

司马相如坐在琴边，看着琴，只见琴身光洁，一尘不染，还微微闪着翠绿色的光芒。他还隐隐闻到琴身上散发着一股沁人的幽香。司马相如早听说卓王孙有一才女叫卓文君，且长得十分标致，看到这琴，司马相如心想：这一定是卓小姐的爱物了。他边抚摸琴身边自语说："好琴，好琴！好琴啊！"

琴台。传说为司马相如弹琴处。

卓文君早已在客厅小门的帘内。她看到司马相如果然英俊潇洒，看到他抚琴，听到他赞琴，心中一阵暗喜，爱物及人啊！

卓王孙却早已等得不耐烦了，他说："公子！快弹唱吧！我们都等着听你的琴歌啊！这琴——这琴本来就好嘛！"

"爹！你说什么呀！"卓文君在帘内听到她爹爹催司马相如的话，情不自禁地喊出声来。

人们都朝帘内观望，司马相如抬头，隐约看到帘内有一女子，他心里明白：这就是卓文君了。

司马相如心中顿时燃起了熊熊的爱情烈火，他想起了烈火中的凤凰，于是他的指尖在琴弦来回舞动……

只听他边弹边高歌：

> 凤兮凤兮归故乡，遨游四海求其凰。
>
> 时未遇兮无所将，何悟今兮升斯堂！
>
> 有艳淑女在闺房，室迩人遐毒我肠。
>
> 何缘交颈为鸳鸯，胡颉颃兮共翱翔！
>
> 凰兮凰兮从我栖，得托孳尾永为妃。
>
> 交情通体心和谐，中夜相从知者谁？
>
> 双翼俱起翻高飞，无感我思使余悲。

司马相如在歌曲中唱出了对卓文君的无限倾慕，他在歌中把自己比做凤，把卓文君比做凰，并隐含让卓文君夜间幽会，远走高飞。

司马相如的《琴歌二首》深切地表达了作者对爱情的大胆追求，这在婚姻完全由"父母之命，媒妁之言"决定的封建社会中是极其值得称道的。司马相如和卓文君通过琴歌自由结合。这在当时的社会中确属不易，所以，一曲凤求凰从汉代一直传到今天。

在艺术水平上，《琴歌二首》文采靡丽，清新明快，从中可以看出汉乐府民歌对骚体传统的继承和发展。

司马相如一曲琴歌唱完，大家都拍手叫好。卓王孙也点头合掌说：

"好！好！"

卓文君听得脸上泛起了阵阵红晕，她被司马相如热烈爱她的情感深深感动，她深深陶醉了。她真想跑出帘外，扑进司马相如的怀抱，一起享受爱情的喜悦。她听到司马相如约她半夜去幽会，随后一起比翼高飞，心里暗暗作着打算。

司马相如从卓王孙家回到自己的住所后，盼望着时间快点过去，他盼望着半夜能等到卓文君。时间却好像过得特别慢，好不容易天才黑下来了，他茶不思，饭不想，只是伫立在门外观望着。

卓文君回到自己的闺房梳洗打扮完，也等待着天黑。她让侍女打听好司马相如的住处，她要去投奔她的心上人。

半夜，卓文君让她的侍婢带路，向着司马相如的住所奔去。

二人相携私奔到了成都，暂时居住下来。而此时的司马相如，穷困潦倒，家徒四壁，钱用完了，就卖东西，连他最珍贵的鹔鹴皮袍都卖了。后来，他们夫妇实在穷得没办法，就只好又回到了临邛，把他们的车马都卖掉，弄了些本钱开了一个小酒店，文君坐柜台卖酒，相如围起围裙自为堂倌，端盘洗碗。卓王孙本来因女儿干出那样的丑事已气了个半死，不想他们又回临邛来丢人现眼，他感到羞耻，气得几个月不出家门。他恨女儿这个贱骨头，败坏家风，给他丢脸，发誓死也不给他们家一分钱。后来经朋友们再三劝解，说司马相如虽然穷，但他是个才子，将来定会出人头地的，这样左说右说，才说动了卓王孙，给了文君和相如钱财百万，仆人上百个。于是相如夫妇又回到成都，买田修宅，过起了富人的生活。

景帝死后，武帝继承了皇位。汉武帝是个雄才大略而又喜欢文艺的皇帝。一次他偶然读到了司马相如的《子虚赋》，大加赞赏。不久，皇帝就封他为郎（皇帝的侍从），后又提拔为中郎将（监管皇帝护卫队的官）。

司马相如有了地位后，就准备聘一个茂陵（今陕西兴平县）女子作妾，卓文君听到这个消息，非常悲伤，认为司马相如是个负心的人，所以就作了《白头吟》这首诗和他断绝关系：

皑如山上雪，皎若云间月。

闻君有两意，故来相决绝。

今日斗酒会，明旦沟水头。

躞蹀御沟上，沟水东西流。

凄凄复凄凄，嫁娶不须啼。

愿得一心人，白头不相离。

竹竿何嫋嫋，鱼尾何簁簁。

男儿重意气，何用钱刀为！

诗中以一个女子的口吻说：爱情应该像高山上的白雪那样纯洁，像云间的月亮那样光明，不容任何一点不干净的东西去玷污，不容任何邪秽的东西掺杂。它是至高无上的，它是神圣而圣洁的。但是她的爱人却见异思迁，中道变卦，她万万没有想到会有这样的结果。她想，当初嫁给他时，一往情深想的只是白头到老，永远相爱，可这美好的梦想破灭了，她的心也碎了。但她毕竟是一个感情丰富的女子，她想到今天的聚会是最后的聚会，而明天的分别是痛心的分别时，心中不免波澜起伏，千回百转。所以，她的话语中流露出了缠绵悱恻、不能割舍的情感。她说："当我们明天分别后，在沟上徘徊着，慢慢走开的时候，我们两人也将像沟水一样东西分流，永远地分开了。"她预想到了离别时撕心裂肺、肝肠寸断的场面，她的语言尽管那样强硬，但她感情的丝絮却难以割断，话语中分明流露出了希望爱人回心转意、破镜重圆的情感。而女人们的命运往往是不幸的，"想一般女子们出嫁时，都要伤心地啼哭，其实根本用不着哭哭啼啼，只要嫁得一个爱情专一的人，白头到老，永不分离，就是无比幸福的了。"出嫁时的啼哭是没有更深体会到人生复杂时的啼哭，像她现在这样的遭遇才是真正凄惨的，是初出嫁时的人难以体会到的啊！

司马相如读了那情真意切的诗句，幡然醒悟，打消了娶妾的念头，从此夫妻二人和睦如初。司马相如死后，文君还写了一篇诔文纪念他。文君不单是个美人，也是一位忠于爱情的女文学家，她的诗文外表温柔，但内含热情，和她的性情是一致的。

19. 金屋藏娇的长门一赋
jīn wū cáng jiāo de cháng mén yī fù

历史上的陈皇后并非一般人物，她是武帝（公元前156—公元前80年）的皇后，有名的"金屋藏娇"故事的女主角。

陈皇后是武帝姑母长公主嫖的女儿，小字阿娇。自幼与武帝青梅竹马，两小无猜。武帝四岁时就被立为胶东王。有一天，长公主带着阿娇来到胶东王府，胶东王刘彻（即后来的汉武帝）正好站在他母亲王美人的身边。长公主顺手把他抱起来放在腿上，抚摸着他的头逗他："儿欲得佳妇乎？"刘彻瞅着姑母的脸哭着不说话。长公主故意指着身边的几个宫女，问他中意不中意，他都摇头表示不中意。于是长公主指着自己的女儿阿娇问刘彻。谁知刘彻马上回答："若得阿娇为妇，当为金屋藏之。"长公主听罢，开怀地大笑起来。于是，她抱着刘彻，来到刘彻的父亲景帝面前，当着景帝的面把刘彻的话复述了一遍。景帝很是诧异，于是就同意了这门亲事。结果阿娇在很小的时候就成为胶东王妃。由于这层关系，阿娇的妈妈长公主，就认真地栽培刘彻。她以自己的特殊身份，终于说服景帝废掉了太子刘荣，在刘彻七岁时将他立为太子。汉武帝兄弟十三人，他排在第九位，他能被立为太子，长公主是出了很大力气的。于是，在刘彻十七岁即位的时候，阿娇也就顺理成章地成为武帝的皇后，开始了盛极一时的尊宠生涯。但好景不长，由于阿娇婚后长期无子，武帝渐渐有了不满。

武帝的姐姐平阳公主为了使武帝早得贵子，早就开始为武帝物色新的配偶了。有一天，平阳公主将物色来的良家妇女十几人打扮起来，一一唤出，供武帝挑选。结果武帝都不中意。喝酒的时候，平阳公主又唤出一班歌女助兴。其中有一个叫卫子夫的歌女长得漂亮出众，美目流盼，歌声动人，武帝一见，大为倾心。当天夜里就将卫子夫带入宫中。陈皇后见到后醋意大作，终于迫使武帝将她打入冷宫。一年之后，武帝打算把长期受冷

落的宫妃放还民间，卫子夫终于得到再见武帝的机会。面对武帝，她流着泪请求武帝放她回家。武帝又是惭愧又是爱怜，于是又把卫子夫留在宫中。不久，卫子夫怀孕了，武帝对她更是恩宠备至，陈皇后逐渐被冷落到一边。骄纵的陈皇后哪里能够接受这样的现实，她找到武帝，和武帝理论，结果被武帝以不能生子为由挡了回去。愤怒的陈皇后迫于无奈，只好重金聘请医生医治，前后用钱九千万，也无济于事。陈皇后绝望了，她几次自杀都没成功。后来，她又想除掉卫子夫这个祸根，可惜汉武帝防范甚严，陈皇后终于未能找到机会。陈皇后也因此遭到了武帝的嫉恨，被彻底冷落在一边。

万般无奈的陈皇后，只得求助于巫术。她请来一个叫楚服的巫女，请她设坛作法，促使武帝回心转意。但是这一次陈皇后却犯了一个致命的错误：她低估了武帝对这件事的反应程度。如果说，武帝过去出于不得已的原因曾多次容忍她，是给了她很大面子的话，那么这次武帝就不能原谅她了。武帝知道这件事后，派人穷追不舍。楚服被问成死罪，砍头示众，另有三百多人受株连而死。陈皇后自知罪责难逃，日夜惶恐不安。果然，武帝在处理完其他人之后，将矛头指向陈皇后，结果陈皇后的册封证书被收了回去，皇后印玺被剥夺，结束了颇为荣耀的过去，被打入冷宫。

客观地说，武帝对陈皇后的处理，有点小题大做、借题发挥。因为事件的发生，陈皇后的骄纵固然是一个方面，但我们也不难看出武帝在整个事件的前后所扮演的角色。可以说，正是这个"茂陵刘郎"的喜新厌旧、用情不专，才引起了陈皇后的过度反应，并最终导致了有失皇统体面的事件的发生。从这一点上说，陈皇后从一开始就处于与武帝不平等的地位，陈皇后成了武帝（确切地说是皇权政治）的牺牲品。

废居长门宫的陈皇后，心情是可想而知的。思前想后，她痛悔不已。她听说司马相如是当今才子，写得一手好赋，就派人送去黄金一百斤，请司马相如代她向武帝剖白情意，表达她的思念之情。司马相如在了解了事情的原委后，挥笔疾书，写成了有名的《长门赋》。赋中他描写了陈皇后被废后失魂落魄、愁肠百结的境况。作品首先描写了陈皇后在冷宫中苦苦的等待，她"修薄具而自设"，"期城南之离宫"，继而登上兰台极目远望，但她的希望落空了，她只能眼看着成双成对的孔雀相依相伴，而没有一丝安慰。于是，她从兰台返回宫中。然而触目所见的雕梁画栋，只能引起她的痛苦。陈皇后深深感到了失落，"日黄昏而望绝兮，怅独托于空堂"。为了驱除难熬的寂寞，她操琴自娱，但刚弹了一会儿，她就再也弹不下去了，她掩面哭了起来。此后，她恍恍惚惚进入梦乡。梦中，终于见到了日思夜想的君王，但惊醒之后才发现，那不过是自己的想象。"魂若君之在旁，惕悟觉而无见兮"，生动地表现了陈皇后失魂落魄、神情恍惚的境况，可谓专制时代一切不幸宫妃的写照。

据说陈皇后拿到赋后，每天让宫女在宫中大声朗读，希望武帝能够听见。但遗憾的是，武帝并没有在意她的举动。她被武帝彻底地抛弃了。可怜陈皇后一腔热情，满腹心思，到底没有换来武帝的一点怜悯，她最终还是凄凉地死去了。一代艳后的悲惨结局证明了专制政治的冷酷无情，也注定陈皇后等人的悲剧命运，这种命运是不会因为一篇宫怨赋而有什么改变的，哪怕这篇赋是出自于才高八斗的司马相如之手。

刘安得道成仙的传说
liú ān dé dào chéng xiān de chuán shuō

淮南王刘安（公元前179—公元前122年），是高祖刘邦之孙，父亲刘长为淮南王。文帝时，刘长恃势胡为，骄纵不法，暗中结交匈奴企图发动叛乱，事情败露后，被降爵发配四川，途中绝食而死。文帝三分其国，封给刘长的三个儿子：刘安袭号淮南王，刘赐为衡山王，刘勃为庐江王。刘安此时十六岁左右，喜欢读书，擅长弹琴。他以王者之尊招致文人、方士达几千人，作了《内书》二十一篇，另有许多篇《外书》。《中篇》八卷则专谈黄老神仙之术，篇幅竟至二十多万字。后世称为《淮南鸿烈》或《淮南子》。

刘安热衷于求仙访道，凡是谈道术的书，他不惜千金也要买回来；凡是听到有名的道士、术士，他也不惜重金聘请来。由于他对仙道的一片精诚，所以，有一天有八个眉须皆白的老人就来到他的门口求见。守门的人赶快告诉了刘安，刘安想试试八位老人是否有真本事，他暗暗让门官以他本人的身份、口气向几位老人提出一些问题，试试真假。门官出来对几位老人说："我们王爷虽然好客，但总还是有一定要求的，第一他是想求长生不老的方法；第二是想求得一些学识渊博、经纶满腹的大儒、道学家；第三是想招来一些力大无穷、勇敢英武的壮士。现在看您几位先生都已老了，头发都白了，似乎也没有长生不老的技术，又没有勇猛的武力，也不像是能深入研究古代典籍、提出独到而高超观点的学者，这三方面都不行，有别的什么能耐，我也就不好向王爷通报了。"八位老人笑着说："我们听说你家王爷能礼贤下士，谨慎修养自身，即使有一点点长处的人，也没有不招来的。古人有为了得千里马而不惜重金买马骨的故事，我们几个人虽然年龄有些大，不合王爷的要求，但是也可通过我们几个人引来更多有本事的贤人，为此，我们还是想见一见王爷，就是没什么益处，但也不会带来什么坏处，怎么能以年龄大而嫌弃我们呢？如果王爷认为年轻才是有学问或身怀绝技的人，头发白的就是没用的老头，那恐怕不是沙里寻金、石中采玉地精诚求贤。既然嫌我们老，那么我们就年轻年轻。"说话间，八位老人都变成了少年，年龄看上去就是十四五岁的样子，头发乌黑，脸色红润，就如桃花一样鲜嫩。门官大大吃了一惊，忙跑到里面向刘安报告，刘安一听是真正的仙人来到了，忙得连鞋都未顾得上穿，就赤脚跑到他修建的"思仙台"上，张开锦缎的床帐，在象牙雕饰的床上铺好被褥，烧香叩头，请八位仙人进殿。八位仙人进殿后，刘安恭恭敬敬地行了学生礼，请八位仙人上座，面向北再次叩拜，说："我是个凡夫俗子，从小喜欢道术，可是让世俗的事务缠身，总不能亲自担着书箱亲自到山林里求仙访道，但日夜思念神仙，求贤若渴。以前也许因为我的精诚还不够，思仙的心还不够迫切，或是沐浴不净，所以一直没有遇到仙道真人，没想到今天众位仙人屈尊降临寒舍，是我命中该得到您们的恩惠，受到您们的提携。我惊喜交加，不知如何是好，只求道长垂怜我的一片苦心能教授我道术，使我能像蛾子添上鸿鹄的翅膀一样冲天而飞。"听着刘安的祈求，八个儿童又恢复成为老人。他们告诉刘安说："我们八个人虽然说还浅薄，但总算是先学了一步，听说王爷喜欢招徕贤士，所以不揣浅陋，特地来投奔，不知你想学些什么？"接着八位仙人向刘安介绍了他们的本领，他们有的能呼风唤雨，移山填海，划地为河，撮土为兵；有的能驱使神鬼，隐形换貌，乘云驾雾，踏浪跨海；有的能千变万化，改变物象，移宫走屋，点石成金。刘安听了非常惊喜，甚至高兴得有些紧张，生怕八位仙人一眨眼就飞走，须臾不离八仙，每天早晚拜会，谨慎侍候。八仙让他一一见识了他们所介绍的本领，都和说的一样，没有半点虚夸，刘安喜出望外，更加敬重八老。于是八老传授给他三十六卷炼丹烧药的经书，刘安按着八老的传授，每天早起晚睡，谨慎从事，慢慢地，真把药炼成功了。还未来得及服用，太子刘迁造出一番事端，招来了杀身之祸。

　　原来刘迁素好击剑，自认为无人能敌，有一次他听说府中郎中（管宫门守卫的官）雷被善于击剑，就硬要与他比试。雷被再三推辞，不肯答应，只好躲闪应付，可一不小心，竟然失误刺伤了太子。太子突然翻脸动怒，雷被非常恐惧，生怕太子找个借口杀掉他，他苦思冥想，无计可施。过了一些时候，他听说愿参加征战匈奴的人可到长安报名，真能这样就可远远离开这里，免遭不测。于是雷被请求远击匈奴，以功补过；而刘安不愿雷被走，所以就没有答应雷被的请求。这样一来，雷被更加害怕，他怀疑刘安父子要和他过不去，于是就逃到长安，上书朝廷说明情况。按规定禁止参军打击匈奴，当判死罪，但武帝一向尊重刘安，只削去淮南王管辖的两个县算是惩戒，从此刘安很嫉恨雷被。当时王宫中还有一位叫伍被的人，也曾得罪过刘安，刘安一直没有处分他，他也小心翼翼，时刻提防，生怕哪一天刘安突然杀掉他。他想与其这样提心吊胆，不如以攻为守，先发制人。于是与雷被合谋，告发刘安谋反。朝廷立即派人查办。元狩元年（公元前122年）刘安被迫自杀，受株连者数千人。然在传说中，刘安的归宿却是另外一种情况：刘安谋反事泄露后，一时无计可施，这时八位仙人对刘安说："是你升天的时机到了，如果没有此事，一天天拖下去，还能离开尘世吗？这是上天打发你离开俗世。"于是，八仙让刘安赶快服药，并登上高山做了大祭礼，把金子埋在土中，飘飘悠悠地升天去了。据说八仙踏在山上的脚印，人们几百年后都还能看到。

刘安与八仙驾云而去，他还很惦记那些跟随他多年、相处深厚的一些人，追悔自己牵连了他们。他问八位仙人能否搭救这些人，八仙告诉他最多只能救五人，于是把对自己忠心不二，与自己情感笃厚的左吴、王春、傅生等人带到玄洲，事过之后又送回他们。武帝本来喜欢仙道，听说傅生等随仙去而返回，亲自召问前后经过，听完后感叹地说："如果我也像淮南王那样能成仙，我看放弃天子之权，就像脱去一只鞋子一样不可惜。"人们还传说八老与刘安临走时留下一些盛药的用具放在庭中，被鸡犬舔食后，也都升天了，所谓"一人得道，鸡犬升天"，这句话竟成为后世的一个成语。

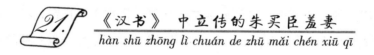

21. 《汉书》中立传的朱买臣羞妻
hàn shū zhōng lì chuán de zhū mǎi chén xiū qī

朱买臣，字翁子，会稽吴（今江苏苏州）人，与当时较为有名的赋家庄助有同乡之谊。后来，朱买臣也正是依靠这份同乡情谊，被庄助引荐，从而发达起来的。

朱买臣家境贫寒，自幼年起就不得不靠打柴换钱糊口。但他非常喜欢读书学习，利用一切机会寻师访友，坚持自学。经常一边肩挑着木柴赶路，一边嘴里念念有词，高声诵读，旁若无人，如痴似狂，全然不顾路人的耻笑和冷眼。他的妻子难以理解朱买臣的这种行为，觉得他是"穷酸"，丢人现眼。于是，就多次劝朱买臣担着柴走路的时候不要边走边唱，以免让别人耻笑。朱买臣对此毫不理会，反而越是劝阻，他就越加提高声调吟诵。

终于，他的妻子实在忍受不住朱买臣的这份"穷酸"，觉得脸面全让朱买臣丢尽了，便要求跟他离婚而改嫁他人。朱买臣不但没有发怒，反而笑着劝他妻子说："我年五十当富贵，今已四十余矣。汝苦日久，待我富贵报汝功。"可他的妻子却不屑一顾，说："如公等，终饿死沟中耳，何能富贵？"朱买臣见实在挽留不住，也只好让她改嫁了，只是劝她日后不要后悔。他的妻子改嫁后，有一次和丈夫一起到墓地上坟，又看见朱买臣担着柴边走边唱，饥寒交迫，心里顿生恻隐之情，就把朱买臣叫过去，给了他一些吃的东西。

常言说："天道酬勤。"这话后来真的应验在朱买臣身上。有一次，会稽郡的一名小官吏要去长安，就让朱买臣帮着赶车，一起来到京城。在京城里，朱买臣曾试着给朝廷上过书，但却没有任何答复。后来几经周折，他跟会稽同乡庄助攀上了关系。庄助当时正为喜好辞赋的汉武帝所宠幸。经过庄助的引荐，汉武帝召见了朱买臣，并聆听他讲解《春秋》和《楚辞》。武帝认为他很有才华，于是就拜他为中大夫。从此，朱买臣一步步走上仕途，实现了他"五十而富贵"的夙愿。

当时，朝廷正在北方边境新建朔方郡，大兴土木，耗费很大。御史大夫公孙弘认为此举没有什么意义，白白耗费资财，就多次劝谏武帝。武帝新得朱买臣，有意要试试他的才华，就让他和公孙弘就此事展开辩论，探讨一下修筑朔方郡的利弊。朱买臣就筑朔方的益处，一连提出十个问题，结果把公孙弘问得哑口无言，回答不上来，只好认输。朱买臣初战告捷。

然而，仕途上凶险莫测。由于一件很小的事，朱买臣被免除一切官职。他只好滞留长安，到处游荡，落魄不堪。直到东越叛乱、武帝甚感头疼的时候，朱买臣再次靠智谋重获重用。他对武帝建议说："从前东越王据守着泉山，一夫当关，万夫莫开，现在听说东越王向南迁移了，距离泉山约五百多里。如果我们乘机派兵从海路绕过去，先占领泉山，然后乘势而下，攻击东越，一定会势如破竹，马到成功的。"武帝很赞同他的见解。为了建造楼船、储备粮食、制作水战兵器用具，击破东越，便任命他为会稽郡太守，并且对他说："一个人富贵了而不回归故乡，就好像穿着华丽的衣服却在晚上走路一样，难得风光。现在我让你荣归故里，你看怎样？"朱买臣自然是欣喜异常，拜别了皇上。

当年朱买臣被免官、滞留在长安时，由于落魄潦倒，经常寄居于会稽郡设在京城的驿馆里，在门房那里蹭点饭吃。此刻他重新被重用，并且官拜会稽太守，自然威仪赫赫，派头十足。但他却依旧穿着原来的破衣服，把印绶揣在怀里，步行走着到了驿馆。驿馆里正在喝酒的会稽郡小吏们谁也没有理睬他。朱买臣只好仍旧和门房一块吃饭。门房偶然发现从朱买臣的怀里露出一段绶带，觉得奇怪，就把绶带轻轻一拉，却拉出了会稽太守的印章。门房连忙去报告正在喝酒的那些官吏。他们个个都喝得醉醺醺的，哪里肯相信，大呼小叫地说："别胡说了吧！"门房说："你们不相信，自己去看看嘛！"其中一个平时就很轻视朱买臣的人，站起身到里屋去，一看则大惊失色，连连说："是真的，是真的。"这时，座上喝酒的人全都吓懵了，酒也醒了，慌忙依次排好队，站立在中庭，拜谒新任太守。朱买臣则端足了架子，慢慢地从屋里出来。没过多久，前来接他的官车驷马便到了，朱买臣坐上官车，一路扬长而去。

会稽郡听说新任太守要来赴任了，便赶忙征调百姓洒扫道路，各县的官吏都亲自出衙迎送，车队浩浩荡荡，最多时达一百余辆。进入吴地界后，朱买臣从车中看见他从前的妻子和丈夫也在清扫道路，憔悴不堪，便停住车，把他们夫妇俩接到最后面的一辆车上，一直拉到了太守馆舍，安置在后花园里，派人仔细服侍。但是，只过了一个多月，他的前妻就因羞愧难当，上吊自杀了。

流传于民间的故事则称：当初朱买臣劝他的妻子不要后悔，她却说要后悔除非是泼出去的水能够一滴不剩地再收回来。后来在朱买臣衣锦还乡的途中，正遇上外出讨饭的妻子，她苦苦哀求朱买臣原谅她。朱买臣就在马上泼出去三碗水，说只要她能将其中一碗水收回来，他就可以原谅她，让她共享荣华富贵。他的妻子闻听此言，想起以前的话，羞愧得无地自容，碰碑而亡。这也许就是流传民间的"马前泼水，覆水难收"的说法的由来吧。

但朱买臣的好景也不长，几度沉浮之后，最终还是被汉武帝杀掉了。朱买臣作为赋家，至今已难见其文采，只是在民间故事里，他扮演了一个难以评说的主角，诠释着世态炎凉。

滑稽之雄：智多星东方朔
huá jī zhī xióng：zhì duō xīng dōng fāng shuò

东方朔（公元前161—约公元前89年），字曼倩，平原郡厌次县（今山东惠民）人。天性诙谐，言辞敏捷，滑稽多智，常常在汉武帝面前谈笑取乐，后世称他为"滑稽之雄"。

汉武帝即位的时候，诏令各地推举人才。一时，成千上百的人纷纷上书自吹自擂。东方朔也不甘寂寞，上书极言自己文韬武略和道德人品俱属上上之选，武帝大奇，果然留他在公车署待用。等了一年，仍不得召见，他便生出一计：诡称武帝要诛绝天下侏儒。由于侏儒们拦路而哭，武帝当然要追问原因，这正中东方朔下怀。面对武帝的责问，他回答说："侏儒身高三尺，我是九尺，可俸禄却没有区别。侏儒吃得胀肚皮，我却饿得要死。如果我还可用，就给加些俸禄，否则，就让我回家，免得白白耗费长安的大米。"武帝听后大笑，便让他移居金马门，待遇略见好转。不久，武帝赐肉

清朝竹雕东方朔摆件。东方先生坐在嶙石上，神情和蔼可掬，左臂倚在石上，手中拿有一寿桃枝，右手撑在其膝上。眯眯的笑脸，苍丰的胡须，腼腼的大肚，无不体现工匠精湛高超的刀法。

给大家，可掌管饮食的官员迟迟不来宣诏。东方朔等不及，便私自拔剑割肉而去，还大言不惭地说："拔剑割肉，一何壮也！割之不多，又何廉也！归遗细君，又何仁也！"武帝听说之后，不但未加怪罪，反倒又赐给他许

王母东邻劣小儿偷

桃三度到瑶池群仙

无虑追踪邯郸自持

秉蒙寿兒唐寅乌

守斋索奉

马守菴寿

东方朔画像，尽现幽默滑稽神韵。

多酒肉，并任他为常侍郎。

建元三年（公元前138年），武帝想将长安城南大片土地辟为上林苑。东方朔闻讯，急上《谏除上林苑》，大讲三不可。武帝给他赏金加官，对他的意见却充耳不闻。但数年后，在处理寡居的馆陶公主私幸董偃的问题上，武帝却不得不作出让步。因为东方朔给董偃的鉴定是私侍公主，伤风败俗，蛊惑人主，这三大罪状可是非同小可。结果，董偃真的由此失宠。

因为东方朔滑稽善辩，武帝有时就故意为难他一下。大约在元狩二年（公元前121年）左右，武帝问他：你看我是什么样的帝王？东方朔马上回答：臣伏观陛下功德，陈五帝之上，在三王之右，而且，您的文武大臣也都是贤能之辈。武帝笑着反问：你比起当今的公孙丞相、董仲舒等贤官硕儒又怎样呢？东方朔又一通大言不惭："臣朔虽不肖，尚兼此数子者。"说自己一身兼有他们数人的优点和本领。

昭平君骄横，杀人当死。因为他的母隆虑公主生前曾为他预赎死罪，所以武帝为此犹豫再三。后虽依法准杀昭平君，但内心哀伤不已。这时，东方朔却祝贺说："圣王赏不避仇，诛不择亲，陛下行之。臣再拜上万岁寿。"武帝虽不快，但因东方朔捧得太高，还是将他命为中郎。此前，东方朔曾因在殿中小便被贬为庶人。

太初元年（公元前104年），由于统治者的奢靡，上行下效，社会风气很糟，武帝就问计于东方朔：我欲教化百姓，你可有好办法？东方朔回答说：远古圣贤的节俭我说不清，但近世的孝文帝的俭朴却是人所共知的。他虽贵为天子，却仍穿粗布衣和生皮鞋，天下自然仿

湖北黄石东方朔牌楼

效成风。可陛下日日扩建未央宫，还嫌太小，又在城外营造高大的建章宫，饰物和狗马都要用锦缎来包裹。您自己淫奢如此，要百姓不奢靡怎么做得到呢？

大约在太初（公元前104—公元前101年）、天汉元年（公元前100年）之间，东方朔又上书陈述"农战强国之计"，因为"其言专商鞅、韩非之语也，指意放荡，颇复诙谐"，所以"终不见用"。于是，东方朔就写下了名赋《答客难》，"设客难己，用位卑以自慰谕。"

此赋表面上是东方朔解答"客"的问"难"，他引经据典，纵横古今，讲了一大堆道理，实际上却是什么道理也没讲出，因为无法讲出也不能够讲出，他只不过是委婉地发了一些牢骚罢了。他的不遇和他的盛世之悲是历史的必然。

此赋上承宋玉《对问》之体而又有所光大，其"设客难己"、反话正说、"托古慰志，疏而有辨"（《文心雕龙·杂文》）的风格特色，直接影响了后世汉赋作家扬雄《解嘲》、班固《答宾戏》、崔骃《达旨》、张衡

《应间》和蔡邕《释诲》的写作，从而形成辞赋中的一种特殊格式，《文选》名之曰"设论"。

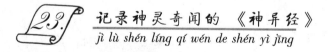

23. 记录神灵奇闻的 《神异经》
jì lù shén líng qí wén de shén yì jīng

在《山海经》的直接影响下，汉代先后出现了一大批有关地理博物方面的书，《神异经》就是其中很有名的一部，被后人称做汉代的《山海经》。旧题作者是汉武帝时的滑稽人物东方朔。传说当年东方朔曾经周游天下，见识了很多稀奇古怪的新鲜事，他就选取那些《山海经》中没有提到的，并把它们记录了下来。全书一共有九篇，按照顺时针的方向分别记述了东、东南、南、西南、西、西北、北、东北和中等九荒，九个方位地域的山川地理、异物异人。虽然多是作者的想象和编造出来的，但有关神灵异人的一些奇闻故事却很有情趣，耐人寻味，在后世广为流传。

其中最有趣的是有关东王公的两个传说。

根据其书《东荒经》的记述，东王公住在东荒山中一个十分巨大的石洞里。他身高一丈多，满头乱蓬蓬的白发，四肢和身形看起来倒挺像人的模样，却长了一副鸟的面孔，更奇怪的是屁股上还拖着一条老虎尾巴，后背上成天驮着一只大黑熊。他的眼睛不算大，但却格外有神，时不时往四下里很狡黠地张望着。这老怪物居然有个风姿绰约、活泼漂亮的忘年交朋友，叫玉女，也是位神仙。一老一少经常凑到一块嬉闹玩耍。他们俩最喜欢玩的一项活动就是"投壶"了。这"投壶"本是人间举行宴会时用来助兴的一种游戏。方法是选用一种宽口大肚细脖子的容器壶，在里面装满豆子增强弹性，然后隔着一定的距离，往壶里投矢，如果用的劲太大，投的过猛，投进的矢就会被反弹出来，落在地上，这就算失败了。投壶用的矢，一头是齐的，另一头则尖尖的，像刺，所以又称为"棘"。矢一般有三种长度，在居室内投壶时用二尺长的，在厅堂上用二尺八寸长的，在庭院中就要用三尺六寸长的了。游戏开始前还要推选一个人当裁判来裁决胜负，叫"司射"。然后主人拿出矢来，给每位客人发四支。当乐队演奏起欢快的音乐声，活动就正式开始了。每中一矢，司射就把一个一尺二寸长、类似于小木棒的"算"放到裁判桌上，以此计算投中的数目。四矢都轮流投完了，第一局结束。一般以三局定胜负。投中次数多的是赢家，输了的要罚酒。投壶的活动，由来已久，春秋时齐国和晋国最为流行，《左传》还记载过齐景公与晋昭公这两国国君一起投壶的趣事。战国时，甚至男女都可以同坐在一起，边喝酒，边投壶，以此为乐。到了汉代，仍然很盛行，连一国之尊的汉武帝对投壶都很感兴趣。他的手下有个郭舍人，是投壶高手，汉武帝便常常去观赏他的投壶表演。一些达官贵人更是乐此不疲，每有宾客酒会，必定要"雅歌投壶"（《后汉书·祭遵列传》），在歌舞音乐声中进行投壶比赛，增添宴会的气氛。现在，这一娱乐节目竟然从人间流行到了天上，作为神仙的东王公和玉女也拿它玩得挺起劲。他俩的旁边还有一个相当于司射的"天"。当王公跟玉女玩起投壶比赛的时候，天就在一旁津津有味地观赏，而且还挺投入，简直就是一位投壶迷。如果谁的矢投入壶中，没被弹出来，天就会不由自主地大声唏嘘叫好；反之，如果矢被反弹了出来，没有接着，天就会摇头大笑不止。每次活动，东王公与玉女总得投上一千多次，于是天的笑声就会一阵阵不断地响起。李白《短歌行》中的"天公见玉女，大笑亿千场"，用的就是这个典故。

除了玉女这个忘年交，东王公还有个老情人，就是西王母。这两个老怪物一年一度幽会的事也挺有意思。王母的形象，依照《山海经》的描绘，也是像人又像兽的，身形看起来有些像人，屁股上却拖着豹子的尾巴，分布着斑斑点点的花纹，长了一嘴老虎的牙齿，还时常发出一种怪啸声，头发也是够蓬乱的，耳朵上悬挂着两条长蛇。这副样子，与东王公还真是天生的一对。西王母平日里住在西昆仑山上，离东王公的住处挺遥远。所以他们也跟牛郎织女似的，一年才相会一次，而这仅仅一次的相聚，也是别开生面，丝毫不亚于牛郎织女的鹊桥会。一只名叫"希有"的大鸟帮了他们的大忙。据说，在西昆仑山上，有一根大铜柱，叫天柱，笔直地树立在天地之间，高处直插云霄，周围长约三千多里。这只希有大鸟

就栖息在这根天柱上，头朝南，整天不吃不喝也不鸣叫。它张开的翅膀非常大，左边的正好遮住了东荒山中的东王公，右边的正好遮住了西昆仑山里的西王母。相会的日子到了，王公、王母就各自爬上希有鸟的翅膀，来到鸟背中间的一小块地方见面。这一块场所，不长羽毛，方圆有一万九千里。在这里倾诉衷肠后，他们又各自爬下鸟背，回到自己的住所，等待下一次相会。

《西荒经》中有关河伯使者的记述也是篇非常精彩且又很优美的小说片断。全文短短六十个字，说的是有一位骑着红鬃白马、身穿白衣、头戴黑帽的潇洒美少年，常常带领着十二个玲珑俊俏的小童子，奔驰在一望无垠的西海面上，如飞如风，显得无比矫健和英勇。他们都是河神派来的使者。有时候，他们也驰马岸上，马蹄所到之处，水也随着漫流；而他们所去过的国家，准会电闪雷鸣，大雨滂沱不止。夕阳西下的晚上，奔腾了一天的他们才回到黄河家中。这则小故事以无涯无际、烟波浩渺的西海为背景，描绘了一队英姿飒爽、神采飞扬的河伯使者的形象，既像一首浪漫迷人的诗，又像一幅绚丽壮美的画。

此外，《东南荒经》中身高千尺，不吃不喝，不怕冷热的朴父夫妇，因为懒惰没能完成疏导天下河流的任务而被上天惩罚；《中荒经》中人身狗毛猪牙的不孝鸟，额头、嘴角、后背、胁骨等处天生了"不孝"、"不慈"、"不道"、"爱夫"、"怜妇"之类的字样；《东南荒经》中的尺郭鬼早上吃掉恶鬼三千、晚上吃掉恶鬼三百，把鬼当成家常便饭；《西荒经》中长寿三百岁、日行千里的西海鹄国男女，身高只有七寸，为人却彬彬有礼，被海鹄吞进肚子里也不会死掉，海鹄反而因为他也能一飞千里；《西南荒经》中总爱欺骗人的訑兽，是东偏说西，是坏偏说好，它的肉非常鲜美，但人吃了以后也变得会说谎；《西北荒经》中像虎但有翅能飞的穷奇兽，专吃好人，而对十恶不赦的坏蛋却总是巴结讨好；《东荒经》中的南方人，一个叫敬，一个叫美，总是相亲相爱，与人为善，从不在背后说人坏话，谁有了困难，拼死也要去救助他们。诸如此类，在传说中寄托了社会生活里的善恶观念和伦理道德思想，或者赞美，或者讽刺，这些故事读来都很有意味。

总之，《神异经》一书，文笔简洁、生动、流畅，在异人异物的描绘上，充满了奇思遐想，表现出作者想象力的丰富和开阔，有一定的创造性。而"间有嘲讽之辞"（鲁迅《中国小说史略》），也让人在美感享受之外，获得了一定的启发和教育。

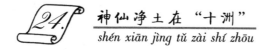

24. 神仙净土在"十洲"
shén xiān jìng tǔ zài shí zhōu

《十洲记》，又名《海内十洲记》、《十洲三岛记》、《海内十洲三岛记》、《十洲仙记》。旧题作者是东方朔，就书的内容来看，不可信，估计是东汉后期人的著作。书中讲的是喜好神仙方术、希望长生不老的汉武帝在与西王母相会（武帝与王母相会事详见《汉武故事》与《汉武内传》）的时候，听说八方巨海中有祖洲、凤麟洲、瀛洲、玄洲、炎洲、长洲、元洲、流洲、生洲、聚窟洲等地方，都是人迹罕至的神仙境界，非常向往，于是就请来曾经周游天下、见多识广的东方朔询问。东方朔就给武帝详细描述了十洲以及沧海岛、方丈山、蓬莱山和昆仑山的所在位置与当地的奇物异产、神灵仙怪的情况，极尽铺张敷衍之能事。

十洲之中，祖、炎、凤麟、聚窟四洲用笔最多，也最为奇特迷人。

祖洲，位于东海中，方圆五百里大，距离汉土七万里。洲上最著名的仙物是"不死草"，能让死去三天的人死而复生，平常人吃了它，可以长生不老。据说当年由于秦始皇的暴政，无罪冤死、暴尸荒野的人很多，有种乌鸦模样的神鸟，常常衔了这不死草盖在死人的脸上，死人受到草的气息的熏染，立刻就会生还过来。有人把这事报了秦始皇，秦始皇也感到很奇怪，就派人去请教隐居在城北的鬼谷先生。这鬼谷先生是位有名的得道仙人，战国时期的纵横家大谋士苏秦和张仪相传曾经是他的学生。当时，鬼谷先生看了神鸟衔来的仙草，立即认出是东海祖洲琼田里生长的不死草，又叫养神芝，一棵只能救活一个人。秦始皇这个人做梦都想着长生不老，好永远当皇帝，

现在知道了不死草的底细,哪能禁得起诱惑? 于是就派了一个叫徐福的道士做使者,率领五百童男、五百童女,乘着特意制造出来的高大楼船,东渡大海,去为自己寻找海中的祖洲并采回不死仙草。然而徐福等人再也没有回来,秦始皇的千秋万代帝王梦也很快就破灭了。有人说徐福找到了不死草,自己成仙去了。也有人说徐福一开始就预料到祖洲很渺茫,不死草根本没有找到的把握,但又怕空手而归被秦始皇杀头,所以故意要了一千童男童女,从此避居海外,再也不回来了。据说日本岛就是当年徐福等人落脚的地方,日本国就是徐福与那一千童男童女的后人。今天,连云港的赣榆县还经常举办徐福节,开展一些民间活动,以此纪念徐福的出海和他在中日关系史上的地位和贡献。不死草的传说,比较有思想意义的一点是它在猎奇之外,寄托了对秦始皇的讽刺和对暴君暴政的批判。

炎洲在南海当中,方圆两千里大,离汉土九万里。洲中有两种动物比较稀奇,一是风生兽,一是火光兽。风生兽,形状像豹,但只有狐狸般大小,浑身青色。把它丢进数车干柴堆成的大火堆中,柴火烧完了,这家伙在灰烬中却依然如故,连一根毫毛都没烧着。除火外,锋利的刀剑也刺它不透,用力打它的身体,就像打在空皮囊上似的,没什么反应。除非用铁锤不断地敲击它的头部,才能使它死过去,但只要让它有机会向着风中张开嘴,不一会,它又会活过来,只有用石头上生出来的蒲草堵住它鼻孔,它才会彻底死掉。取出风生兽的脑髓,和着菊花吃下去,吃上十斤,能令人长寿五百岁。在洲中的另一种动物火光兽,毛长三四寸,只有老鼠般大小。然而生活在三百里大的火林山中,每到晚上,全身发出火光,照得整座山林都通亮可见。它身上的毛可用来织成火浣布。炎洲国的仙人多用这布来做衣服,穿脏了,放到火中烧一会,再拎出来抖一抖,就会干净如新;相反,用水洗,却洗不掉上面的污垢。火光兽毛织布火洗的奇闻是古代著名的火浣布传说之一;而风生兽顽强的生命力对以后神魔小说英雄形象的创造有一定的启示。

凤麟洲,位于西海中央,方圆一千五百里,周围有弱水环绕。地方特产是续弦胶。因洲中有成千上万的凤凰和麒麟,所以仙人们就把凤嘴和麟角合在一块煎熬成青如碧玉的膏状物,就是续弦胶,又叫连金泥。它的奇特功效是能把断裂的弓弦和刀剑连接得完好如初，任凭大力士用尽全力拉扯它们，就算其他部位被拉断了，用续弦胶续接的地方也不会再断。汉武帝天汉三年，西域某国派使者朝贡，进贡的礼物就是四两续弦胶和一件吉光毛裘。汉武帝觉这两样东西很平常，所以心里对西国的怠慢有些不满，就把使者扣留了下来。有一天，武帝去皇家园林上林苑中打猎，射虎时用力过猛把弓弦拉断了。正好那位使者在旁，赶快趁机又献上一份续弦胶，很轻易地就把弓弦接好了，再让好几个勇猛有力的武士一齐来拉扯，费了老大劲也没拉断。武帝大为赞叹。另一件黄色的吉光毛裘大衣，是用神马的皮做成的，放到水里，好几天都不下沉，经火焚烧，也不焦毁。武帝这才明白两件礼物的宝贵，于是赏给使者许多中土名贵特产，让他回国了。续弦胶的奇闻，反映了当时人们对万能胶的幻想。

聚窟洲，也在西海中，方圆三千里，离汉土二十四万里。洲中盛产却死香，是用人鸟山上反魂树的树根中心部分在玉锅中反复煮熬而成的，异香飘送数百里。已经入土的死人，闻了它，就可以立即还阳而生，并且再也不会死了。对于刚刚死去的人，更加灵验。汉武帝征和三年，西胡月氏国使者来朝贡，也献了两件礼品，其中之一就是四两却死香，麻雀蛋般大小，黑黑的像桑葚。武帝觉得不是中土所有，也就不以为奇，让人随便放了起来。另一件礼品是头黄颜色的猛兽，也是聚窟洲所生，看起来像刚出生五六十天的小狗，只有狸猫那么大。武帝一开始也有点看不起，问使者："这么丁点的小玩意，算什么猛兽啊？"使者心想自己万里迢迢，十三年才到这里献上宝物，竟受此轻视，很不是滋味，言辞间也有些不太恭敬起来，说："今天亲临陛下面前，才知道您也并非高明的有道之君。是不是猛兽，不在于它的大小。您别小瞧这小不点的玩意，它却能降伏百兽，克制妖魔鬼怪，百邪不侵呢。"武帝仍将信将疑，希望猛兽当场演示一次。于是使者就指使猛兽叫唤一声。只见猛兽舔了一会儿舌头，忽然叫出一声，就如炸雷一般巨响，两眼电光逼人。武帝登时受惊扑倒，两手捂着耳朵，身上抖动不已；两班文臣武将一个个全被震得伏地不起，狼狈不堪；后宫的猪马狗牛也失了约束，一片混乱。武帝觉得很没面子，就下令把猛兽关进上林苑，想让饿虎吃掉它。谁知老虎见它

进来,早吓得缩成一团,故意装死去了。武帝又恨使者先前出言不逊,想抓起来治罪,可第二天一看,使者和猛兽都已失了踪影。后元元年,长安城中有数百人生了怪病,死了一大半。武帝忽然想起月氏国进贡的却死香来,就命人在城中焚烧试试,结果死去不到三个月的人竟都活了过来。满城的异香飘荡,历时三个多月都没散尽。武帝这才确信是稀世神物,很后悔当年没有善待那月氏使者。聚窟洲的传说,洋洋洒洒千余字,奇香奇兽让人惊奇不已,同时也在同一程度上揭露和讽刺了汉武帝狂妄自大、贪婪多欲的本性。

其他各洲及三岛的记述相对简单松散些,但仙山、仙岛、仙宫、仙人、仙物仍然比比皆是,层出不穷。总之,《十洲记》搜集了古时候关于十洲三岛及昆仑的种种传闻,一味称道仙家仙境,"敷衍成一个自成系统的神仙世界"(李剑国《唐前志怪小说史》),主要目的是为了张扬神仙道教之风。但其繁富夸饰的语言风格,恣肆飘逸的想象力,体现了善于开拓的浪漫主义艺术精神,对后世的志怪小说,甚至唐传奇,都有一定的影响。

25. 司马父子著述历代通史
sī mǎ fù zǐ zhù shù lì dài tōng shǐ

司马迁(约公元前145—约公元前90年)是汉代伟大的史学家、文学家和思想家,他所撰写的《史记》第一次以人物传记的形式来反映中华民族几千年来的奋斗历史,刻画了栩栩如生的历史人物形象,既开创了中国纪传体史学,又开创了中国传记文学,标志着中国史学与文学的一个新时代。《史记》不仅是中国文化的瑰宝,也是全世界人民的宝贵精神财富。它之所以能在汉武帝时代产生,既因为有强盛的大一统汉帝国的社会需要,也因为作者司马迁具备了进步的历史观,深厚的文学、史学修养,丰富的社会实践经验和独特的人生经历,同时,也与司马氏家世传统,尤其是其父司马谈的严格家教分不开的。

司马谈大约生于汉文帝初期。他是一个很有学问的人,曾跟当时有名的星象专家唐都学习天文知识,跟《易》学大师杨何学专讲阴阳吉凶的《易》

学,跟黄老学派学者黄子学黄老之术。大约在汉武帝建元五年(公元前136年),司马谈被举为贤良,征召到长安做官。由于他有广泛而深厚的文化修养,朝廷让他当上了太史令。太史令是汉初新设的史官官职,官级虽不高,但职务很重要,要主管天文星历、祭祀礼仪,保管文书档案,记录国家要事,有权查阅宫中秘籍,并有机会与皇帝及重臣接触。司马谈能为自己成为国家史官从而重振祖业感到无比荣幸。

司马谈大约活了五十多岁,在汉武帝手下做了大约三十年史官。从《史记·太史公自序》中,我们可以看到司马谈对中国文化有三个方面的伟大贡献:一是全面、精当地总结了先秦至汉初的学术思想,给后人留下了著名的《论六家要旨》;二是计划撰写一部通史,并初步设计了框架与草拟了部分篇章,为司马迁写《史记》奠定了一定的基础;三是以一个优秀史学家的标准对司马迁进行长期的培养。

司马谈深知继承祖业、做一名名副其实的史官,需要有高尚的情操、深刻的思想、渊博的学识、吃苦耐劳的精神,要完成一部历史巨著,更需要两代甚至几代人的相继努力。他把著述事业与培养后代自觉地联系在一起,对司马迁寄予了厚望。

司马迁幼年时就开始诵读《左传》、《国语》、《世本》等古文,受到严格的传统文化的教育。当司马谈离家到长安做官时,就把刚刚十岁的司马迁也带到了身边,让他接受国都文化氛围的熏陶。司马迁刚满二十岁,便开始游历,足迹几乎遍及全国。他考察了祖国的名山大川,广泛地接触了社会,寻访了古迹,了解了民情,开阔了视野,提高了认识,这都是司马谈的有意安排。司马谈对自己的儿子有意识有步骤地严格培养,希望将来有一天,儿子能顺利地接自己的班,胜任太史令的工作,完成自己一生难以竟的著述事业。只是司马谈没有想到,他所希望的那一天竟然如此快地来到了。

汉武帝元封元年(公元前110年)春正月,汉武帝东巡,要在泰山举行祭告天地的封禅大典,来表现国运昌盛、天子圣明。泰山封禅,是汉帝国建立以来最隆重的祭祀仪式,朝廷大臣都以能参加这样的盛典而感到光荣。作为太史令的司马谈当然也随同武帝前往,并且要参与议定盛典祭祀程序与

形式，但无奈体弱多病，中途病倒在洛阳附近，心中十分懊丧，因而病势更加严重了。此时的司马迁刚奉使西南后返回长安，听到父亲病倒的消息后，又日夜兼程赶来，当他见到父亲时，父亲已经气息奄奄了。

病危中的司马谈一方面为自己不能参加这难得遇到的封禅盛典而饮恨叹息，一方面为自己不能完成通史著述而悲伤。弥留之际，终于见到了儿子，他拉着司马迁的手说："我们的先人，一直是周代的太史，后来家道衰微，祖业中断。现在刚刚重操祖业，难道到我这里再一次把它断送了吗？这也是我难以瞑目的一桩心事。我死后，你会接替我的太史令的职务，果能如此，千万别忘了完成我想要撰写的那部通史论著……"司马谈就这样把自己的遗嘱留给了儿子司马迁。

在司马谈看来，自从孔子著《春秋》以来，至今已过去四百多年，这其间由于诸侯忙于兼并战争，社会动荡，历史记载不仅中断，而且原有史书大部分散佚，历史上那些明主贤君忠臣义士的功业事迹，无人记载。如今全国统一，天下太平，百业俱兴，作为太史令，理应继承孔子著《春秋》的伟业，把以往的历史一一记载下来，流传于后世。可是现在自己已无力完成此项事业，想到此他就深感惶恐不安，只得郑重地托付给儿子司马迁来完成。司马谈认为孝道首先从侍奉父母做起，然后推广到效力于国君，最终落实到忠孝立身、功成名就，将美名留于后世，以此来为父母双亲争光，这才是最大的孝。司马谈希望儿子能尽最大的孝，这就是能完成自己毕生未遂的撰述史著的志愿。司马迁低着头，握着父亲的手，五内俱焚。他泪流满面，一面点头应允，一面把父亲临终之言句句铭刻在心头。他最后对父亲说："我虽然不聪明，但我一定按照父亲所嘱，详细论撰先人所编的史料逸闻，一点也不敢有所遗漏。"司马谈听后，心中的一块石头落了地，他将自己的遗愿托付给儿子后，便安然地与世长辞了。

司马谈去世后，司马迁始终不敢忘记父亲临终前的遗托。汉武帝元封三年，朝廷果然让司马迁继任了父亲太史令的职务，司马迁便夜以继日地来完成《史记》的撰写。在《史记》的写作过程中，司马迁又遇到李陵之祸，身遭宫刑大辱，但司马迁在大屈大辱中，仍然牢记父亲的遗训，把它作为自己著史的一种精神动力,历尽千辛万苦,终于写出了可以告慰于九泉之下父亲司马谈之灵的巨著——《史记》,为人类文化事业做出了巨大的贡献。

《史记》包括十二本纪、十表、八书、三十世家、七十列传,共一百三十篇。表是各种大事年表,书是关于礼乐制度、天文兵律、经济水利等专史,本纪、世家、列传是各类人物的传记,传记是《史记》的主体部分。《史记》人物传记摒弃了以往史著以事为纲的旧体制,首创以人物为中心的新体制,这种新体制以人物形象来反映中国历史的演变,在塑造人物形象方面表现出丰富的文学艺术创造力。

《史记》是我国第一部纪传体通史,不仅开创了我国纪传体史学的体例,而且第一次具备了严格的历史学目的和相应的成就,从这个意义上说,《史记》是我国第一部正式的历史著作。中国历史一直到汉初,尚没有一部有系统的史书,因而历史学还没有成为一种独立的学问。中国的历史学成为一种独立的学问,是从西汉时起,这种学问之开山祖师,是大史学家司马迁。

《史记》在文学发展史上的开创意义同样是伟大的。不仅为我国开创了传记文学,而且在中国文学发展史上第一次比较自觉、比较完整地运用典型化艺术方法塑造了各种典型性人物,把中国散体的叙事写人文学推向一个新阶段,对中国后世小说、戏剧、散文等文学形式的发展有着深远的影响。鲁迅先生在《汉文学史纲要》第十篇中称《史记》是"史家之绝唱,无韵之离骚",对《史记》在史学及文学上的卓越成就作了非常确切的评价。

《史记》是中华古代文明的集大成之作,它蕴含着古代中华民族的智慧,也浸透着司马谈、司马迁父子的心血。

司马迁死于何时?史无记载,现在一般认为大约死于征和三年(公元前90年)。这一年曾捕杀过太子刘据的丞相刘屈氂也被人诬告与李广利共同诅咒皇上,于是刘屈氂被杀,李广利被迫投降匈奴,司马迁在《匈奴列传》中记叙了这件事,说明司马迁在此年还修补过《史记》。

司马迁因何而死?史籍也无记载。有人说司马迁因写了《报任安书》,被任安所牵连,又下狱而死,此说虽是猜测,也合情理。司马迁曾因替李陵辩解几句,便触犯了武帝,遭到宫刑,而《报任安书》满篇都是怨恨之言,甚至

还有"明主不晓"之类的话,讥刺当今皇上汉武帝,若此书信落入武帝手中,司马迁再次下狱而死是极有可能的。

司马迁的死因也可能与著《史记》有关。《史记》本身就是一篇篇反暴政的檄文,其中对汉武帝的暴行讥刺更多,当然为武帝所不容。司马迁著《史记》,不仅自己受到统治者的迫害,甚至还殃及他的后代,在司马迁出生地陕西韩城芝川镇华池村,至今还传说着这样的事:司马家族为免遭统治阶级迫害,将姓氏一分为二,一支用"司",再加一竖为"同",作姓。一支用"马",再加二点为"冯",作姓。同、冯二姓代代都设"汉太史司马祠堂",年年祭祀自己的先人司马迁。司马迁把一生献给了《史记》,而他的后代也为《史记》付出了沉痛的代价。

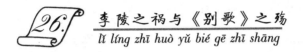

26. 李陵之祸与《别歌》之殇
lǐ líng zhī huò yǔ bié gē zhī shāng

李陵(?—公元前74年)字少卿,陇西成纪(今甘肃秦安)人,飞将军李广的孙子。年轻时为侍中建章监,即护卫建章宫的卫队长。李陵同其祖父一样,特别爱好骑马射箭,汉武帝很看重李陵,认为李陵有大将军李广的风度。汉武帝曾给李陵八百骑兵,让李陵出居延到匈奴视察地形,李陵亲率骑兵队,深入匈奴腹地两千里,出色地完成了任务。汉武帝很高兴,便封他为骑都尉,并拨给他五千士兵,让他在酒泉、张掖一带训练,以防备匈奴的入侵。

天汉二年(公元前99年),李陵向汉武帝请战。李陵说:"我训练的士兵,个个都是勇士,都英勇善战。我想以少胜多。我愿带五千人去进击匈奴,收复我们的疆土。"汉武帝很赏识他这种勇气,就批准了这次军事行动。

于是李陵在这年九月率五千人从居延出发,长途跋涉了三十天,到达浚稽山(约在阿尔泰山脉中段),在山下遇到了匈奴的军队。单于用三万大军包围了李陵军,李陵让前队的人拿盾和戟,后队的人都持弓弩。他下令:"听到鼓声就向前冲,听到锣声就停止。"匈奴见汉军少,就一直向前进逼。李陵指挥弓弩手，千弩俱发，单于的士兵顷刻间死伤一大片，匈奴兵顿时大乱，慌忙向山上逃窜。汉军乘胜追击，杀死匈奴数千人。

单于失败后，又调来八万骑兵攻打李陵，刚开始交战，李陵军又取得了小胜。后来两军又在一处水洼边打起来，匈奴兵借风势从上风头放火，想烧死汉军，李陵命令军士赶快操火把，把自己身边的草木尽快烧掉，以保护自己。匈奴放火烧汉兵的诡计未能得逞，双方又在一座山上打了起来。单于让他的儿子率领精锐骑兵袭击李陵，李陵的兵士以树木为掩护，又杀死了数千匈奴兵，并发连弩射单于。单于害怕，就慌忙逃走了。

单于连吃败仗后，心有余悸地对匈奴的兵将说："这些都是汉朝的精兵，我们实在胜不了他们。他们引诱我们出击，恐怕后面有伏兵。"

正当李陵军节节胜利的时候，李陵军中有一兵士叫管敢的，被李陵的校尉韩延年辱骂，一气之下跑去投降了匈奴。为向匈奴讨好，对单于说："李陵的军队没有后援，弓矢也快用完了。"管敢还把李陵的阵法告诉了单于。

单于听说李陵是孤军作战，便放心大胆起来。他还按照管敢的主意，用许多骑兵攻打李陵。李陵率汉军向南走，还没有到鞮汗山，弓矢都用光了，汉军被单于围在峡谷中，单于乘机用垒石攻打，汉军死伤惨重。

李陵悲叹地说："再有些弓矢，我们就能够突围，可惜没有了。天一亮，他们就会来攻我们的。"

李陵命兵士斩断旌旗，把珍宝埋在地下。半夜，李陵和韩延年带着兵士突围，匈奴数千人在后面追杀，韩延年中箭身死。李陵也受伤倒地，他大叫："我已无脸见皇上！"匈奴兵已蜂拥而至，把李陵绑缚起来，押送到单于帐中。

汉武帝听说李陵投降了匈奴，十分恼怒。朝中大臣也都大骂李陵。唯独太史令司马迁对皇上说："李陵为人处事从来十分讲究信义，他为国家常常奋不顾身。现在他处境不幸，我们应同情他。况且，李陵只带步兵五千人，面对匈奴八万大军，转战千里，弓矢用尽，赤手空拳同敌人拼搏。这种大无畏的精神，即使古代名将也不过如此而已。他现在身陷匈奴，但他的战功已昭示天下，他不死，估计是还想再为汉朝立功。"

司马迁的一番话，并没有打动皇上的心，皇上反而以司马迁"为陵游说"

的罪名，给司马迁定了罪，处以宫刑。在遭受李陵之祸后，司马迁打消了仕进的念头，忍辱负重，一心撰写《史记》，以此来抒发自己心中的愤懑。

李陵在匈奴数年杳无音讯，皇上派公孙敖带兵去设法抢回李陵。公孙敖去匈奴后无功而返，他带回了关于李陵的消息，告诉皇上说："听说李陵在那边训练匈奴兵，要攻打汉朝。"皇上听到这个消息，大发雷霆，命人把李陵的母亲、李陵的弟弟及李陵的妻儿都杀了。其实，替匈奴训练士兵的人不是李陵而是李绪，一位早年投降匈奴的汉都尉，公孙敖显然是张冠李戴了。

就在李陵投降匈奴的前一年，苏武出使匈奴被扣，但苏武拒不投降，匈奴只好令他到北海（今贝加尔湖）去牧羊。过了好几年，汉朝打听到苏武还活着，就派使者来匈奴，坚决要求释放苏武回国。匈奴单于无奈，只好同意，不过最后还想让苏武的好友李陵去劝说苏武投降。当时李陵的心情十分复杂。一方面，他也为他的好友苏武能奇迹般地活下来并很快回到汉朝而感到高兴；另一方面，也为自己的降敌而感到羞愧，他为自己有家不能归的处境感到悲哀。

李陵命手下人设下酒席，给苏武斟满酒说："你不降匈奴，不辱使命，名扬天下，功劳盖世。"李陵推心置腹地告诉苏武说："我不得已而降匈奴，原本是想找机会劫持单于，报效国家。却不料汉皇不知我的心志，杀了我的老母和妻儿，绝了我的归路。"苏武说："过去，我深知老友的为人和志向，但现在你的处境不同过去，是非功过，也只好由人们去评说。至于对不起国家的事，我绝不能做。"

李陵听苏武说完后，长叹一声："比起苏君来，我这个人真如粪土一般。"说罢，热泪纵横，起身吟唱了一首《别歌》：

> 径万里兮度沙漠，为君将兮奋匈奴。路穷绝兮矢刃摧，士众灭兮名已聩。老母已死，虽欲报恩将安归！

一曲歌罢，李陵朝着南方跪拜不起，苏武望着他，叹息不止。

钟嵘在《诗品》里说汉都尉李陵诗，"其源出于《楚辞》。文多凄怆，怨者之流。陵名家子，有殊才，生命不谐，声颓身丧。使陵不遭辛苦，其文亦何能至此。"李陵在《别歌》中用简洁的语言述说了自己行军万里跨过沙漠抗击匈奴的经过，那"矢刃摧"、"士众灭"的惨烈的战斗场面似在眼前。他抗击匈奴功不可没，但他归降匈奴过大名隳。"老母已死，虽欲报恩将安归！"字字凄楚。在封建社会里，一人有罪株连全家，甚至灭门九族。李陵败降，终于祸及一家老小。

李陵除《别歌》外，还有《李少卿与苏武诗三首》、《李陵赠苏武诗》等。不过，《别歌》以外的作品大多数被专家学者认为是伪托之作。然而其艺术性较高，也是成熟的五言诗，对后世有一定影响。

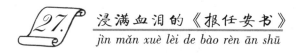

27. 浸满血泪的《报任安书》
jìn mǎn xuè lèi de bào rèn ān shū

司马迁在汉武帝元封三年（公元前108年）继承父职为太史令。天汉二年（公元前99年）因替李陵降匈奴事辩护，获罪遭腐刑。太始元年（公元前96年）夏六月，汉武帝大赦天下，司马迁当于此时出狱，并做了中书令。中书令是皇帝身边的文书侍臣，职位比太史令高，但司马迁已对宫廷政务毫无兴趣，他一心加紧完成《史记》的撰写。正当《史记》撰写基本就绪，只剩下最后的修补加润色时，国内又发生了巫蛊事件。

所谓巫蛊，是指使用迷信邪术加害他人。要说巫蛊事件，还得从汉武帝晚年迷信鬼神巫术谈起。汉武帝晚年多病，召集了许多方士与巫师，为其寻求长生不死之方。平日里，他常疑神疑鬼。征和元年（公元前92年），他在长安西的建章宫恍惚看见一个人带剑进入宫来，疑心是个刺客，急忙命令侍卫追捕，却无影无踪。把长安城门紧闭，进行全面搜捕，也没有结果。后来又在白天里做恶梦，梦见无数的木头人拿着棍杖来打他，醒后怏然不悦，从此身体更不舒服了。恰好这时丞相公孙贺捕获了阳陵"大侠"朱安世，朱安世为报复丞相公孙贺，反诬公孙贺儿子公孙敬声与卫皇后所生的女儿阳石公主有私情，并说他们指使巫师将木偶人埋在地下用来诅咒皇上，巫蛊之祸从此引起。

汉代即有鸿门宴图，表明了《史记》在当时的影响。

汉武帝以为自己的病根就在于巫蛊，于是杀掉了公孙贺父子及其家人，阳石公主与卫皇后侄儿即大将军卫青的儿子卫伉与此案有关，也被诛杀。由于武帝相信方士、巫师，使得一些女巫出入后宫，教宫中美人们度厄，在她们的屋子里埋木偶人，祈祷鬼神加祸于所恨的人。出于争宠妒忌，美人们又互相告发，都说对方诅咒武帝，武帝大怒，杀了宫中美人及大臣数百。武帝手下有个臣子叫江充，原本是赵国人，曾离间赵王父子关系，逼死赵王太子。后因告密得到武帝召见，拜他为直指绣衣使者，让他督察皇帝亲近之臣及贵戚。江充迎合武帝用意，检举弹劾皇帝亲信，无所顾忌，深得武帝信赖，提升他为水衡都尉。这次巫蛊案发，武帝便命江充来负责处理。江充把凡是搞祭祀、做巫法的人都统统逮起来，采用酷刑进行逼供，从京师到郡国冤杀的人达数万人。

江充见屈死的人终不敢诉冤，胆子越来越大，竟然把迫害的对象扩大到了皇太子。由于他在任直指绣衣使者时没收过太子的车子，与太子结下了怨恨；他又见武帝年老多病，恐怕武帝去世后太子即位，于自己不利，于是指示胡巫向武帝报告说："蛊气主要来自内宫。"武帝命令江充与按道侯韩说等人入宫检查，江充回来诬告说："在卫皇后与太子宫中都挖出来木偶人，太子宫中的木偶最多，还有帛书，上面写着大逆不道的文字。"

太子刘据知道此事后，吓得不知所措，只好采用少傅石德的主意，先发制人。征和二年（公元前91年）七月，太子被迫假传圣旨捕杀江充、韩说与胡巫，然后发卫卒自卫，攻占了长安的要害部门。此时，武帝正在甘露宫（今陕西淳化西北）避暑养病，闻讯后大怒，立即返回建章宫，命丞相刘屈氂发兵逮捕太子，太子卫卒与丞相兵在长安城激战了几天，太子兵败，从长安南门而逃。卫皇后被废后自杀。不久，太子在湖县（今河南灵宝）被当地官吏率人围捕时自杀，他的三子一女也都遇害。此年，护北军使者任安也被牵连而遭腰斩。

任安，字少卿，荥阳（今河南荥阳东北）人。早年丧父，家境贫寒，由于办事有智谋，与田仁同为卫将军的舍人。后来皇上有诏令，要选任卫将军有德才的舍人为郎，任安被选任为护北军，田仁被选任为护边田谷。田仁为政不畏豪强，又升为丞相长史、丞相司直。不久，巫蛊祸起，丞相刘屈氂带兵逮捕太子，命田仁领兵把守城门，田仁以为皇太子与皇上是骨肉至亲，不能见死不救，于是开城门放走了太子，因此遭到汉武帝的诛杀。太子危急时，曾停车北军南门召任安，命其发兵抵抗丞相军，任安跪拜领节受命，然而他入营后便闭门不出，按兵观望。太子败后，曾受过任安惩罚的北军管钱的小吏上书揭发任安，武帝以为任安"持两端"，坐观成败有二心，命吏逮捕下狱，判任安为腰斩。

任安在狱中，想到了好友司马迁。他认为司马迁曾冒死为李陵辩解，有舍己救人之义；司马迁现为中书令，奉侍皇上，有进言之便。于是写信给司马迁，求他代为申冤，希望皇上开恩免去一死。

司马迁接到任安的信后，犹豫再三，迟迟不好回复，直到此年的十一月，眼看刑期就要到了，司马迁才提笔给任安写了一封信，这就是有名的《报任安书》。

司马迁在这封书信中，反复说明不能援救的理由，诸如人微言轻等，然而都不是根本原因。因为人命关天，无不相救之理，虽知不可为，尽心而已，此是人之常情常理。司马迁既有下狱时"交游莫救，左右亲近不为一言"的隐痛，为何今见友人任安遭不测而不援救？司马迁忍心见友人命

在旦夕而不能救，主要不在于人微言轻，而在于信中不好点透的那一点：司马迁之身乃属《史记》，他的生命只能为伟大的《史记》而奉献，不得自私于其他。一般人只知"见义勇为"、"视死如归"乃人生壮举，有多少人能理解当时的作者弃小义忍大辱而著书自见的志向呢？正是这一点，才是《报任安书》中最催人泪下之处，它表现了司马迁把一切人间痛苦都置之度外，将全部心身奉献于人类文化事业的崇高精神。

司马迁在此书信中有这样一句名言："人固有一死，或重于泰山，或轻于鸿毛，用之所趋异也。"为了著述，为了民族文化，不论遭遇多么悲惨，处境多么险恶，都不消沉、不颓废、不麻木、不自弃，身心承受一切痛苦与屈辱，直至耗尽最后一滴心血，这才是死得其所！司马迁这几句掷地作金石声的语言，点明了中华志士仁人生死观的精华，道出了多灾多难又勤劳勇敢的伟大中华民族的心声，千百年来，砥砺了多少中华儿女！

《报任安书》一方面倾诉了对友人任安身遭不测的同情、惋惜，解释了自己不能为之申冤解救的苦衷；一方面叙述了自己遭腐刑受辱、理想毁灭的经过，表明了忍辱苟活、著书自见的心志。行文各段都将委婉地辞却友人所求与直抒胸中愤懑糅为一体，纵横跌宕，使人莫能寻其痕迹。书信中字字沉痛酸楚，句句慷慨激越，满篇唏嘘欲绝，真可谓是被侮辱被损害者的血泪控诉，是不屈不挠者对黑暗社会的传檄声讨，是伟大的民族精英在身残处秽中关于人生观、世界观的宣言。全文不足三千字，字里行间流露着对不平社会的愤慨与厌恶，深刻地揭露了封建统治者的残暴，表现了作者高尚的人格，揭示了中国古代文化史上有成就者困顿落魄、发愤著书的客观规律。

天下至文，无不以至诚之情为其本。《报任安书》时诉时泣时怨时怒，或议论或抒情或叙述，无不妙成文章。这种撼人魂魄的艺术力量来自司马迁那挟风雨、泣鬼神的笔力，而笔端万钧之力主要来自作者对世态人情的深切感受，而内心强烈的感受主要来自作者悲苦的人生遭际。书信笔力矫健，结构严密，文辞奇肆透辟，写人生痛苦的境况如在目前，抒隐忍发愤的感情毫末不遗，令当今人读后，仍无不为作者的不幸遭遇而伤情流泪，无不为作者无坚不摧的人生信念而激动振奋，无不与作者心心相映，永远对人生与未来充满信心和希望。

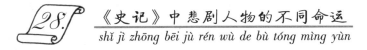

28. 《史记》中悲剧人物的不同命运
shǐ jì zhōng bēi jù rén wù de bù tóng mìng yùn

《史记》所记虽然从轩辕黄帝开始，但大量集中的记载还是从春秋末期到汉武帝时期五百多年间的历史人物。在这个消灭旧的封建领主制与创立新的封建地主中央集权制的历史过程中，新旧阶级的对抗与斗争异常地激烈与残酷，各地战争连年不断，屠戮掠夺司空见惯，成千上万的群众为了迎接新社会的诞生而付出了生命，就连社会上各种势力的代表人物，也都为实现自己的理想而慷慨赴难、前仆后继。这是一个动荡巨变的时代，是一个英雄辈出的时代，雄壮与悲惨是这个时代的主旋律，悲壮的时代特色给这个时期的历史人物普遍地涂上了悲剧的色彩。司马迁客观地把握住了这一时代人物的特征，在《史记》人物传记中，差不多有一半的篇目是为悲剧命运的人物而立的，一部《史记》大约写了一百二十多个不同悲剧命运的人物。

司马迁在评论韩信之命运时说："狡兔死，良狗烹；高鸟尽，良弓藏；敌国破，谋臣亡。"（《史记·淮阴侯列传》）深刻地揭示了封建政治的冷酷与黑暗。图为韩信画像。

在这些悲剧性的人物中，有的是曾叱咤风云、左右局势但后因某些过失而导致事败而身亡的英雄，如《赵世家》中的赵武灵王，《吴太伯世家》中的吴王夫差，《项羽本纪》中的项羽，《淮阴侯列传》中的韩信等；有的是自觉或不自觉地卷入权力之争，最终成为权势欲的无辜牺牲品，如《晋世家》中的太子申生，《魏公子列传》中的公子无忌，《李斯列传》中的公子扶苏、丞相李斯，《吕太后本纪》中的戚夫人，《袁盎晁错列传》中的晁错等；有的克己奉公，尽职尽责，在事业上有所建树，然不容于世，被嫉贤妒能的恶势力所吞噬，如《商君列传》中的商鞅，《屈原贾生列传》中的屈原，《老子韩非列传》中的韩非，《白起王翦列传》中的白起等；有的身具贤才盛德，胸怀雄韬大略，或积极进取，屡建功绩，但却坎坷困蹇，生不逢时，终以壮志难酬而被湮没，如《仲尼弟子列传》中的颜回，《平原君虞卿列传》中的虞卿，《屈原贾生列传》中的贾谊，《李将军列传》中的李广等；有的行侠仗义，扶危解困，不畏强暴势力，勇于自我牺牲，如《赵世家》中的公孙杵臼，《刺客列传》中的曹沫、专诸、豫让、聂政、荆轲，《游侠列传》中的郭解，《魏其武安侯列传》中的灌夫等。

《史记》中多数悲剧性人物，他们卓越的见识、非凡的才华、崇高的理想、高尚的人格都与他们悲惨的命运、毁灭性的结局形成了强烈的对比与反差，司马迁怀着敬仰、崇拜的感情，和着爱怜、同情的泪水来刻画与评价这些人物。如他在《屈原贾生列传》中对屈原表示了由衷的景仰："余读《离骚》、《天问》、《招魂》、《哀郢》，悲其志。适长沙，观屈原所自沉渊，未尝不垂涕，想见其为人。"在《刺客列传》中赞扬了刺客们的抗暴精神："自曹沫至荆轲五人，此其义或成或不成，然其立意较然，不欺其志，名垂后世，岂妄也哉！"在《李将军列传》中对李广的死表示了痛悼与惋惜："余睹李将军悛悛如鄙人，口不能道辞。及死之日，天下知与不知，皆为尽哀，彼其忠实心诚信于士大夫也。谚曰：'桃李不言，下自成蹊。'此言虽小，可以论大也。"这些悲剧性人物身上，都寄托着司马迁悲剧性的身世感，司马迁借他人之杯酒，浇自己心中不平之垒块。晚清刘鹗说："《离骚》为屈大夫之哭泣，……《史记》为太史公之哭泣。"（《老残游记·自序》）

司马迁怀着深沉的历史反思精神来刻画历史上的悲剧人物，使悲剧人物的悲剧色彩更加浓重。他第一次在我国文学史上创作了如此众多的悲剧人物与悲剧性格，也是第一个把我国悲剧人物形象艺术创作提高到一个成熟高度的文学家。

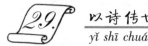

以诗传世的乌孙公主
yǐ shī chuán shì de wū sūn gōng zhǔ

在汉代，为了与周边的少数民族化干戈为玉帛，朝廷常常采取和亲的政策，即将皇室的公主或宫女嫁给少数民族的头领，以联姻的形式加强两国之间的和睦友好关系。在许多出嫁的女子中，有两个有诗传世的女子，这就是乌孙公主和王昭君。

乌孙公主是汉武帝时候的人，原名刘细君，沛（今江苏沛县东）人，比王昭君早生大约七十多年，是江都王刘建的女儿，故称江都公主。元封年中，汉武帝为联合乌孙共同抗击匈奴，便把刘细君作为公主，嫁给乌孙王昆莫，江都公主便改称为乌孙公主。

乌孙是公元前二到一世纪，在我国西北部兴起的一个部落，这个部落的人以游牧的畜牧业为主，兼营狩猎，不务农耕，养马业特别繁盛，富人畜马有一人四五千匹的。日常生活以吃肉喝奶为主，随畜逐水草而居，住帐篷，与匈奴风俗完全相同。

乌孙人原先游牧于敦煌、祁连山之间（今甘肃河西走廊一带），在首领难兜靡统领时被邻近的月氏族击败，难兜靡被杀，牧地尽被侵占，部落四散，人民都逃亡到匈奴。当时难兜靡的儿子猎骄靡正好刚刚诞生，传说他的傅父（抚养人）抱他逃难，一路非常辛苦，水无一滴，饭无一口，多亏了狼给喂奶，乌给哺食，才救活他的命。他的傅父非常惊异，知道他将来一定不同一般人，更加小心地照顾他。

后来逃到匈奴，为匈奴单于所收养。猎骄靡长大后单于把他父亲统领的人民归还给他，让他统领。他们起初隶属于匈奴，经常跟随匈奴人打仗，猎骄靡在为匈奴作战时曾多次立功，成为远近闻名的勇士。

从此以后乌孙在猎骄靡的率领下，牧地不断扩充，人口不断增加，势力也越来越大，成为一个较强的部落。老上单于死后，乌孙遂不肯附属匈奴，匈奴虽多次征讨，但也无法取胜，也就任其自由了，从此乌孙脱离了

沙漠驼铃传幽远，丝绸之路通泰西。从张骞开始，中国人向外部世界传输了大量的物质文明与精神文明。

匈奴而独立。猎骄靡建立了他的政权，自任最高统治者，王号称昆莫，高级官吏有岑陬、大禄、大将、都尉，其次有大监、大吏、骑君等。这时乌孙有人口六十三万，军十八万八千，他所占领的区域，西北与康居、大宛相接，东与匈奴相接，南与城郭诸国相接，成为西北少数民族中的一个强国。

玉门关遗址。也许是在这里，张骞以"立功绝域"的豪情，告别了乡关，开始了他凿空西域的历史之旅。

早在汉景帝时张骞就曾建议："现在乌孙强大了，可以多给他们些财物，让他们返回故地，并以汉公主嫁给他们的首领做妻，结为兄弟邻邦，来抵制匈奴的侵扰。"这个建议当时没有被采纳，搁置起来。武帝即位后就令张骞带了很多金银珠宝、绸缎布匹、牛马、土特产品等去说服乌孙昆莫。匈奴听到乌孙与汉来往密切，很是恼火乌孙，准备攻击乌孙。再加上当时的汉使都是从乌孙出发才到达大宛、月氏等地，使者经常往来不断。匈奴眼看着就要孤立，所以，把所有的怨恨都指向乌孙，扬言一定要攻破乌孙。乌孙王国上下非常惊恐，赶快派使者带着好马作为礼物，去汉朝联络，说愿意接受汉朝以前提出的建议，娶汉公主为妻，并与汉结为兄弟邻邦，共同抵御匈奴。上次汉主动派张骞出使乌孙，愿结为亲戚，而乌孙没有痛痛快快答应，武帝就有些不高兴，今天事情紧急了才又找上门来，当然不能马上答应。武帝见过乌孙使者，就召集众臣商量对策，群臣一致表示，应该与乌孙结为兄弟邻邦，但嫁公主的事应按汉朝的礼节，乌孙先拿来聘礼，然后才能送去公主。于是乌孙以一千匹马作为聘礼来娶汉公主，汉朝在武帝元封六年（公元前 105 年），把江都王刘建的女儿细君嫁给乌孙昆莫为妻。行前，皇上送了车舆、衣服、各种用品，还派去侍御、宦官、各类属官几百人随细君公主同去乌孙，昆莫把细君公主封为右夫人。匈奴听到乌孙昆莫与汉和亲，娶了汉公主为妻，也送了一个女子给乌孙昆莫，昆莫不敢不接受，把她封为左夫人。

细君公主到了乌孙后，因不习惯乌孙住帐篷的习俗，自己建宫室与她的侍奉、随行人员单独居住，逢节日时用汉朝的习俗置办酒席，与昆莫会面，同时也把一些绸缎、服装送给昆莫的那些姬妾。礼仪看起来很丰华，而实际上只是表面热闹。每当此时，公主看着那个年老昏聩、语言不同的老昆莫，心中的悲凉和酸楚之情都会油然而生。她想起了家乡，想起了亲人，想自己远别乡亲，来到这荒凉的草原，整日看到的是牛羊骆驼和茫茫无边的草地，听到的是胡音蛮语和刺耳的北风的呼啸，心里的寂寞失落、悲楚伤痛无处诉说，无处发泄，于是作了一曲悲歌：

吾家嫁我兮天一方，远托异国兮乌孙王，

穹庐为室兮旃为墙，以肉为食兮酪为浆，

居常土思兮心内伤，愿为黄鹄兮归故乡。

不久，这首诗就传到了汉廷，武帝听后非常怜悯细君公主，马上派人去看望，并告诉专门负责的人，每隔一年就派专使去探望一次细君公主，顺便带些汉朝的帷帐、锦缎之类的物品赠送给她，以减少些思乡之情。

又过了几年，乌孙昆莫因为年老不能再理国政了，准备把王位传给他的孙子军须靡。按照他们的风俗，继承王位者要继承前王的所有权利，包括居室、用品、姬妾等，这样细君公主还得再做军须靡的妻子。细君公主不能接受他们这种风俗，于是上书武帝诉说情况，武帝只好劝说细君，遵从他们的习惯，以汉室利益为重。细君只好忍辱曲从，继为军须靡的妻子。

汉王朝虽以"和亲"政策换取了边疆的安宁，但却牺牲了许多女子一生的幸福，造成她们青春葬送、终身遗憾的悲剧。细君公主的悲歌就充分地反映了这一点。"吾家嫁我兮天一方"，表达了她对"家"也就是朝廷的抱怨之情，不顾女儿的幸福，远嫁她到遥远的天的另一方，难道朝廷不狠心吗？托身于异国一个老迈昏聩的人，能可靠吗？异国的风俗、异国的语言、居处饮食，都难以接受，每一点都令人思念故乡，思念亲人。可是一个封建社会的女子，有如牢笼中的一头羊，只有遥望天空，希望变成一只鸿鹄飞回家乡，飞回父母身边。

刘细君的悲歌，字字泪，声声怨，其言如泣，其情可悲，读了令人心酸，催人泪下。诗歌七言六句，句句押韵，为后代的七言诗从形式上作了尝试，楚辞句式又加强了悲叹的感情浓度。开张的韵调与压抑的心情形成强烈对比，给人一种既放而不能、既抑而不忍的感觉。

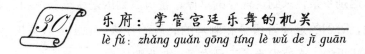

30. 乐府：掌管宫廷乐舞的机关
lè fǔ: zhǎng guǎn gōng tíng lè wǔ de jī guān

从秦代开始，就有了掌管乐舞的机关——乐府。1977 年，在陕西秦始皇陵墓旁出土的秦代编钟上已有了"乐府"字样的篆刻。但秦代的乐府规模很小，并且主要是为皇宫祭祀而设。

在汉代，伴随着经济的发展和文化的繁荣，乐府开始逐渐扩大。《史记·乐书》曾有的记载说明汉武帝时乐府的规模较以前有了很大的发展，乐府的职能也较秦代乐府的职能有所扩大，这一时期乐府从过去单一的组织皇宫祭祀音乐，发展为还要为朝廷的集会、饮宴、迎宾、巡游等各项活动奏乐和歌舞。

从规模上看，这一时期乐府的大小官吏和属下曾达到过八百多人。这些人中，有谱曲、编导的"专家"，有演奏、演唱和舞蹈

图为汉人物交谈彩画砖。晨行梓道中，梓叶相切磨。与君别交中，繾如新缣罗。裂之有余丝，吐之无还期。（汉乐府《离歌》）

的演员，有化妆师、道具师、布景设计等专职人员。

这时期的乐府机关还要派出一些人员去各地搜集民谣、民曲。当时的乐府派出人员去采集民谣民曲，采集的范围遍及整个中原地区。乐府采诗的目的也和周代一样，有为统治者服务的意图，但在客观上也起到了保护民歌的作用，使民歌得以流传。据《汉书·艺文志》记载，西汉时乐府采集各地的民歌有：吴、楚、汝南歌诗十五首，燕、代、雁门、云中和陇西歌诗九首，邯郸、河间歌诗四首，齐郑歌诗四首，淮南歌诗四首，左冯翊秦歌诗三首，京兆尹秦歌诗五首，河东蒲反歌诗一首，洛阳歌诗四首，河南周歌诗七首，周谣歌诗七十五首，周歌诗二首，南郡歌诗五首，共计一百三十八首。这个数字已接近《诗经》中《国风》的篇目。但这些篇目没有完全流传下来，现存的汉代乐府民歌（包括东汉）约为五六十首。

汉代乐府诗分为郊庙歌辞、鼓吹曲辞、相和歌辞、杂曲歌辞等。郊庙

歌辞多数为文人创作，如高祖唐山夫人作的《安世房中歌》。鼓吹曲辞是朝廷集会和巡游时仪仗队用的曲辞。相和歌辞和杂曲歌辞是采集的民歌和一些模仿民歌的文人作品。

汉乐府诗（包括汉代文人的民歌体仿作），现在一般称做汉乐府民歌。还有人管它叫"汉乐府"。现存的汉乐府民歌包括前、后汉的作品，这些乐府民歌有丰富的社会内容和积极的思想性，广泛、深刻地反映了两汉时期的社会生活。

汉乐府诗中有写人民贫贱和因此而对统治者的压迫剥削进行反抗的。如《东门行》、《妇病行》、《陌上桑》等。《东门行》写了一个城市贫民在"盘中无斗米储"、"架上无悬衣"的情况下，不甘心再受官府的残酷压榨，而"拔剑东门去"，走上了抗争的道路。《妇病行》写了病妇一家的悲惨遭遇，无衣穿，无饭吃，"空舍"一贫如洗，反映了汉代劳动人民的生活惨景。《陌上桑》则写一女子拒绝太守无理调戏，敢于斗争的精神。

有的汉乐府诗写战争和徭役给人民带来的深重苦难。如《战城南》、《十五从军征》、《小麦谣》等。《战城南》写了"野死不葬"的凄惨景象，诗中通过描写阵亡战士暴尸荒野，后方田园荒芜凋敝，谴责了战争的罪恶。《十五从军征》以一个"十五从军征"而"八十始得归"的老兵自述揭露了当时兵役制度的荒唐和黑暗。《小麦谣》写男子尽被征调作战，后方生产全归女子承担，田园禾苗枯黄，人民生活艰难。

还有一些诗写男女爱情和封建婚姻制度对青年男女的迫害。如《有所思》、《上山采蘼芜》、《孔雀东南飞》等。《有所思》写一个女子曾热恋过一个男子，但当她得知所爱之人已经负心，就愤然将男子所赠之物统统砸碎、烧毁，表示要与负心男子断绝情谊。《上山采蘼芜》是写弃妇与前夫在路上偶然相遇的问答辞，揭露了前夫喜新厌旧的行为，反映了封建社会妇女受人摆布的悲惨遭遇。而《孔雀东南飞》不仅是汉乐府中的珍品，也是我国文学史上一首优秀的叙事诗。这首长诗通过焦仲卿夫妇双双殉情的悲剧，反映了在封建势力压迫下男女青年的不幸遭遇，控诉了封建家长制与封建礼教摧残人性的罪恶，歌颂了封建社会重压下忠于爱情的男女青年不屈的反抗精神。

汉乐府民歌所反映的社会生活面是非常广阔的，它所塑造的人物形象是非常生动与鲜明的，

东厨具肴膳，椎牛烹猪羊。主人前进酒，弹瑟为清商。投壶对弹棋，博奕并复行。（汉乐府《古歌》）图为汉木制六博俑。

它继承与发展了《诗经》的现实主义传统，对汉代社会生活的本质作了真实的描述，表达出了汉代人民特有的感情与愿望。

汉乐府民歌在思想和艺术方面都达到很高的成就，是汉代诗歌中最艳丽的奇葩。汉乐府民歌语言朴素自然，句式不拘一格，长短随意而定，是当时的新体诗歌。

掌握乐舞的机关——乐府，由于采集民歌而使它的影响深远，以至于我们在写文学史的时候，都要给它写上浓重的一笔。

31. 《北方有佳人》与《秋风辞》

běi fāng yǒu jiā rén yǔ qiū fēng cí

李延年（？—约公元前87年），汉代音乐家，中山（今河北定县）人。出生于音乐世家，父母兄弟都是乐人，他也能歌善舞，会编造新曲。李延年早年因犯法受到宫刑，给事狗监中，也就是当了宦官，因为他精通音乐，得到汉武帝的喜欢，曾任汉武帝宫中的"协律都尉"，曾为《汉郊祀歌》十九章配乐，并仿西域的《摩诃兜勒》曲作"新声"二十八解

（称为横吹曲）。

汉武帝刘彻是一个爱好文艺的帝王。他自己也能诗善赋。他在位的五十四年间，一直招揽文士，鼓励创作。他还扩大了掌管乐舞的机关——乐府的规模与职能。

汉武帝很赏识李延年的才华。李延年在宫中除为乐府歌谣配乐外，还常被汉武帝叫去表演歌舞。有一次，汉武帝欣赏了宫女的表演后，要听李延年所作的新曲，李延年随着音乐边舞边歌，他唱道：

北方有佳人，绝世而独立。

一顾倾人城，再顾倾人国。

宁不知倾城与倾国，佳人难再得！

一曲歌舞毕，听者无不感动，汉武帝感叹地说："好啊！难道世上真有这样倾城倾国的美人？要是有，我真想见见她。"李延年心中的"北方佳人"，就是他那远在北方的妹妹，对着众人的面，尽管武帝询问，也不好说呀！

像所有的皇帝一样，汉武帝也是一个十分好色的皇帝。他的后宫美女多达八千人。他出巡时，随车要带十六个美女。据《太平广记》记载说，有一次汉武帝穿着普通人的衣服去私访民间，见到一家主人的婢女长得俊俏，恰逢这家主人不在，汉武帝就和这个婢女鬼混，夜晚还住在这家里，主人回来后发现，汉武帝险些丧命。汉武帝的大姐平阳公主深知皇帝的癖好，经常为她弟弟选美女、歌女和舞女，不时送给他享用。

这天，平阳公主听说武帝想见"北方佳人"，就告诉汉武帝说："听说李延年有一个妹妹，就是一个北方绝色美女。"汉武帝听后，喜形于色地说："快把她召进宫来，我要立刻见她！"于是平阳公主传圣上口谕，让李延年回家接他妹妹来京见驾。

李延年不敢怠慢，急忙备了一匹快马，从都城向家乡奔去。一路上他的心情是喜忧参半，喜的是皇上急着要见他的妹妹，妹妹也许会因此而成为贵妃，自己也会更加荣耀。忧的是妹妹从小受父母娇惯，是父母的掌上明珠，她会不会去见皇上？假如见了皇上，皇上不喜欢怎么办？假如真的留在宫中，这后宫可是个是非之地……

他真有些后悔，后悔不该给汉武帝唱"北方有佳人"这首歌。

李延年晓行夜宿，不几日终于风尘仆仆地回到了中山老家。父母见延年回来十分高兴，忙着要给儿子准备饭菜，打扫房间。延年急忙禀告父母说，这次回来是要接妹妹上京城见圣上。妹妹年纪还小，听说要让她进京见皇上，急得哭了起来。一家人好生抚慰，她才算答应了。他们连夜给她收拾行装，准备第二天上路。

李延年和他的妹妹来到长安，歇息梳洗打扮完毕，便一起进了皇宫。汉武帝一见，果然娉娉婷婷，风采照人，当即纳为后妃，赐名李夫人。李夫人不仅长得妙丽动人，而且也像她哥哥一样，能歌善舞。因此，深受武帝宠爱。

汉武帝好色而且喜新厌旧，但对李夫人却是例外。李夫人进后宫后，武帝对她的爱意一直有增无减。

汉武帝的原配夫人陈皇后，原名阿娇，是汉武帝的表妹。汉武帝幼年时就十分喜爱阿娇，他曾说如果他娶了阿娇，就用金房子把她藏起来，即所谓的"金屋藏娇"。

汉武帝废陈皇后以后，又宠爱了卫子夫，卫子夫后来为刘彻生了一个儿子，被立为皇太子。卫子夫年老色衰后，也逐渐失宠了，武帝又移情于李夫人。

汉武帝和李夫人之间有过许多故事。例如有一次，李夫人有病，汉武帝前去问候，李夫人却躺在床上蒙头不见。汉武帝想看她的容颜，李夫人说："妾现在病得厉害，容貌不端庄，不能见皇帝。妾只有一个愿望，就是希望皇上能照顾好王子和我哥哥。"汉武帝一心想看见李夫人的面容，就说："夫人，你面对面嘱咐王子和你哥哥的事不更好吗？"李夫人仍然蒙头说："妇人容貌没有修饰，不能见皇上。"皇上说："夫人只要见我一面，就赏你千金，并且给你哥哥加官。"李夫人说："加官在于皇上，不在于见一面。"汉武帝只好扫兴地走了。李夫人病好了以后，和她亲近的嫔妃姐妹都责怪她不该不见皇帝。李夫人向她们解释说："我不见皇帝的原因是为了我的哥哥。因为我以容貌美好侍奉皇上，而容貌衰败后皇上的恩爱也就不会有了。皇上现在想我念我，也就是因为我平时的容貌美丽。如果见我有病貌丑，一定会讨厌我，还会照顾我的哥哥吗？"

李夫人因病死后，汉武帝思念不已，常常在梦里梦见她。一位叫少翁的道士对汉武帝说："你想见李夫人，我可以让她的灵魂过来。"他让汉武帝点燃蜡烛，挂好帷帐，放好酒肉，并坐在帷帐里等着。汉武帝等了一会儿，从帷帐里远远看见有一个美丽女子好像李夫人似的，只是不能过去亲热。汉武帝更加思念，他写了《李夫人歌》：

是邪非邪，立而望之，偏何姗姗其来迟。

汉武帝还作过一篇《秋风辞》，表示对"佳人"的无限思念之情。

秋风起兮白云飞，草木黄落兮雁南归。兰有秀兮菊有芳，怀佳人兮不能忘。泛楼船兮济汾河，横中流兮扬素波。箫鼓鸣兮发棹歌，欢乐极兮哀情多，少壮几时兮奈老何！

汉武帝还有一篇《悼李夫人赋》，可见，汉武帝对"北方佳人"李夫人真的动了感情，他对其他妃姬从未有过如此的伤感。

李延年每为新声变曲，本都是"应制"而作，但他的"北方有佳人"却是有感而发；他又学习乐府民歌写人的技巧，以映衬的手法，从侧面写全城、全国人对"佳人"的注目，来体现"佳人"的奇美，以大胆惊人的极度夸张手法描摹了"佳人"的绝色，这种独特新奇的描写可谓是前无古人，后无来者。难怪乎令汉武帝那样动心，那样执著，难怪乎这首佳人诗能传诵至今。

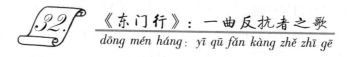

32. 《东门行》：一曲反抗者之歌

dōng mén háng：yī qū fǎn kàng zhě zhī gē

在汉乐府民歌中，《东门行》是一首具有代表性的作品：

> 出东门，不顾归。来入门，怅欲悲。盎中无斗米储，还视架上无悬衣。拔剑东门去，舍中儿母牵衣啼："他家但愿富贵，贱妾与君共哺糜。上用仓浪天故，下当用此黄口儿。今非！""咄，行！吾去为迟！白发时下难久居。"

诗作大致叙述了这样一个故事：

在一座城市里，住着一个三口之家，夫妻俩虽然还算年轻，但由于汉朝末年连年战乱，城市百业凋敝，他们虽然有力气，但没有工作也赚不到钱，生活十分贫寒。环视家中，没有什么值钱的东西，只有墙角边放着一个小口大腹的瓦罐子。他们年幼的孩子也瘦得皮包骨头。孩子的父亲由于常常暗自愁苦，所以虽然年纪轻轻的，却已是满头白发，显得十分老气。

这一天，他又出去揽活儿赚钱，但由于穷人多，富人少，想找个雇主干点活儿真是难于上青天。他在街市上转悠了半日，也没有赚到一文钱。太阳偏西的时候，他腹内空空地迈着沉重的步子回到家。他心情极坏，真想大哭一场。

他想出东门外干那种可怕的事，但出了城东门后，却又放心不下妻子和孩子，又折回了家门。他肚子饿得实在忍不住了，他想吃东西，但家里没有饭可吃。他揭开瓦罐子，看到里面只有罐底可怜的一点点米了。他想起好多年了，家里人谁也没有吃过一顿饱饭。

他看了看妻子和妻子抱的幼儿，都是像黄花一样瘦削的脸。他们跟着他同样也只有每日忍饥挨饿。他亲了亲可怜的孩子，泪水不由涌出。

他看了看孩子和妻子的衣服，都早已破烂不堪，快要不能遮羞了。他想起好几年了，也没能给妻子和孩子添一件新衣。看看墙边的衣架上，早已是空空的，没有挂一件衣服。

他想：这今后的日子可怎么过呢？他想不出一点好办法。

他在绝望中，想起那些可恨的财主和巧取豪夺的官吏，占有着土地，占有着作坊，整日大腹便便，欺诈百姓，聚敛钱财……不由得"怒从心上起，恶向胆边生"，他看着墙壁上挂着的那把剑，眼里冒出了火焰。他把剑迅速取下，匆匆要走。

孩子被吓哭了，妻子紧紧拉住丈夫的衣襟哭着说："别人家有钱我不羡慕，我愿意跟着你一辈子吃糠咽菜。"

丈夫仍然执意要走。

妻子又说："你要对得起老天爷啊！你要对得起孩子啊！你这样拿着剑出去可不行啊！"

他推开妻子说："你走开！我决心要走！你不要再拉我了，我早就该走了，你看我的头发都愁白了，头发都愁得掉光了，这样的苦日子我受够了，这种吃没吃穿没穿的日子我再也过不下去了！"

他推开妻子的手，提着利剑向着东门大步走了，他远远听到的是妻子和孩子惨凄的嚎哭。

《东门行》虽然只是短短的几句，但诗中蕴含的意味是深长的。这首现实主义的诗篇揭示了当时人民缺吃少穿的饥寒交迫的生活，揭示出了当时社会的黑暗，揭示出了人民群众被迫走上"犯上作乱"道路的原因。

诗中成功地运用了简洁的对话来刻画人物性格特征，表达主题思想。

从妻子和丈夫的对话中，我们可以看到妻子对丈夫深深的爱。她愿意和丈夫同甘共苦，她不追求富贵荣华，不羡慕漂亮衣衫和美味佳肴，宁愿吃苦，逆来顺受。她也有点儿迷信思想，相信上苍，她不愿意让丈夫去冒险。

丈夫回答得十分坚决："咄，行！吾去为迟！"说明自己主意已决，九牛之力也拉不回了。长期积压在心中的愤懑一旦爆发是誓死不回头的。

《东门行》这首诗还成功地运用行动描写来刻画人物。诗中用"出东门"、"来入门"写出了主人公内心的痛苦和犹豫；用"还视"、"拔剑"

的动作描写主人公由反复犹豫到最后下定造反的决心。这些行动描写成功地刻画了一个被逼无奈而最后走上反抗道路的被压迫者的形象，以此说明了当时千万人民走上农民起义道路的原因是为穷困所逼。

《东门行》采取杂言的形式，句法不拘一格，长短相济，灵活多变，保持了汉乐府民歌特有的质朴。

《东门行》这首精炼的乐府诗，使我们不由想起了唐代大诗人杜甫的伟大的现实主义的诗篇，想起了《水浒传》中那些被逼上梁山的造反者，由此可见乐府诗对后世诗文的影响是深远的。

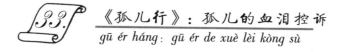

33. 《孤儿行》：孤儿的血泪控诉
gū ér háng：gū ér de xuè lèi kòng sù

《孤儿行》一名《孤子生行》，又名《放歌行》，这篇乐府叙事诗属于《相和歌·瑟调曲》古辞，作者无名氏。它以第一人称的口吻倾诉了一个孤儿的苦难生活：受尽了兄嫂残酷的奴役和虐待，竟然达到走投无路、悲痛欲绝的地步。它描写的虽然只是一个家庭中孤儿的苦难遭遇，但却带有一定的典型意义，它是受难者对悲剧制造者的血泪控诉，可谓字字是血，声声是泪。因此，虽然它所描写的只是一个家庭的事情，但它却生动而深刻地反映了在封建家长制的桎梏下，人情淡薄、世态炎凉，孤儿处于莫知我艰、莫知我哀的悲惨境地，从而揭示出封建社会阶级剥削的残酷性和奴婢的痛苦生活。作者在诗中倾注了对孤儿的无限同情，揭露了剥削阶级的凶恶面目，有广泛的社会意义。

这首诗所反映的故事情节大致是这样的：诗的头三句点出"孤儿苦"，是全诗的基调。接着通过孤儿"行贾"、"行汲"、"收瓜"三个典型故事，极写兄嫂对幼弟的百般虐待。故事曲折多变，文字波澜起伏，有很强的感染力。

诗中首先写道孤儿原先"乘坚车，驾驷马"，原是富裕人家。按理说，这样的家庭出身，即使父母死后，孤儿的生活也应该是有着落的，在吃穿上也是用不着犯愁的，但兄嫂非但没有尽到自己应尽的责任和义务，善待幼弟，反而大肆虐待他，不仅让他穿得褴褛，而且还逼迫他到外边去做买卖，从中榨取他的血汗。在这种强烈的反差中，深刻揭露和控诉了兄嫂的残忍卑劣、丧尽天良。正是他们的一个"令"字，给孤儿带来吃不完的苦，表现出封建家长制乃是罪恶之源。"头多虮虱，而目多尘（土）"，描述孤儿形象具体细致，浅而能深，近而能远，"虮虱"和"尘（土）"里正蕴含了孤儿外出行贾，"南到九江（今江西安徽一带），东到齐与鲁（今山东）"的邋遢模样、狼狈境况。试想，在当时的社会中，外出行贾要跋山涉水，且路途险恶，强盗出没，是多么不易！更何况他还是一个孩子，他要想在激烈的买卖角逐中有所盈利，就得比别人吃更多的苦、遭更大的罪。

继此之后，作者接着写孤儿回到家中所受到的非人待遇：孤儿寒冬腊月才赶回家中，本来就够辛苦劳累的了，但兄嫂一刻也不让他闲着，拿他当奴仆使唤，一会儿让他做饭，一会儿又让他喂马，甚至还差使他远出挑水。孤儿无奈只好顶风冒雪，早出晚归地往家里挑水。由于缺衣无鞋，天寒地冻，在汲水的路上，孤儿的手冻伤了，脚冻裂了，腿肚子也被霜雪地上的蒺藜刺破了。但为了能把水挑到家，他只好忍着剧痛，踉踉跄跄地往家赶。如此这般，怆恨加上悲怨，孤儿怎么能不涕泪涟涟？这样活着还有什么意思？他四顾无望，觉得还不如早死，到地下黄泉去追随已故的父母。这哪里还有兄弟手足之情，完全变成贵族与奴仆的阶级对立的关系了。孤儿苦不堪言、悲痛欲绝的遭遇，恰恰说明兄嫂的虐待是令人发指的。

诗歌又通过孤儿"收瓜"的故事，进一步道出了世俗的险恶：三月植桑养蚕，六月田里收瓜，一年四季没有空闲之时。作者还特写运瓜回家路上的情景，深刻反映社会黑暗与世态炎凉，可见人情薄如纸的并非一家。孤儿在家受凌虐，在外也得不到世俗的同情和协助：就在他往家推瓜的路上，因道路坎坷而车翻瓜落，路人见其幼小、身单力薄，有不少人不仅不相助反而乘机打劫，白拿白吃地上的瓜。孤儿不禁焦急万分，四顾哀求他们把瓜蒂留下作为凭证，以便回家有所交代。因为瓜少了，严厉的兄嫂一定会拿他是问的，是一定不放过他的。这段文字不仅进一步表现了兄嫂的横暴，更写出孤儿还同时承受着世俗的欺压，从而揭示出孤儿苦。弱小者受欺压，乃是普遍的社会问题。最后的"乱"是乐曲的尾声，描写了兄嫂早已在家等得不耐烦，正在破口大骂。可以想象，孤儿收瓜稍晚一点就遭毒骂，如果知道他翻车落瓜，众人哄抢后所剩无几，那兄嫂还不暴跳如雷，对孤儿鞭杖相加？孤儿确实难以继续这种暗无天日的日子了。他最迫切的愿望，是要让父母在天之灵知晓兄嫂的负情绝义，自己绝不能继续与他们一起生活下去！这是走投无路的孤儿对残酷压迫的愤怒谴责和血泪控诉！

这首诗突出的艺术特征在于语言朴素自然而充满感情。它把叙事与抒情结合起来，因而具有强烈的感染力。由于诗的作者就来自民间，作者和他所描写的孤儿有着共同的命运、共同的生活体验，所以叙事和抒情便很自然地融合在一起，做到"浅而能深"。《孤儿行》对孤儿的痛苦没有作过多的喟叹，而着重于具体描绘，也是值得注意的一个特点。

34. 《陌上桑》：聪明的美女罗敷

mò shàng sāng：cōng míng de měi nǚ luó fū

《陌上桑》是一首以叙事见长的长诗，最早见于《宋书·乐志》，题为《艳歌罗敷行》，《玉台新咏》以此诗的首句为题，作《日出东南隅行》，宋代郭茂倩辑的《乐府诗集》中把它归入《相和歌辞·相和曲》中。《陌上桑》全诗分为三解，"解"是乐府诗段落的意思，在第一解中叙述了这样的故事：

汉代有一户姓秦的人家，生了一个美丽的姑娘，取名叫罗敷。罗敷长到十七八岁的时候出落得更漂亮了，如出水芙蓉一般娇艳，像天女下凡一样潇洒，明眸皓齿，柳眉云鬓，神姿英发，容颜绝世。不施脂粉就觉光彩照人，不着锦绣就显得华丽夺目。罗敷成了远近闻名的美人，谁见了都得多看几眼。即使那些担着担子、匆匆忙忙赶路的人见了罗敷也要放下担子，注目观看，分外多歇了一会；那些年轻人见了罗敷更是神醉魂迷，情驰魄散，心猿意马，手足无措，一会儿不自觉地脱下了帽子，一会儿又整理着头巾，想引起罗敷的注意。就连一天忙于生计的农民也不例外，耕地的人看见罗敷竟忘了自己手中扶的犁；锄禾的人见了罗敷也不由自主地停下了手中的锄头，他们看着罗敷竟半晌忘了干活，直到回家后，才后悔只贪看罗敷什么事都没干成。

罗敷不仅生得漂亮，而且还很勤快，她尤其喜欢采桑养蚕。有一天，罗敷独自到城南去采桑，她挎着用青丝绳做篮笼、用桂树枝做提柄的精制的小桑篮，迈着轻盈的步履在田间小道上一边走一边采摘桑叶，她的身姿绰约，袅袅婷婷，就像春风摆柳一般柔美。今天，她打扮得也格外妩媚动人，头上梳着微微偏斜的倭堕髻，耳朵上戴着西域产的明月宝珠，上身穿淡紫色绫子做的短袄，下身穿杏黄色绫子做的裙子，在一片翠绿的桑林映衬下，分外醒目。她左采右摘，忽前忽后，动作轻捷，简直就像一只漂亮的蝴蝶在上下翻飞。这是本诗第一解的内容，在这一解中作者从不同角度、尤其是从观赏罗敷的角度，用不同的手法、尤其是用衬托的手法，描写了罗敷的美貌。

罗敷采着采着，一会儿，只听车声隆隆，从南面来了一辆五匹马驾的车子，一看就知道是太守乘坐的马车。车子越走越近，不一会儿就来到离罗敷不远的地方了。当经过罗敷这里时，车子徘徊起来，几个来回后便慢慢停了下来。太守坐在车上目不转睛地盯着罗敷，从头看到脚，从衣服看到桑篮，从形体看到动作，越看越喜欢，越看越不想走，马车停了好一阵子，还不见走。又过了一会儿，太守派了一位小吏问罗敷是谁家的姑娘，小吏问清楚后赶忙报告太守，是秦家的姑娘；一会儿，太守又让小吏问罗敷多大年纪，罗敷不愿搭理他们，低头只顾采桑，小吏打量了打量，向太守说，大约十五六岁，不到二十岁的样子。不怀好意的太守死皮赖脸，缠着罗敷不走，又要问这，又要问那，最后竟恬不知耻地问罗敷愿不愿意跟他坐车走。罗敷早已一肚子不高兴了，面对太守这样野蛮无礼，仗势欺人的做法，罗敷十分气愤，也不管他是什么等级的官，立即上前义正辞严地说："你这个做官的人怎么这样愚妄，你有自己的妻子，我有自己的丈夫，你为什么光天化日之下调戏良家女子？你们这些当官的不是最讲仁义道德吗？难道调戏别人的妻子就是仁义？霸占妇女就是道德？我也是官家的夫人，你就趁早收起你的邪心吧！"太守听了又羞又恼，无言以答。这是本诗第二解的内容，在这一部分中作者写使君路遇罗敷便心生歹意以及罗敷与使君的对答，不仅突出了罗敷的美貌，更表现了罗敷内心的纯洁与节操。

罗敷理直气壮地斥责使君愚蠢、妄想之后，又怕使君仗势施暴，她抓住使君欺软怕硬的心理，随机应变，夸耀自己的丈夫，以自己丈夫文武双全、地位显赫，使使君自惭形秽，无地自容，再不敢有什么非分之想。

罗敷说："我的丈夫在东方做官，他外出的时候，声势特别大，常常有一千多人跟随在后，他骑着高头大马，走在行列的最前边。尽管在众多的人中间也很好识别他，后面老跟着一匹黑马的那个骑白马的大官就是他。我的丈夫骑的那匹马，用青丝系着马尾，用镶金的络头笼着马头，富丽而又威武。他腰中佩带的鹿卢剑，柄上有金玉镶嵌，价值几千万金。他十五岁时在太守府当小吏，二十岁就到了朝廷当大夫，三十岁当上了侍中郎，四十岁就成为一郡之长。他长得英俊端庄，皮肤白皙而美丽，留着很好看的胡须，他缓缓踱着官步，在衙门来回走着，很有风度，在官员们集会时，在座的几千人都一致称赞我的夫婿人才出众。"罗敷越说越扬眉吐气，而太守越听越威风扫地，看到讨不了什么便宜，便灰溜溜地逃走了。罗敷取得了彻底的胜利。这是本诗最后一解的内容，在这最后一解，虽正面铺写罗敷丈夫英武形象，但却从侧面烘托罗敷机智聪明的形象，罗敷不仅正派，而且富有智谋。

《陌上桑》这篇诗歌，像一部幽默生动的小喜剧，用诙谐的笔调讽刺了一个卑鄙无耻的太守，实际上也是对统治阶级荒淫无耻的揭露与鞭挞。太守这个"地头蛇"，蛮横无理，以势欺人，以权压人，光天化日之下调戏有夫之妇。他无法无天，在他看来他就是法，他就是天，在他统治下的小民就该俯首帖耳，唯命是从，任他宰割。但他在罗敷面前碰了个大钉子，只能灰溜溜地逃走了。这也歌颂了罗敷有胆有识，不畏强暴的精神，成功地塑造了罗敷这个美丽、勇敢、聪明、机智的青年女性形象。

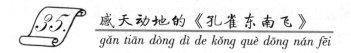

35. 感天动地的《孔雀东南飞》
gǎn tiān dòng dì de kǒng què dōng nán fēi

"孔雀东南飞，五里一徘徊……"这首哀婉动人的长诗，是我们每个人所熟知的，它是根据东汉末年一对恩爱夫妻双双殉情的事迹和有关传说写成的。此诗最早见于南朝陈朝徐陵编的《玉台新咏》，题目叫做《古诗无名人为焦仲卿妻作》，《乐府诗集》中简称为《焦仲卿妻》，后来不少人依照习惯取诗歌第一句为题，标之为《孔雀东南飞》。

图为反映汉代纺织技术的画像砖。"鸡鸣入机织，夜夜不得息。"

这首长诗写了一对年轻夫妇家庭婚姻的悲剧。刘兰芝和焦仲卿是在封建制度下结合的，他们虽然都是父母包办的婚姻，但相处和睦，生活很美满。刘兰芝又是一个很干练的女子，从小就精于女工，"十三能织素，十四学裁衣，十五弹箜篌，十六诵诗书"。十七岁嫁为焦仲卿妇，就开始了她的悲苦生活。辛勤劳作，守节不移，"鸡鸣入机织，夜夜不得息，三日断五匹，大人故嫌迟"。"昼夜勤作息，伶俜萦苦辛"。她侍奉婆婆进止有度，但是因为个性强而不被婆婆所容，致使婆婆嗔怪："此妇无礼节，举动自专由"，并绝意要赶走兰芝，另为儿子娶邻居中叫秦罗敷的美貌女子为妇。焦仲卿与妻情深意笃，在母亲面前再三为兰芝求情，但母亲执意不宽容，并捶床大怒，痛骂儿子。仲卿无奈，只好劝慰兰芝，让她暂先回娘家，约定等他到府办完公事迎接兰芝回家，并叮咛再三让她等待。而兰芝深知不可能再回焦家，她一边整理衣物，一边与焦仲卿哭别。

兰芝是个性格倔强的女子，她不愿灰溜溜地离开焦家。第二天一大早起床，装饰得光光彩彩，漂漂亮亮和婆婆道别，和小姑道别。但她毕竟在焦家已经三年多了，就要离开了，哪能没有惜别之情，何况离开这里后结果又如何呢？不得而知。所以她愁肠百结，思绪万千。嘱咐了婆婆，又嘱咐小姑，出门上车，含泪而别。仲卿骑马在前，兰芝坐车在后紧紧跟着，一路上二人心情沉重，两心相依。走到路口分手时，互相倾诉衷肠，信誓旦旦，一个心如磐石，坚定不移；一个是情如纫丝，坚韧不断，相约一定等待重新见面。

刘兰芝怀着不安的心情回到娘家，觉得脸上没有光彩（古时候，女子出嫁后娘家人不去接是不能回娘家的，自己回来就意味着是被赶出夫家门的），母亲也大为惊异，她说："从小教你针线家务，诗书礼乐，十七岁出嫁，原希望你不会有什么过错，没想到你自己回来了。"兰芝惭愧地对母亲说："我本来没有什么过错，是婆婆太严厉了。"母亲听了只是悲痛，也不说什么了，而兰芝心里却难受极了。

不觉地兰芝回到娘家已十几天了。忽然有一天县令派人来保媒，说县令有个儿子，年龄相配，才貌双全，愿与兰芝结为夫妻。母亲听了很满意，让兰芝去答应这门亲事。兰芝一心不忘仲卿的嘱咐，含泪告诉母亲说："临别时仲卿一再叮咛，发誓永不分离，如果我先背弃了他，恐怕不妥，先回绝了这件事，以后慢慢再谈。"母亲只好婉言谢绝，暂了此事。

不想，县令的媒人刚走几天，府里又派人来了，说太守有个儿子想和兰芝结亲。母亲很为难，说明女儿发誓不嫁，家人无法。可兰芝的兄长听了非常气恼，对妹子说："你做事也得掂量一下，先前你嫁了个府吏被休了，再嫁个太守郎君，本是一件好事，条件也比你先前好得多，嫁了太守公子够你今生荣华富贵了，不嫁这样好的美郎君，你长住在娘家做什么打算？"兰芝听了心里非常酸楚，夫家不被婆婆所容，娘家又不被兄长所容，她仰望苍天，满眼含泪地对兄长说："我中道被休回到娘家，如何处置全由你们，不敢自作专断。虽然与仲卿有约，但估计也永远无缘再相会了，马上答应成婚吧！"媒人高高兴兴回复了太守，太守当即选择良辰吉日，置办聘礼，准备仪仗，声势盛大，热闹非凡，准备迎亲。

转眼娶亲的日子就到了，母亲对兰芝说："明天就要迎娶你了，你还不赶快做嫁妆？"这时兰芝心如刀绞，默默无语，掩口泣啼，泪如泉涌。早晨做成了绣花裙，到傍晚又做成了单罗衫。看看天色渐渐黑下来了，她思前想后悲情难忍，悄悄溜出门外哭了起来。

焦仲卿听到事情发生了变化，他赶忙告假回来。离兰芝家还有二三里时，兰芝就听到了她熟悉的马的悲鸣。她赶快跑去迎接，她终于看到了仲卿：可他们两人互相望着，伤心的话不知从何处说起。兰芝告诉仲卿："自从别离回娘家后，事情发生了很大变化，母亲兄长一再逼迫，把我许了他人，你回来恐怕也没有什么指望了。"焦仲卿听了，嘲讽地对兰芝说："祝贺你高就富贵门，我还如磐石一样坚定不移，可你却只柔韧一时，你将一天天富贵了，我却要独自离开这人世了。"兰芝说："你何必这样说话，都是被逼迫，你要去死，我也同样去死，咱们黄泉下再见吧！不要违背今天的誓言。"说完二人拉手分别，各回自家。生人作了死的诀别。

焦仲卿回到家里，心情万分沉痛，对母亲说："我的命已如冥冥的落日了，只是留下母亲日后一个人孤苦伶仃，希望您的身体健康，寿如南山。"母亲听了也落了泪，她说："你是大家子弟，又在府里任职，不该为一个妇人而死，我很快就给你求邻家的那个贤淑的女子做妻子。"焦仲卿已经是心灰意冷了，他独自回到自己的房中，下定了死的决心。

就在迎亲这天黄昏人定时，兰芝满怀悲愤跳湖自尽了。仲卿听到这个消息后，知道这是永远的别离了，就在这天也挂在自家庭院树上自尽了。两人死后，两家人把他们合葬在一座小山旁，东西种上了松柏，南北种上了梧桐。两边的树很快长高长大，树枝互相交错覆盖在一起，连叶子都相互连成一片。诗人驰骋丰富的想象，最后伤感地写道：

> 中有双飞鸟，自名为鸳鸯，仰头相向鸣，夜夜达五更。行人
> 驻足听，寡妇起彷徨。多谢后世人，戒之慎勿忘！

这一双"相向鸣"的鸳鸯，便是焦仲卿夫妇不死的灵魂，这日夜不息的悲鸣，就是以死殉情者对封建礼教的愤怒控诉。诗人大声疾呼：后人要以此为戒，不要让这样的悲剧再度重演！

这首长诗有三百五十三句，共一千七百六十五个字，是我国文学史上第一首长篇叙事诗。这篇诗歌代表了汉代乐府民歌发展的最高成就，它纯粹用民族传统的艺术手法和风格，叙述了一个完整的故事，对诗歌中的主人公的不幸遭遇寄予深深的同情，对他们敢于反抗的精神加以赞扬，也对人们追求婚姻自由和美好生活的理想通过幻想的形式加以描绘和歌颂。读了这首长诗也使我们对封建礼教、封建家长制残害人们身心的罪恶有了更深的了解。

语言是塑造人物形象的手段，也是抒发情感的工具。这首长诗中的人物形象，既没有外貌描写，也没有性格刻画，人物的形象基本是通过其个性化的语言显现的。如兰芝被遣告别焦仲卿时的一段话，读了令人感到既生动形象，又情真意切；而两人作生死别离时的一段话字字血泪，声声哀叹，读了令人伤心悲恸，深深同情他们的遭遇。

这首长诗开了我国文学史上长篇叙事诗的先河，在故事情节安排方面结构严谨，剪裁得当。在反映二人情义深重生离死别这些情节方面写得较详细，而写兰芝被遣的原因，归家后的情形都较为简略；写第一次保媒略，第二次较详，因为这样更能突出兰芝重情义轻富贵的品格。因此详略的情节安排，严谨完整的故事结构，使全诗虽长而紧凑，没有拖沓感。诗歌开头用了比兴手法，结尾用象征手法，使人读了以后有无尽的联想。

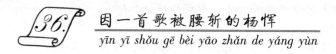

36. 因一首歌被腰斩的杨恽

yīn yī shǒu gē bèi yāo zhǎn de yáng yùn

　　杨恽（？—公元前54年），字子幼，华阴（今陕西华阴东）人。母亲是传记文学、纪传体史学的鼻祖司马迁的女儿。作为司马迁的外孙，杨恽秉承了外祖父那超人的文史才华。他从小就十分爱读外祖父的《太史公书》，书中那些波澜壮阔的战争，娓娓动听的故事，栩栩如生的人物，都活灵活现地展示在他的眼前，令他激动不已，感慨万分。尤其是外祖父司马迁那刚正的人格和忠于史实追求真理的史德都给他留下了深深的印象。他立志要像外祖父那样做个饱学多识、堂堂正正的君子。杨恽的父亲是当朝丞相杨敞。有了父亲这棵"大树"，再加上本人才华出众，所以杨恽从小就显名朝廷。

　　杨恽生性自负，轻财好义。据史书记载，其父杨敞送给他五百万家财，他全部给了宗族亲友；其继母无子，死后数百万家资也过继给了他，但他分文未留，将其大部分还给了继母的堂兄堂侄。杨恽喜欢结交那些风流倜傥、温文儒雅之士，对权势显贵看得很淡。

　　但史书上说杨恽生性刻薄，好揭人隐私，人多怨恨。实际上杨恽揭人隐私是从国家社稷考虑，有其鲜明的原则性。这是他的仗义之举，而不是他的人品污点。在这里举一个重要事例，加以证明。自汉武帝以来，霍氏家族日益壮大：自骠骑将军霍去病至托孤大臣霍光，都是当朝重臣。武帝死后，霍光先是辅佐昭帝，后又废了昌邑王，从民间物色了刘询立为皇帝，即汉宣帝。因功劳卓著而权倾朝野，威震天下。其家族也显赫一时。自汉昭帝以来，霍光的儿子、侄子、女婿乃至外孙都食朝廷俸禄，握有大权，朝中的霍氏家族亲党连体，盘根错节，这给皇帝带来了很大的威胁。汉地节二年（公元前68年），秉政二十年的霍光终于撒手归西。宣帝刘询亲理朝政。于是宣帝便着手消除霍氏家族的势力，先后削弱了霍显、霍禹、霍山、霍云等人的权力，使他们远离京城。后来，宣帝开始怀疑许皇后被毒杀一案与霍氏有关，这样一来惊动了霍氏，他们觉得此事一旦败露，必诛九族，不如先下手为强。于是密谋废掉汉宣帝，改立霍禹为帝。不料这一计划让杨恽先知道了，杨恽告知了皇上。结果，汉地节四年（公元前66年）秋七月，霍氏宗族一举被诛灭。因举报有功，杨恽被封为平通侯，升中郎将。

杨恽上任以后，勤于治理朝政，法度严明，令行禁止，廉洁无私，政绩卓著，宫廷内外对他无不肃然起敬。于是又被提升为郎中令。正当他事业发达之时，不料祸从天降。原来杨恽生性刚直，爱憎分明，从不趋炎附势，尤其是对别人的短处往往直言不讳，因而无意中得罪了一些人。当时的太仆戴长乐曾是汉宣帝在民间时的朋友，刘询即位后，戴长乐也因此受到皇帝的重用而大权在握。有人对此看不惯，收集了他的一些过失，上书告发他，恰好这时戴长乐和杨恽有些不和，于是戴长乐以为是杨恽指使人干的，他决定以牙还牙，进行报复，于是编造罪名诬陷杨恽。皇帝没能明察，信以为真，这样，杨恽遭到罢免。

失去了爵位的杨恽，回到老家，并没有像被罢免的其他官员那样闭门谢客、惶恐悔过，他自知自己无罪，就照常交接宾客，带着妻儿经营产业，自求娱乐。妻子擅长歌舞，杨恽本人又才思敏捷，所以逢年过节除了杀鸡宰羊，还吟诗作画，即兴歌舞。这在当时许多人的眼中，一个贬谪之人，还这样兴高采烈，实在是太荒唐放肆了，简直是目无王法、蔑视朝廷。但杨恽觉得大丈夫生来就顶天立地，既然没做亏心事，就不必委屈自己，"人生行乐耳，须富贵何时"。他有一位叫孙会宗的朋友写信劝谏他，让他收敛一下。杨恽思考再三，给朋友回复了一封信，一吐心中的不快，字里行间表达了自己对大自然田野生活的热爱和对权贵的蔑视。杨恽的侄儿也劝他："你的罪很轻，又有告发霍氏谋反的功劳，将来还会被重用的。"杨恽听了淡淡地一笑，说："有功劳又有什么用！这样的天子是不值得替他卖力的。"其清风傲骨由此可见一斑。

不巧当时出现了日食。日食本是一种自然现象，但当时的人们认为是不祥之兆。有人嫉恨杨恽，上书告发他说："杨恽骄傲奢侈，不知悔改过错。上天之所以会出现日食，都是因为他的缘故。"于是皇帝派人查办，搜到了杨恽写给孙会宗的回信，皇帝对这封信是非常厌恶的，特别是文中有《拊击歌》一首：

> 田彼南山，芜秽不治，
>
> 种一顷豆，落而为萁。
>
> 人生行乐耳，须富贵何时！

作者取譬设喻，讽刺朝廷纲常紊乱，是非颠倒，抒发了对朝廷的不满之情。因此，最终以大逆不道之罪判处杨恽腰斩之刑，妻儿也被贬到了酒泉郡。与杨恽要好的几位官员也都被免了职。

杨恽死了以后，世人常常怀念他的文才和人品。

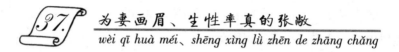

37. 为妻画眉、生性率真的张敞
wèi qī huà méi、shēng xìng lǜ zhēn de zhāng chǎng

张敞，字子高，祖籍河东阳平（今山西临汾西南），他的祖父曾做过太守，父亲在武帝时官至光禄大夫。张敞生于官宦世家，但他最初做事时，职位却相当低，只是乡里的一个小吏，主管处理百姓的邻里纠纷等事。但张敞很能干，执法公正，所以提升得很快，不久就做了一个小县的县长，后又逐渐升任为太仆丞。太仆丞是太仆的属官，太仆为九卿之一，其职责是为皇帝驾驭车，掌管御车管理、御马饲养之事。当时任太仆的是杜延年，他非常看重张敞，觉得这个人耿直忠诚，从不阿谀逢迎，是难得的人才。

张敞也确实因他的耿直个性而升官了。就在他任太仆丞时，汉昭帝死了，没有子嗣，当时的大将军霍光建议立昌邑（治所在今山东巨野东南）王刘贺为帝，张敞上书反对，指出刘贺好淫，无德政，不能立为皇帝。而此时刘贺已接受了玉玺，正等着登基呢！但过了几天，霍光改变了主意，以昌邑王刘贺有淫乱的行为理由，请求太后废掉王位，另立武帝曾孙刘询为帝，这就是汉宣帝。张敞也因敢于直谏而声名大振。确实，在满朝文武中，敢于说即将登基的新皇帝不是的人，当时也只有张敞一个。张敞因这件事被提升为豫州刺史。他秉性依然，照旧仗义执言，数次上书指陈国政得失，受到汉宣帝的赏识，调他到中央任太中大夫，与大臣于定国共同处理尚书事务，管理政务。

张敞刚正不阿，心中只有国家，丝毫不会曲意迎合权贵，因而得罪了大将军霍光。霍光将他排挤出朝廷，调任为函谷关都尉。但汉宣帝仍很重视张敞，此时刘贺虽被废，但仍居昌邑，宣帝怕他作乱，就调张敞去任山阳（治所在今山东金乡西北）太守，山阳郡即为废王刘贺的昌邑国。

霍光死后，张敞请求调去当胶东国的相。这时宣帝亲自临朝执政，同意了他的请求。张敞到任后颇有政绩。胶东王的母亲喜爱打猎，经常外出游猎。张敞认为这有失国母典雅贤淑的形象，上书谏止。自奏章呈上后，她再也没有出去游猎过。

张敞并非只会直言，他也很有才干。西汉时管理京城及周围区域的地方官叫京兆尹，朝廷换了数人，都不称职。皇帝想起了张敞，就任命张敞为京兆尹。当时长安城中偷盗之风极盛，历届京兆尹都不能禁绝。张敞到任后，经过详细调查，得知这些小偷是有组织的，他们的头领只有几个人，家里很富有，在邻里也很有地位。于是张敞派人把这几个头领找来，对他们说如果不能禁绝偷盗现象，就拿他们几个问罪，不但要没收他们的财产，还要让他们沦为囚犯，在父老面前失尽身份。这几个头领很害怕，便答应配合张敞。张敞委任他们为朝廷官吏，让他们回去依计而行。这几人回去后，大摆酒宴，请小偷兄弟们都来喝酒。大家开怀畅饮，都喝得酩酊大醉。这时那几名首领把红颜色抹在这些喝得烂醉的小偷们的衣服上。张敞的人则在街市上等着，一看到衣服上有红颜色的人就抓起来，一天就逮捕了一百多人，依法进行惩处。从此以后，长安城内偷盗之风被禁绝。宣帝听说了这件事，非常赏识张敞的才能。张敞赏罚分明，除恶务求除尽，但也常常带有人情味，不时干些法外施恩的事，不像酷吏，专靠严刑峻法邀功请赏。在当时京兆尹是个相当难当的官，因为管理的是朝廷所在之地，京都街市繁华，人口众多，公卿大臣多聚集在这里，历任京兆尹长不过二三年，短不过数月，不是被罢官就是被诋毁，失掉名誉。只有张敞任职时间长，且众人都信服他。

张敞天性率真，有时不拘礼度，班固评价说"敞无威仪"，其根据是这么两件事。一是有一天散朝后，张敞突然来了兴致，命令驾车的小吏在繁华的章台街，把车赶得飞快，张敞还觉得不过瘾，自己亲手拿着盖车的布巾去帮着拍马快跑。老百姓看到京兆尹像孩童一样的举动，都觉得很新鲜，此事也就很快传开了。二是张敞的妻子很漂亮，尤其两道弯眉，极其妩媚。张敞很爱看他妻子的眉毛，兴致来时，就拿起黛笔亲自去帮她画眉打扮。这虽是夫妻闺中的私事，说明张敞没有一点儿夫权思想及老爷架子，但众人却认为有失大臣的威仪，以至长安城中流传有"张京兆眉妩"的话，嘲讽他为妻画眉一事。朝中主管礼仪的官员因此弹劾张敞，宣帝特意召张敞来问此事。张敞对答说："我想，闺房之中夫妻私下里干的事，有远比画眉更甚者，给自己的妻子画画眉算不了什么，不值得圣上追究吧。"宣帝因为极其赏识张敞的才能，所以也不责备他。但朝中众臣认为张敞不拘礼法，不能担当重任，所以官一直做不大。

张敞与司马迁的外孙杨恽是好友，后来杨恽被告发有大逆之罪，被诛杀。张敞也因此受到牵连，很多大臣上书弹劾张敞，说他与杨恽是同党，应当免官。然而宣帝爱惜张敞，将弹劾张敞的奏章压下不过问。

张敞照常行使京兆尹的职权。一日，他命手下主管搜捕盗贼的絮舜去办案。絮舜不听调遣，擅自回家去了。有人觉得絮舜做事太过分，就劝他。絮舜得意洋洋地说："我为这个老爷卖命多年了，现在有人弹劾他，他也就再做五天的京兆尹，马上要倒台，何必还那么费力去讨好他呢？"这话传到张敞耳朵里，张敞一怒之下，便命人将絮舜抓入牢里，昼夜不停地拷问他。絮舜经不住严刑逼迫，最后胡乱招供自己犯有死罪，被处以弃市极刑。张敞也因此受到揭发，再加上他和杨恽一事有牵连，被削职为民，回山西老家去了。

几个月之后，京城长安因无张敞这样的京兆尹管理，一些人又开始放纵违法，冀州中部也发生了暴乱。在用人之际，宣帝又想起了张敞，便派使者前去征召。派他到冀州任刺史。张敞到任后，很快平定了冀州的暴乱。后升为太原（治所晋阳，今太原市西南晋源镇）太守。一年后，太原郡政通人和。后来，张敞死于任上。

张敞一生率真，爱憎分明。通晓《春秋》，善于写文章。《隋书·经籍志》著录有集一卷，已佚失。今存文十余篇，其中《为霍氏上封事》、《谏胶东太后数出游猎书》较著名。

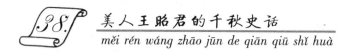

38. 美人王昭君的千秋史话

měi rén wáng zhāo jūn de qiān qiū shǐ huà

从前，我国北方有一古老民族叫匈奴，也称作胡。匈奴人在战国时期一直活动于燕、赵、秦以北地区。秦汉之际，匈奴的冒顿单于统一了各部落，势力逐渐强盛。西汉初年，匈奴不断南下攻扰，使西汉北方地区不得安宁。汉武帝下了很大决心抗击匈奴，派卫青、霍去病等大将军北伐匈奴，迫使部分匈奴部落北迁，使得北部地区的紧张局面有所缓和。

汉元帝时，匈奴中有两个势力较强的单于，分别叫呼韩邪单于和郅支单于。呼韩邪单于和汉朝比较友好，而郅支单于却经常在汉朝的北部边界制造麻烦。初元四年（公元前45年），郅支单于还公然杀死了汉朝派去的使者。建昭三年（公元前36年），汉元帝派西域都护甘延寿和副校尉陈汤调集四万人马，分两路攻打郅支单于，打了几仗后，汉兵打败了郅支单于。

呼韩邪单于和郅支单于虽然是弟兄，但两人一直不和，经常互相攻打。西汉打败郅支单于后，呼韩邪单于又喜又怕，喜的是西汉帮他打败了对手，他从此可以稳坐匈奴的王位；怕的是西汉也去攻打他。正是出于这些原因，呼韩邪单于急于想和西汉继续修好。

竟宁元年（公元前33年），呼韩邪单于带着礼物来到长安朝拜汉元帝。呼韩邪单于表示要和汉朝友好相处，表示要帮助汉朝维护北方地区的

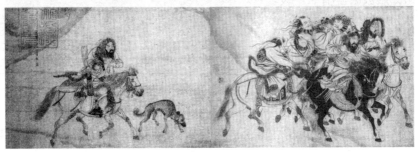

明妃出塞图。描绘的是西汉元帝时宫女王嫱（王昭君）远嫁匈奴呼韩邪单于，与随从出行塞外的情景。

安定。汉元帝很高兴，当即向呼韩邪单于说："你想要什么，尽管说。"呼韩邪单于说："珍奇宝玩我们也有，只是我们匈奴女人长得丑陋，不如中原。"汉元帝当即吩咐大臣说："速去后宫传朕口谕，谁愿意到匈奴去嫁给呼韩邪单于，朕就把她当做公主看待。"

大臣进入后宫传话后，后宫的宫女听说要嫁到遥远的北地匈奴，都面面相觑，谁都不愿意去。这时候有一个女子站起来说："小女愿意嫁于呼韩邪单于。"这个女子便是王昭君。

王昭君，名嫱，字昭君，南郡秭归（今湖北兴山县）人，生在长江沿岸的一个农民的家庭里，很年轻的时候就被选入宫中。王昭君在宫中是普通宫女，是嫔妃中最低的等级，进入宫中，几年都没能见到皇上的面，年纪轻轻的就忍受着深宫的寂寞和凄凉。宫女见皇上很难，然而皇上死后，却要把宫女送到陵园去长年守灵，等待王昭君的将是更悲惨更痛苦的日子。

自从开国皇帝刘邦平城之战险些被匈奴活捉后，汉朝便采取和亲的政策来换取暂时的安宁，把宗室女封为公主，远嫁匈奴单于，这些女子成了政治的工具。而王昭君自愿远嫁匈奴单于与以往被迫远嫁是不一样的，这次是匈奴主动与汉朝结盟，王昭君远嫁是深明大义之举。

大臣带着王昭君走出后宫，来到汉元帝面前，汉元帝一看来的这位宫女真乃国色天香，他的心一下凉了半截，他后悔不该把这样漂亮的美人答应给呼韩邪单于。汉元帝问王昭君说："你是自愿来的？"王昭君朱唇微启说："回皇上，是小女自愿来的。"汉元帝说："北地距此千里之遥，且经常风沙弥漫，你可愿意去？"王昭君说："小女不怕路遥，不怕风沙，但愿此去能使国家平安，我国北方不再起狼烟。"汉元帝听到王昭君如此有见识，也就无话。众大臣也都点头赞叹不已。

汉元帝按照公主的待遇给昭君安排了喜事，准备了丰厚的嫁妆：绸缎一万八千匹，丝锦一万六千斤，还有黄金、翡翠首饰等等。

呼韩邪单于见到王昭君喜得眉开眼笑，他从来没有见过这样美丽的女子，而这美女现在已成了他的妻子。他对汉朝廷千恩万谢，表示要世世代代和汉朝和睦相处。他还请求汉元帝解除对西北边塞的防务活动，他要为西汉保护好西北边疆，但西汉从长远大计出发，婉言谢绝了呼韩邪单于的请求。

在呼韩邪单于和王昭君离开长安的那天，汉元帝在皇宫里为他们举行了盛大的欢送宴会。宴会后，王昭君披着大红斗篷，含泪和姐妹们告别，在单于的扶持下骑上了高头大马。一行人马离开了长安城，踏上了漫漫征程……

王昭君随呼韩邪单于到了匈奴，呼韩邪单于一连几天大摆筵席庆贺。呼韩邪单于封王昭君为宁胡阏氏，意思是带来和平安宁的王后。他还派使臣给汉朝廷送去白璧一双、骏马十匹以及珠宝玉器等。

王昭君离开了西汉，来到了塞外。她看到了这里的沙漠，这里的草原，塞外空旷寂寥的蓝天上滚动着白云，王昭君的心中也涌起了思乡的愁云。她回想着在宫中的单调、寂寞的日子，她想起了宫中的姐妹还过着那种永远也熬不到头的冷清日子，她想到了她的家乡，想到了家中亲爱的父母……

她禁不住眼泪满眶，诗情奔涌，写下了这样一首诗：

> 秋木萋萋，其叶萎黄。有鸟处山，集于苞桑。养育毛羽，形容生光。既得升云，上游曲房。离宫绝旷，身体摧藏。志念抑沉，不得颉颃。虽得委食，心有徊徨。我独伊何，来往变常。翩翩之燕，远集西羌。高山峨峨，河水泱泱。父兮母兮，道里悠长。呜呼哀哉，忧心恻伤。

王昭君虽然时时思念祖国，思念家乡，思念亲爱的父母，但是匈奴人都喜欢她，尊敬她，呼韩邪单于待她也还好。匈奴和西汉也从此和平友好地相处，西汉北部边界也一直比较安宁了。

王昭君死了以后，匈奴行大礼安葬了她。葬她的坟墓叫青冢，青冢在今内蒙古呼和浩特市南郊，大黑河南面。墓高三十多米，坟上长着许多青草，据说坟上的草比周围的草早发青晚凋枯。

王昭君，这个美丽的名字连着国家和民族的繁荣，在祖国北疆呼和浩特市南郊的王昭君墓前，那石碑上刻着称颂王昭君在民族和睦方面做出历史功绩的文字，其实，王昭君的形象早已刻在自汉代以来人民的心上，她的故事还要千秋万代地传下去。

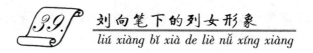

3.9 刘向笔下的列女形象

liú xiàng bǐ xià de liè nǚ xíng xiàng

刘向，其父亲是刘德，汉昭帝时，官至宗正丞，又徙为大鸿胪丞，再升为太中大夫。因为父亲的地位，刘向十二岁时便充任御前辇郎，二十岁以后又被提拔为谏大夫。当时，在位的汉宣帝模仿汉武帝的做法，招选一批名儒随待左右，以备顾问之用。刘向由于聪慧通达，擅长写文章而蒙选用。不久，刘向便蒙诏在未央殿北的石渠阁讲授《谷梁春秋》，转而又官拜郎中、给事黄门，再度升迁为散骑、谏大夫、给事中。

刘向精研五经，深信董仲舒提出的"天人感应"学说，认为自然界的种种现象无一不与社会政治状况的好坏对应着。汉元帝即位之初宦官弘恭、石显弄权朝中，排挤赏识刘向的大臣萧望之、周堪二人。刘向上书皇帝，历数自舜、西周以来各代朝政兴败和自然灾变，指出当时灾异现象频发的原因在于群小当权，希望元帝近贤士而远小人，否则国危无日。这篇文章言辞激切，慷慨沉痛，表达了刘向对时局深深的忧虑。成帝即位后，石显等人被诛，刘向重新返朝任职。这时朝中掌权的人物是汉元帝的舅舅王凤，他倚仗王太后的地位，恣意专权，非亲不用，非故不进，王家一门兄弟七人都被封为列侯，骄奢淫逸，甚嚣尘上。刘向站在宗族的立场上，目睹王家的专权，有感于自汉高祖以来外戚干政的一幕幕惨剧，选取《诗经》、《尚书》等儒家典籍所载的贤妃贞妇以及祸乱国家的女子为范例，写了《列女传》。全书共七卷，分为母仪、贤明、仁智、贞顺、节义、辩通、孽嬖七类，列述前代妇女事迹一百零四则。他想通过这部书让成帝警惕因过于宠信后妃而导致外戚专权，酿成国破家亡的悲惨结局。同时，刘向还试图通过这本书宣传儒教礼法，来规范妇女的言行，达到扭转社会风气的作用。因此，《列女传》问世以后便备受历代统治者的青睐，成为旧时代女子修身的必读书。虽然这本书的说教意味浓重了些，但也塑造了一批具有高尚品德、聪明才智的女性形象，甚至其中还有些属于下层劳动妇女。

《列女传·卷二》中记述了"齐相御妻"的故事。春秋时齐国名相晏婴的车夫很为自己的职位得意。一天，晏婴要出门，车夫的妻子暗中偷看他是怎样为晏婴驾车的。她看见丈夫驾着轩峻巍峨的大车，神色之间透露出万分得意。等车夫回家后，她不满地说："怨不得你是如此的卑贱呀！"车夫惊问道："你说是什么原因呢？"妻子说："晏子身高不到六尺，却做到了齐国的相位，显名于诸侯之间。今天，我从门缝里察看了一下他的表现，一副谦恭谨慎自以为不如人的样子。现在你身高八尺，却替矮小的晏子赶车，可是你的表情竟是那么洋洋自得，仿佛心满意足了，因此我要离开你了。"车夫即刻醒悟，诚惶诚恐地向妻子道歉："请允许我改掉自己的

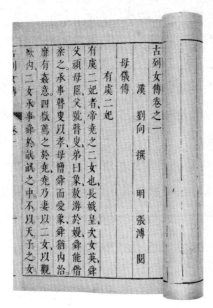

汉刘向撰《古列女传》明末张溥校刻本

毛病怎样?"妻子说:"如果你能做到的话,那将是内怀晏子的智慧,外具堂堂八尺之躯了。能够身行仁义之道,给开明之君效命,你一定会显身扬名了。再者我听过这样的话:'宁荣于义而贱,不虚骄以贵。'"于是车夫深刻检省了自己,虚心学习,常常像是做得不够的样子。晏子感到很奇怪,便问他是怎么回事,他就把这件事全部告诉了晏子。晏子很欣赏车夫纳谏改过之举,认为他是贤者,并把他推荐给齐景公,做了齐国的大夫。他的妻子则被齐王赐予封号,受到表彰。

在《列女传·卷三》中则记述了一位能见微知著、具有非凡政治洞察力的鲁国漆室女的故事。鲁穆公在位时,漆室这个地方有位过了嫁龄却未嫁人的女子。当时,鲁国朝中国君年事已高,而太子却还年幼。漆室女倚柱悲吟,经过的人听后都情不自禁为她悲伤。她的邻家主妇经常和她往来,以为她急于嫁人而心绪不佳,便对她说:"你为什么唱得那么悲伤呢,难道你是待嫁心切么?别着急,我会为你寻到可意的配偶的。"漆室女答道:"唉!以前我认为你是个有见识的人,现在看来是毫无见识。我怎么会由于没有嫁人而悲伤呢!我担心的是我们的国君老迈,太子年幼啊。"邻家主妇笑道:"这是鲁国士大夫们关心的事,我们妇道人家干吗要费心呢!"漆室女说:"不对,这不是你所能知道的!以前有位晋国客人停宿在我家,他的马拴在园中,马脱缰跑掉了,踩坏了我园中种植的冬葵,让我一年没有吃到冬葵。我的邻家女儿跟人私奔逃走了,他们请我哥哥前往追寻,途中遇上洪水暴发,他不幸溺死,让我一辈子没有了兄长。我听说河边上的土地都会被河水浸湿,如今我们国君年老糊涂,太子年幼无知,如果鲁国摊上动乱，将殃及全国的人们，女子又怎能躲过呢！我非常担心国家的形势，可你却说妇人干吗费心，这是什么原因呢？"邻家主妇十分惭愧地道歉："你考虑到的事情远不是我所能想到的。"三年后，鲁国国内果然大乱，齐国、楚国乘机进攻，鲁国连年有外敌入侵。全国男子都上了战场，妇女们也被迫运输送物资，无法得到休息，国力疲弊不堪。

同卷中所记的"赵将括母"也展示了一位见识不凡、有着知人之明的女性形象。她就是战国名将赵奢的妻子。秦攻赵时，赵孝成王派她的儿子赵括替代廉颇为赵军统帅。她上书赵王力阻此事，赵王问她为什么要这样，她答道，赵括的父亲赵奢做将军时，用自己的薪俸养活了几十位门客，周济了上百个朋友，大王您赏他的钱帛之物，全都分给属下的将士幕僚们。接受命令后就不再过问家事。现在，赵括刚刚受命为将，就朝东高坐召见军吏，军吏们没人敢仰面看他。大王赏给他的财物，全都送入家中，接着便派人打听哪里有廉价田产可以买进。大王您认为他比得上他父亲吗？希望大王千万不要派他去统帅赵军。赵王执意不改变诏命，赵括母亲请求道，大王一定坚持派我儿子去，如果他打了败仗，我能够不受牵连吗？赵王答应了她。赵括替代廉颇才三十多天，就在长平之战中全军覆没，四十五万赵军被秦军活埋，赵国遭遇了空前的失败，元气大伤。赵王因为有言在先，所以最终没有株连赵括的母亲。

管仲是春秋前期大名鼎鼎的政治家，他辅佐齐桓公"九合诸侯，一匡天下"，成就了霸业。但他赫赫声望的背后，却有着女性智慧的闪光。"齐管妾婧"就述说了这位名相是怎样在聪明、多才的小妾开导下豁然醒悟，为国家及时招徕一位贤士的事迹。齐桓公时，有位出身低贱的贤士宁戚，因贩牛停宿在齐国都城东门外。正碰上桓公夜间出行，宁戚敲着牛角引吭高歌。桓公听了他的歌，知道他是个有才干的人，就派管仲去接他上朝，想任命他为大夫。两人相见，宁戚只对了句："浩浩乎白水！"管仲不解其意，五天没有上朝，面现愁色。管仲有位名叫婧的小妾见他心事重重，闷闷不乐，便问他碰上什么麻烦事。管仲不屑地对她说这不是她所能懂得的。婧说："我听到这样的话：'不要以老人年老就轻视他，不要因为低贱

就瞧不起人，不要因为年少者年少就看不起他，也不要以弱者懦弱便藐视他'。"管仲不明所以，接口问道这话是什么意思。婧答道当年姜太公七十岁时还在商都朝歌市上以屠牛为业，八十岁才做天子之师，九十岁终于受封齐地，你说能因为他老就轻视他吗？伊尹不过是有莘氏的陪嫁仆人，商汤任他为相，天下大治，你说能瞧不起出身贫贱的人吗？皋陶之子五岁就开始辅助大禹，你能将他视为不懂事的孩子吗？于是管仲赶忙下席向她道歉，并告诉婧他忧愁的原因是没有弄清宁戚那句"浩浩乎白水"有什么深意。婧笑道："人家已经告诉您了，您还不知道吗！古时有首《白水》诗，诗中不是说：'浩浩白水，儵儵之鱼，君来召我，我将安居？国家未定，从我焉如？'宁戚的那句话是表示他想出来做官、为国效命的啊！"管仲如梦方醒，万分高兴地去回复齐桓公。桓公便郑重其事地修治官府，斋戒五天，诚心诚意地召见了宁戚，请他来辅佐自己，齐国因此获得大治。抛开说教的成分，从这些生动的女性形象身上，令人真切地感受到在男性为主的封建社会里，女子实际上有着和男子不相上下的见识与勇气，也让人感受到智慧的有无、品格的高低其实与财富、地位并不是成正比的关系，有时恰恰相反。这些正是《列女传》最具魅力的闪光之点，也是刘向无意中最富创见的地方。

40. 荒幻多彩的神仙画廊：《列仙传》
huāng huàn duō cǎi de shén xiān huà láng：liè xiān zhuàn

　　刘向的《列仙传》是在汉代神仙方术之风的影响下而出现的产物。据佚名《列仙传叙》介绍说，汉武帝时，大神仙家淮南王刘安阴谋反叛朝廷，结果事情败露后被迫自杀。当时汉皇族楚元王刘交三世孙，即刘向的父亲刘德受命负责这个案子，他从刘安家中搜得一本《枕中鸿宝密秘》，专言"神仙使鬼物"及"重道延年"之术。幼年的刘向对它很感兴趣，闲来无事时，常常翻阅。到汉成帝时，刘向受诏总校群书，得览历代典籍秘要，又受时风感染，更加相信神仙之事"实有不虚"、"真乎不谬"，只是世人求之不勤罢了。所以，出于对神仙世界的向往和宣扬神仙思想的需要，"遂缉上古以来及三代秦汉，博采诸家言神仙事者，约载其人"，撰写了这部神仙列传。他把七十多位仙人集中在一起，分述其事迹，构成了荒幻多彩的神仙画廊。

传中所载的仙人，汉代的和前代的各占一半左右，其中有的是神话传说中的人物，如黄帝、王子乔、赤松子等，有的则为有案可稽的历史人物，如老子、吕尚、介子推、范蠡、东方朔等。他们原本的身份，上自王公贵胄，下至平民百姓，但当他们跨越历史时空和世俗的界限，汇集在刘向笔下的这个特殊的艺术世界里的时候，则已经完全摆脱了等级贵贱的外衣，变得一样的逍遥和超逸，拥有着一个"神仙"的共同称呼。作为神仙，他们擅长尸解变形、导引养气之类的神奇法术，能够死而复生，返老还童；在生活方式上，他们不食五谷，而惯于吸风饮露，服食水玉、丹砂、桂芝、茯苓之类的异物来达到春颜常驻，永世不老；在生活环境上，他们有的寄身在市井乡村，游戏风尘，有的则隐迹于高山大泽，逍遥世外，如蓬莱、方丈等海外仙山，也就是众仙人最为集中的地方。至于他们的登仙途径，一般来说，服食水玉等药物只是初级阶段，进一步的境界，大概有这样几种情况：有的经由雨火，如神农雨师赤松子、黄帝的陶正宁封子、尧时的木工赤将子舆等都曾入火焚烧，随风雨上下而仙去；有的由前代仙人接引点化，如周灵王的太子王子乔，就是由浮丘公接上嵩山而成了神仙的；还有的则由灵异动物引领而升仙，如舒乡人子英，曾捕获一条红鲤鱼，因爱其颜色美丽，便把鲤鱼放到家中水池里喂养起来。一年后鲤鱼长大，并且生出了角和翅膀，样子如小飞龙一般。有一天，鲤鱼忽然对子英说，自己是专程来凡间接他的。于是子英跨上鱼背，随之升天而去。又如黄帝马医师皇，也是有一天忽然被他治疗过的一条龙负载而去。基督教讲生前信主，死后得入天堂，佛家讲修行一世，将来可达西方极乐世界，与这些今生种因，来世得果的思想相比，子英、马师皇的事迹则在宣扬神仙境界的基础上，又曲折地反映了神仙道教现世现报的善恶因缘观念。

就编撰意图来说，《列仙传》的着眼点显然在于仙人的生活方式和神奇法术，但与远古神话中奇幻的神相比，其形象特征已经完全人格化了，读来使人更感觉亲切。有些篇目对社会现实生活有所反映，在一定程度上表现了仙人的个性特色。

如有个叫阴生的，化为长安城中的一个乞儿，晚上蜷身于渭桥下面睡大觉，白天则去市里乞讨度日。瞧他蓬头垢面，衣衫破烂的模样，市人都很厌烦，于是就有人不时地戏弄他，或打他两拳，或踢他几脚，甚至找来粪便往他身上泼洒，但奇怪的是，明明泼在他的身上，然而他的衣服却一点粪便的污渍都没有。他自己似乎也毫不在意，依然行乞如故。官府知道了，认为在天子脚下，出现此等妖人，实在有伤风化，于是就派人把他抓来，带上枷锁，投进了狱中。谁知到了第二天一看，狱中空空如也，阴生早已又一身轻松地在市面上乞讨了。又抓了几次，都是这样。官府无计可施，也只好由着他去了。在神仙家眼里，他们艳羡的无疑是阴生"巧避粪便"和"狱中脱身"的神奇法术，这也许是关于遁法的最早传说。但从文学的角度，倒不妨把它当做一篇小小的社会讽刺小说来读，阴生的形象就像后世小说或传说故事中专门托身下层来考验世俗人心的神仙一样，那份人情冷暖和世态炎凉实在让仙人们寒心。幸亏阴生是个神仙，否则换成一个普通的穷苦乞儿，真不知有多么辛酸！

同样具有社会讽刺意味的还有"赵廓变形"的故事。讲的是齐人赵廓跟神仙永石公学习道术，没有学完就提前回家了，路上遇到一帮狱吏，错把赵廓当成了犯人。情急之下，赵廓运用所学法术变成各种动物形状，一路狂奔，终因法术用尽而束手被擒。师父永石公听说后，赶忙前来搭救。他恳请齐王让犯人当场演示变形术，由于永石公仙名远播，齐王就答应了。当赵廓还像先前一样变做一只老鼠时，只见永石公立即化作巨大的老鹰，一口叼起老鼠，振翅入云，把赵廓救走了。这篇作品客观上讽刺和批判了当时法制的败坏和堕落。

《列仙传》以宣扬神仙道术为主旨，所以大多数作品重在描绘仙人的洒脱超尘，不问世事，思想性并不强。但也有一些反映了仙人济世救民的事迹，给人留下一种可敬可爱的印象。如有位常山道人昌容，自称是商朝王子，好几百岁了，看起来却还像二十左右的年轻人一样。他在所居住的山上，种了许多紫草，卖给染布坊当染料，所得的钱就用来资助那些孤苦伶仃的穷人。老百姓感激他，为他立了祠堂，平日里常常烧香礼拜。相同题材的还有关于"宁封子"的传说。宁封子是黄帝的陶正，即负责烧制陶器的官，后积火自烧，随烟气上下，终于仙化而去。《列仙传》的这则记载，很不完善，是晚出的，必须跟四川的民间传说结合起来，才能发现它的真实面目。四川民间关于宁封子的传说是这样的：黄帝时，有一段时间洪水泛滥成灾，人们不得不搬到山上的洞穴里居住。生活条件很艰苦，尤其是用水，每次都要跑到远远的山下去取，又没有专门盛水的器皿，只有用湿泥巴做成碗状往山上端水，但泥巴易破，往往还没到住处，就被水泡烂了。有一次烧烤野兽，聪明的宁封子发现火堆中烧过的泥巴很坚硬，不易破碎，于是悟出烧制陶器的道理。以后人们用烧制的陶器取水、储水，就再不用担心它会坏了。然而不幸的是，有一次，宁封子正在窑中架火烧陶，不料窑顶倒塌，宁封子就这样活活地葬身窑中了。人们为了怀念他，就传说他在窑火中随烟气冉冉仙去了。这个传说应该就是"仙人宁封子"的原型。把它与《列仙传》的记载结合起来，宁封子那美好感人的形象才会真正凸现出来。此外，像祝鸡公卖鸡散钱，救济市井贫民，负局先生在灾疫之年，为人治病，解除人间痛苦等，也都值得赞美和歌颂。

作为早期仙话的代表作，《列仙传》在神仙题材的开拓上，功不可没。除上面介绍的作品外，《邗子传》一篇，也很值得一提。它写的是蜀人邗子，有一次外出放狗，误入一处山洞，只见里面楼台殿阁，鳞次栉比，四周青松环绕，仙气氤氲。途中遇到一个洗鱼妇人，交给邗子一封符信和一包仙药。邗子从山穴回来后拆开符信，发现里面装有一些小鱼卵，便放到池中养了起来。一年后，鱼卵都变成了龙的模样。邗子携带符信再次前往仙穴，此后便留在那里，也成了神仙。后世的小说乃至其他体裁的文学作品中也常有凡人进入神仙洞窟的故事，如晋代干宝的《搜神记》"刘阮入天台"和陶渊明笔下的《桃花源记》，就是其中最著名的两个，邗子的奇

遇可算是开了这类题材的先河。

总体看来,《列仙传》中大多数篇章都很短小,文字呆板单调,正如晋代葛洪《神仙传·序》所说"殊甚简略,美事不举",但书中神仙题材的开掘、基本完整的故事情节,以及想象的神仙世界和神仙特征,都给后世文学以有益的启示。篇末四言八句的韵文赞语,也属于新的艺术形式,对以后的小说创作有一定的影响。

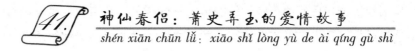

41. 神仙春侣:萧史弄玉的爱情故事
shén xiān chūn lǚ: xiāo shǐ lòng yù de ài qíng gù shì

秦穆公是秦始皇统一之前秦国历史上最有作为的君王,也是春秋时期继齐桓公、晋文公之后的又一位著名霸主。神仙萧史就生活在他统治下的秦国。萧史有着高超的吹箫技艺,"萧史"的名字正是由此得来的。每当那悠扬婉转的箫声飘起,便有成群美丽的孔雀和白鹤纷纷飞来,齐落于萧史的院落,伴随那超逸绝俗的仙乐声翩翩起舞,萧史就在这样仙、禽默契的境界里怡然自乐。萧史的住处离秦宫不远,他那美妙的箫声一不光吸引了美丽的孔雀、白鹤,还深深打动了一位年轻少女的芳心,她就是穆公的小女儿弄玉。弄玉是位知音人,每每箫声传来,她总是凝神静听,细细品味,那是多么神奇、动人的箫声啊,她的心好像顺着那箫声直走进吹箫人的心中,感受到一片澄明清净、遗世独立的超然境界,那境界足以让人忘却尘世的浮躁和烦恼忧伤,归入一片安宁和平和。弄玉喜欢这箫声,更喜欢这吹箫人,她甚至变得有些痴迷,她的心已经完全被那吹箫人和他的箫声所吸引去了。常常是听到一曲终了,等不到箫声再起时,她便会陷入无可自拔的深深的惆怅中,直到箫声再次传来,她才会芳颜舒展,心欢意畅。但这个吹箫人到底是谁呢?终于有一次,弄玉忍不住想去看个究竟。当她循着箫声飘来的方向,到了萧史的住处,立刻被那箫乐与禽舞的场面深深感动了。尤其是吹箫人那横箫独立、琼姿超迈的神仙风彩,更让她觉得洒脱绝伦,倾慕不已。那一双痴迷眷恋的目光再也不愿意从萧史的身上挪开，她已经完全陶醉在萧史展现给她的那个独特的世界里了。"金风玉露一相逢，便胜却人间无数"，萧史似乎也领略到弄玉的心意，他的心里也暗暗爱慕起这个温婉纯情的美丽公主来。开明的秦穆公了解了女儿的心思后，就把弄玉嫁给萧史做了妻子。从此，这对神仙眷属相亲相爱，过着琴瑟相和的幸福日子。闲来无事，萧史便手把手地教弄玉吹箫作凤鸣之声。几年后，聪明的弄玉已经熟练地掌握了吹箫技艺，吹出的声音，真的如凤凰鸣唱一样优美动听，竟惹得凤凰常常成双成对地飞来落在他们的屋上。在群凤的环绕中，萧史弄玉夫妇似乎也化作了它们中间的一对，只听满耳的和鸣铿锵，分不出哪是萧史、弄玉的箫声，哪是凤凰的鸣唱。穆公看着女儿的神仙日子，打心眼里高兴，就为夫妇俩建筑了一座凤凰台。他俩此后就一直生活在凤凰台上，夫妇和奏，与凤凰同游共舞。后来有一天，夫妇俩忽然都乘着凤凰一起飞去了，从此，逍遥尘外，再也没有回到秦宫来。秦国人失去了可爱的公主，并没感到伤心，而是怀着非常美好的心情在雍宫中建了一座凤女祠，以此来纪念升仙而去的小公主弄玉。据说宫中的人们还时常能够有幸听到熟悉优美的凤鸣般的箫声，大概是弄玉所吹，为了回报国人对她的厚爱的吧。

今天来看，这确是一篇非常优美动人的神、人恋情小说。它通过颇为离奇虚幻的情节，塑造了一对志同道合的美满夫妻形象。艺术手法也比较高明。比如对萧史这一艺术形象，作品中略形重神，没有直接描写他的肖像、语言、心理，而是着重描绘他"善吹箫"的特长来表现这一人物的精神风貌，人格魅力。虽不见他的音容笑貌，但他富于艺术才华的形象和艺术化的生活方式却被描绘得栩栩如生。同时作品还通过箫声的美妙传神，构造神话般优美的意境和氛围，从而凸现了人物的形象特征，达到了"人与境合"，相得益彰的艺术效果。小说表现萧史的高超技艺，颂扬他无与伦比的艺术才华，也没有正面直接描写他如何吹箫，吹得如何悠扬，而是通过丰富的想象和夸张，采取"烘云托月"的方法，用孔雀、白鹤汇集、凤凰来仪、弄玉的爱慕、秦人的怀念来衬托箫声的高妙。另外，篇末写秦人无限的追念，凤女祠时有箫声飘扬，也散发着浓郁的人情味道。

"萧史弄玉"的故事以其醇厚的艺术感染力，在后代广为流传。作为文学典故，常被历代文学家所引用。

贡禹：反腐倡廉的谏大夫
gòng yǔ：fǎn fǔ chàng lián de jiàn dà fū

西汉的第七代皇帝是汉宣帝刘询，刘询是汉武帝的曾孙，庚太子刘据的孙子。刘询刚出生便遇上巫蛊之祸，连同家人被关押于郡邸狱中。后来被赦免，恢复贵族身份。昭帝死后，大臣霍光等人迎立刘询为帝。他因幼年时遭遇变故，又有一段时期生活于民间，对百姓的疾苦与官吏的腐败有一定的了解，所以即位后，宣帝刘询施政的重要方面就是整顿腐败的吏治，使"吏称其职，民安其业"，取得了比较显著的效果，史称"中兴"。

宣帝死后，刘奭即位，即为汉元帝。由于元帝放松对官吏的治理，使其迅速腐化起来。此时封建王朝积弊已深，社会矛盾日益尖锐；正是在这样的社会背景下，老臣贡禹挺身抵制这股强大的社会浊流，向腐败现象做坚决的斗争，真是难能可贵。

贡禹（公元前124—公元前44年），字少翁，琅琊（今山东诸城）人。贡禹生于汉武帝时代，素以治经而闻名；宣帝时征为博士、凉州刺史，后因患病而辞去了官职；几年后，又被推举当上了河南令；汉元帝以后，开始被重用，任命为谏大夫。此时，西汉王朝正处于由盛转衰的消亡时期。汉宣帝末期，社会阶级矛盾已日益加剧，到元帝即位时，整个西汉社会更是险象环生。一方面，豪强势力肆虐发展，达官贵人腐败堕落，奸佞小人横行当道；另一方面，百姓不堪重负，穷困潦倒，苦不堪言。现举一例为证：

孝元皇帝初元元年（公元前48年），函谷关以东各郡共有十一处发生了水灾，饥荒四起，有的地方甚至出现了人吃人的惨象。胶东、渤海等地农民暴动，已发展到"攻守官府，掠夺囚徒，搜索朝市，劫掠列侯"的程度。儒生京房曾问过元帝当今是不是"治世"，元帝无可奈何地回答说：

"亦极乱耳，尚何道！"

汉元帝虽然优柔寡断，有时是非曲直分不清，但有一条优点，那就是谦虚求教。他一登基，就希望有德高望重的人才辅佐自己，喜欢听取他们的意见。他早就听说琅琊人王吉和贡禹都是通达经术、德行高尚的人，便派使者去征召他们。但王吉不幸病死在路上，贡禹被接到了京城。元帝很是尊重他，经常向他询问治理朝政的方法。

贡禹当上谏大夫后，正遇上这一年灾荒严重，国家财政极度困难，他向元帝前前后后进呈奏章达几十次之多，这些谏言的内容主要是反对朝廷与大小官吏的奢侈浪费，呼吁减轻人民的苛捐徭役的重负，提倡吏治中的廉正之风。

贡禹把汉朝自建立以来各代皇帝的消费规模和档次一一进行列举。他说：高祖和文、景时，宫女不过几十人，御马百余匹。但后来的几代皇帝却争相奢侈起来：后宫的宫女多达几千人，御马达上万匹；婚丧嫁娶，大讲排场。这种奢侈的风气已由皇帝传染给了臣属，由宫内传到了宫外，由此造成了害人的现象：宫内多的是大而不得嫁的女子，民间却有许多大而不得娶的男子。这还不够，因为陪葬规模过大，已造成虚地上而实地下的怪现象。这种种浪费削弱了国力，扰乱了纲纪，已到了非治不可的地步了。

贡禹引经据典，说古圣王时代实行什一税，就是老百姓将收入的十分之一交于税收，除此之外再没有其他杂税和徭役；征调百姓服役一年只限三天，所以老百姓自给自足，人人都颂扬圣王之德。但现在的官吏只知挥霍奢侈，征调无度，不顾百姓死活。贡禹还用亲眼目睹的事例来揭露皇宫的腐败，贡禹揭露阶级对立、贫富悬殊是非常深刻的，他是大无畏的，他还特别提到从武帝以来，取好女数千充实后宫，影响所及，诸侯妻妾数百人、富豪官吏养歌伎不良现象蔚然成风，他建议扭转此风应从皇宫做起，明确提出"各离宫和长乐宫的护卫可以节省一大半，以减轻人民的徭役"。元帝马上应允下诏，裁撤了甘泉宫和建章宫的卫队，让他们回家从事耕作。

值得注意的是，贡禹的这些谏议往往都被采纳。究其原因，一方面是汉元帝本人乐于实施这方面的改革；另一方面，是贡禹的谏议实而不虚，多而不空，他不仅指出皇室奢侈浪费的现象，而且针对所存在的这些现实问题，提出切实可行的对策，这一点是以往谏书中少有的。例如，在批评皇上腐败奢侈时，作者提出，皇上应仔细体察古圣先贤治国的方法，效法他们的俭约。在谈到如何节省开支时，作者认为：应削减不必要的车服器物，"三分去二"即可；后宫只留二十个人就可以了，其余的都放她们回去。御马有几十匹就足够了。供皇上打猎用的猎场只留长安城南那一座就行了，其余的应一概废除……等等。所有这些明确具体的措施，操作性极强。元帝不能不信服，也不能不采纳和实行。

贡禹上书后数月，元帝任贡禹为长信少府，后又遇御史大夫陈万年死，贡禹又代之为御史大夫，位列三公。贡禹在御史大夫之位，又数十次上书言政治得失，所谈皆为严肃吏治，减轻人民负担，广开言路，尊贤任能等。贡禹任御史大夫数月，便病老而死。元帝追思其谏书中廉政之言，竟下诏拆除郡国庙，还引起一场风波呢！

纵观历史，历朝历代都有敢于直面现实、抨击时弊、力主改革的贤良学士。尤其在王朝由盛转衰、每况愈下的大背景下，能出现"先天下之忧而忧"的官员，真是难能可贵。因为他们与王朝盛世的改革家相比，所面临的局势要险恶得多，肩上所承担的风险要巨大得多。而贡禹所辅佐的汉元帝优柔寡断，忠奸不分，以至奸人当道，国力衰微，西汉王朝已摇摇欲坠如西山之落日；此时，仅靠贡禹等少数人想扭转颓势，已是回天无力。然而贡禹仍怀忧国忧民的古道热心肠，"举世皆浊我独清，众人皆醉我独醒"。贡禹坚信自己的以民为本、反腐倡廉的主张是永远正确的。

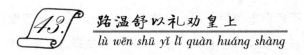

43. 路温舒以礼劝皇上
lù wēn shū yǐ lǐ quàn huáng shàng

路温舒，字长君，巨鹿东里（今河北省巨鹿县）人。出身贫寒，小时候当过放牛娃。他天资聪慧，看到富人家的子弟一个个都上学读书了，心里十分羡慕，他不甘心长大后成为不学无术之人，决心自学成才。于是，他四处借书，不耻下问，成了牛背上的学童。有人嘲笑他，说他不知天高地厚，但他毫不理会，始终坚持不懈。家里没钱买学习用品，他就把水塘里的芦苇叶片串起来，在上面练习写字。功夫不负有心人，没过几年，他已经能够像那些进学堂学习的富家子弟一样背诵各种经书了。

凭借自己的真才实学，路温舒当上了县狱小吏。一次，太守到县里视察，发现他这么一个小吏竟知识广博，精通《春秋》经文，很受震动。太守爱惜人才，决定重用他。从此，路温舒举孝廉，任山邑县丞，在汉昭帝元凤年间升为廷尉奏曹掾（为中央廷尉长官办理文牍的属官）。

路温舒成长于汉昭帝年间，主要活动于汉宣帝时期。此时的汉王朝刚刚度过汉武帝时的全盛，开始显露出不少衰落的征兆。一方面，连年对外征战的局面刚刚结束，因长期战争而被掩盖了的各种内部矛盾开始暴露，阶级分化导致阶级对立日益严重，而各级官吏对人民的不满不是采取安抚解决的积极态度，而是残酷镇压，使刑罚日渐残酷；另一方面，上自皇帝、王公大臣，下至各级大小官吏，都日益骄奢淫逸，喜好奉承，弄虚作假，使言路闭塞。对此，路温舒看在眼里，急在心头。作为一名出身贫苦人家的子弟，他能够体察百姓的疾苦，同情人民的遭遇，他反对动不动就施以严刑的高压政策，主张尚德缓刑的教化政策。此外，在当狱吏期间，他亲眼目睹过许多刚直不阿、敢于进言的官员，只因提出不同意见或犯过一些小的过错就遭受酷刑，对此他十分不满。进入官场以后，他不愿随波逐流，不愿意明哲保身、碌碌无为地虚度一生；他认为上自皇帝、下至各级官吏都必须广开言路，允许不同意见存在，只有这样，才能集思广益，兼听则明。路温舒虽然官位不高，但他不畏强势，经常上书阐述自己的观点，因而得罪了一批奸佞小人，他们伺机报复。汉昭帝末年，路温舒等一批主张尚德缓刑的官员，不断受到迫害甚至杀戮。路温舒本人虽因"文学高第"而免遭大难，但也受到排挤，以至于他的政治主张长期得不到采用。

本始元年（公元前73年），宣帝刘询即位。路温舒认为应趁此机会，向新君陈述利害，使宣帝一改前世皇帝的过失，弘扬先世的良风。于是他写下了传世名篇——《尚德缓刑书》，把他的政治主张写了进去。谏书奏上去以后，汉宣帝反复研读，十分欣赏，立即升任路温舒为广阳私府长，不久，又升他为右扶凤丞，并一度准备采纳实施他的主张，进行重大的政治变革。但是，这时汉朝的权贵阶层，早已陷入骄奢淫逸之中而不能自拔，朝廷中近亲繁殖成风，官官相护。宣帝刚刚即位，政权尚不稳固，不愿意立即兴利除弊，与权贵阶层为敌。因而只好采纳了他的部分观点。但是，路温舒的这封谏书，以其精深的文笔，打动了汉宣帝的内心，从而对宣帝的执政起到了潜移默化的影响。汉宣帝即位后，采取了一些政治经济改革措施，如慎重用官，降低盐价，控制严刑酷法，减少赋税徭役等，这在一定程度上缓和了阶级矛盾，减缓了西汉王朝衰亡的速度，所以汉宣帝被封建时期的历史家称为"中兴之主"。

汉宣帝在位期间，路温舒经常上书阐述自己的观点。宣帝起初还能采纳他的部分建议，但时间久了，也就渐渐淡漠了；加上路温舒为人刚直敢言，有较强的正义感，得罪了不少权贵，因而几次遭到黜免，直到晚年才出任临淮（今江苏泗洪东南）太守。在任期间，路温舒勤于政务，精于管理，全面实施自己的政治主张，短短几年便大见成效：整个临淮地区经济繁荣富足，百姓安居乐业。他因政绩突出而备受群众的拥戴。但因操劳过度，不久便病死于任上。

路温舒以其名篇《尚德缓刑书》，确立了自己作为汉王朝政论家的地位。这篇谏书更重要的意义还在于，它作为我国古代一篇比较系统地论证尚德缓刑的文章，尤其是其中反对刑讯逼供的精彩论述，对后世有很大的启发作用。

扬雄：撰写大赋传千古

yáng xióng：zhuàn xiě dà fù chuán qiān gǔ

　　扬雄生活在一个崇儒重文的年代。他的同乡司马相如，是汉武帝时代最有才华的辞赋家。其经历和成就，对扬雄产生了很大影响，使他一心向学，不再做别的打算。

　　扬雄的家庭比较贫困，他的祖辈一直以"农桑为业"，家庭并不富有。到他的时候，只有农田百亩，房子一处，家产很少，几乎没有什么积蓄。贫困的生活养成了他俭朴洒脱、不追求名利的性格，而崇儒重文的时代风气，也使他坚信，自己的努力终究会有结果的。

　　扬雄出仕很晚。四十多岁之前，他一直在家乡过着勤俭的读书写作生活，辞赋创作自然是他全部写作生活的重心所在，而屈原和司马相如则成了他最好的学习对象。经过不懈的努力，他终于取得了突出的创作成就。出蜀之前，扬雄就已经崭露头角，成了知名的辞赋作家。

　　在这期间，扬雄写出了有名的《反离骚》与《蜀都赋》，前者是有感于屈原一往不返的精神而作的，属于骚体赋的范围，后者则妙笔生花，歌颂他的家乡巴山蜀水，属于散体大赋的范围。由于扬雄与屈原在思想上有距离，所以，《反离骚》写得并不很出色。但《蜀都赋》却发挥了扬雄长于铺排、热情洋溢的文学特长，生动感人，对后来盛极一时的京都赋，产生了深远的影响。

　　经过长期的磨练，扬雄于成帝元延元年（公元前 12 年）来到首都长安，经汉成帝身边同乡杨庄推荐，得到了成帝的召见，一年后，正式成为成帝身边的文学侍从。接下来的两年中，他一边继续读书写作，一边以饱满的热情，投身于成帝时代的政治活动，写出了奠定他在文学史上地位的《甘泉》、《河东》、《羽猎》、《长杨》四赋，以他特有的方式，对成帝时代的政治进行讽谏。

　　从四篇赋序中交代的时间来看，最早出现的一篇是《甘泉赋》，写作时间是成帝元延元年（公元前 12 年）正月成帝甘泉宫祭天求子行动之后。作品总体上以时间顺序展开，但在实际描写过程中，却是一种空间的自由延伸，这也是由此赋铺排帝王气概的特色决定的。开头是写皇帝出发时车马众多，护卫森严，接下来是帝王辇车装饰精美豪华，再以后是从远处望甘泉宫的景象：甘泉宫的通天台高耸入云，立于广阔无边、一望无际的皇家园林中，真可说是美不胜收。来到甘泉宫，宫内宫外，辉煌壮丽。其精美程度，简直可以和天帝的住所媲美；建筑水平，连鲁班、王尔这样的能工巧匠也要自叹不如。由此，作者联想到夏朝和商朝的末代皇帝夏桀和商纣王的璇室和倾宫，用一种看似无意的对比，向成帝发出讽谏。

在描写祭天场面的时候，作者充分展开了联想的翅膀，塑造了他理想中的明主圣君的形象。他写道：于是皇帝处于优美的环境中，澄心静气，默默地向上天祈祷。皇帝想得真远，他想到了《诗经·召南·甘棠》篇中所歌颂的召伯那样的美德，他羡慕《诗经·豳风·东山》赞扬的周公所建立的功业。想到西王母欣然为他祝寿，感悟到沉溺酒色是不好的，于是回避了玉女，让宓妃离开。总之，由于皇帝的圣明，出色地达到了祭天的目的。

这篇赋不愧是扬雄的代表作。它充分展示了扬雄铺陈夸张描摹的才能。在他的笔下，天上人间合而为一，人神处在同一起跑线上。这样的描写比之于其他赋家的静止的刻板的堆砌辞藻，无疑是生动多了，也活泼多了。

《河东赋》写于同年三月，是四大赋中最短小的一篇，全文仅四百五十多字。写成帝横渡黄河祭后土（祭地）活动。赋的开头对成帝出行和祭祀行动作了一番铺陈，然后以主要的篇幅写成帝对上古清明政治的追想以及作者的劝谏之言，由于缺乏相应的铺排描写，就展开说理，所以，这篇作品显得说教有余，感染力不足。扬雄所处的时代，政治形势已有了很大的改变，武帝时代的昌盛已成为过去。成帝的平庸腐化，使国家形势急转直下。作为一个儒家知识分子，扬雄看到了这种情形，感受到了危险，他有意淡化赋作的歌功颂德的色彩，加强劝谏的力度。《河东赋》的这种写法，也就不奇怪了。

《羽猎赋》和《长杨赋》是写帝王的郊猎活动。古代的郊猎，是帝王的一项重要活动内容。由于儒家强调帝王的文才武略，帝王也多愿意显示自己不同一般的武功，于是郊猎活动就成了历代帝王所爱好的一种活动。实际上，多数帝王沉溺其中，把它变成腐朽生活的一部分，极少考虑它的政治、军事意义。原本具有特殊意义的郊猎活动，实际上却成了完全没有意义的东西。扬雄所面对的正是这样一种现实。《羽猎赋》写于元延元年（公元前 12 年）十二月的冬猎行动期间。作品先写皇帝郊猎的初起阶段：正是寒冬腊月、天寒地冻、万物凋蔽的季节，皇帝打开宫门，将要开始一次郊猎。所谓兵马未动，粮草先行。皇帝还没有动身，准备活动已紧锣密鼓地展开。管理山泽的官员在检点所辖区域的情况，四面八方已堆放好了活动需要的物品，护卫部队已布置妥当，清理障碍的人员在紧急行动，围猎的军队、车辆在络绎不绝地进进出出。郊猎活动还未开始，那种紧张的气氛已咄咄逼人了。

等一切准备好后，皇帝开始出场了。他撞响了宫中的大钟，树起大旗，驾起车子，开始出发了。车辆马匹，浩浩荡荡，长驱直入，如入无人之地。作者纵笔描写了勇士们英勇向前与野兽无畏搏斗的场面：他们拖倒野猪，践踏犀牛，蹬踹行动迅速的麋鹿，斩杀巨大的口，搏杀黑色的猿猴……围猎的部队缩小包围圈，总攻开始了。猝不及防的攻击，使飞鸟来不及飞，野兽来不及跑，飞车走马，山摇地动，禽兽实在跑不动了，只能躺在网中喘气，部队疲倦懒怠，只能眼睁睁地看着禽兽在跳跃挣扎，无动于衷。

面对这样的盛况，贤人们感慨了，他们说："多么崇高的德业呀！就是上古的隆盛时代，哪里能超过现在呢！上古那些封禅的行为，除了我们这个时代，还有谁能做出呢。"

天子原本要开展更大规模的田猎活动，听他们这么一说，倒不好意思了。于是，他停止了一切劳民伤财的活动，广施仁爱，国家终于达到了连上古昌盛时代都比不了的水平，社会也终于进入了清明的时代。

《羽猎赋》以传神、夸张的手法，生动地描写了天子旷古未有的郊猎

景象，展示了扬雄不同一般的铺排张扬的才能。与此同时，作者对统治阶级的劝谏，也就包含在这些讴歌美化之中。实在说，这不是正话反说，而是通过塑造理想的天子形象，来达到针砭的目的。至于作品很难达到劝谏的作用，归根到底是帝王头脑发热，辞赋家对这一点就难以有所作为了。这可能也是扬雄后期激烈否定辞赋的原因之一。

《长杨赋》是描写成帝元延二年（公元前 11 年）秋天的田猎活动的。和《羽猎赋》不同，这篇赋没有铺排惊心动魄的狩猎场面。而是重点发掘成帝狩猎活动的意义，正面引导成帝注重狩猎活动的政治、军事意义。有人说这是一种高明的劝谏，我们也不难体会到这种特点。

扬雄以他惊人的天才，在短短两年多的时间内，写下了流传千古的四篇名赋，一举夺得了赋坛桂冠，成为仅次于司马相如的著名赋家。可惜的是，随着成帝时代的结束，西汉王朝进入了动荡衰落期，扬雄的创作激情，因政治激变而一落千丈。晚年扬雄的兴趣转入到更具批判意义的抒情赋写作和学术研究方面，大赋写作已成为过去。尽管扬雄在成帝死后，已结束了他的大赋创作。然而，综观他的一生，扬雄基本上毕力写大赋，至少是在他自己一生中最好的时间里，是在专心作大赋。

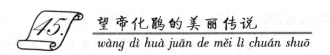

45. 望帝化鹃的美丽传说
wàng dì huà juān de měi lì chuán shuō

早在秦汉以前，遥远的西蜀大地上，就曾经存在过一个古老的国度——蜀国。人们世世代代过着安居乐业、悠然自得的日子。这里不但山川秀美，物产富饶，而且还人杰地灵，相传最早统治过这块土地的三代君主蚕丛、柏砍、鱼凫都非常贤明，他们各自执政好几百年，深得老百姓的拥护和爱戴。据说他们相继退位后，都神化不死。由于他们德高望重，蜀国的老百姓非常舍不得他们离开，于是很多人也纷纷跟着一块儿化去了。但这样一来，蜀地的人烟就渐渐稀少了。直到有一天，有个名叫杜宇的人从天降生。杜宇看到蜀地的老百姓确实很盼望再有位贤能的君主，于是就自立为蜀王，号称"望帝"。杜宇的妻子叫利，是从江源地方一眼古井里生出来的，也很具传奇色彩。他们夫妇俩身上秉承了天地英华，神明异常。杜宇执政后，兢兢业业，把蜀国治理得有声有色，深得民心，所以先前随从先王化去的那些人，又重新跑出来跟着他了。

望帝统治蜀国有一百多年的时候，在临近的楚地（今湖北、湖南一带）发生了一件怪事。一个名叫鳖灵的人，忽然死去后，尸体不见了。楚人四下

古望帝之陵

里寻找，也没有发现。原来尸体到了长江里，逆流而上，漂到了上游的蜀国。更奇怪的是，鳖灵的尸体到了望帝的都城郫后，竟然死而复生了。他听说望帝杜宇很贤明，就前往拜见，请求在他手下效力。望帝正好缺乏一个得力的人来辅佐自己，听说鳖灵的经历后，心里知道他是个异人，于是就让他做了自己的国相。鳖灵果然不负所望，很快显露出他治国的才干。不久，蜀国境内的玉垒山忽然发了大洪水，死了很多人，蜀国上下顿时陷入动荡不安之中。一向爱民如子的望帝心中非常焦虑，就和鳖灵一起商讨对策，并委派鳖灵负责尽快治好水患。鳖灵受命后，就带领人马出发了。他像当年的治水英雄大禹一样，总是亲临治水第一线，指挥开工。终于推倒了玉山，凿断了巫山，开通了三峡，疏导了渠道，止住了洪水肆流的局面。鳖灵治水有功，进一步在老百姓心目中留下了好印象。

鳖灵当初到蜀国，娶了一位美貌多情的妻子，在他治水离家时，便把全家托付给望帝照顾。望帝心中对这位温柔多情的女子，很有些好感，而鳖灵的妻子也素来仰慕伟岸英武的望帝。天长日久，两人心中由相互好感而相互爱恋，时间久了，两人情愫渐增，终于有一天控制不了自己的感情，有了非礼的交往。当鳖灵治水归来后，望帝心想鳖灵在外，辛辛苦苦

地治理水灾，为民除害，自己却在家中贪图一己之乐，与臣下的妻子私通，实在是件道德败坏、有失体统的大丑事。他深觉惭愧至极，无颜再与鳖灵共事，就以鳖灵治水有功，自己居位已久为名，把王位传给了鳖灵，然后一个人悄悄隐去了。据说，望帝离去时，化作了子规鸟，即杜鹃，一路哀鸣不已。其实，那声声不绝的哀唱，正是他舍不得他深爱的祖国和朝夕相处的子民们的痛苦心情的抒发啊！他虽然一时为情所惑，做出了不道德的事，但在老百姓的心中，他毕竟是位功绩卓著的英明君王。蜀人并没有因他的一时之错而抛弃他，相反的是总有割不断的深深怀念。每每春天来临，人们听到杜鹃鸟的叫声，总是念叨起他们的望帝，总以为他们的望帝回来了。

鳖灵即位后，号称"开明"，从此后，蜀国的历代君王便都以"开明"为帝号。

与《蜀王本纪》稍有不同，关于"望帝化鹃"的另一传说是：鳖灵这个外来户，治水归来后，居功自傲，又抓住望帝私通他老婆的把柄，把望帝逼走而夺了他的帝位。望帝出逃后，屡次谋求复位而不得，忧心而死，魂魄化为杜鹃鸟，每逢春暮，就夜夜哀啼，以致泣血。

总之，不管哪种说法，望帝在故事中都是一个治蜀有方，爱国爱民，对蜀国的生存和发展有过大功大德，备受人民拥戴的君主，一个位失身死、灵魂难安的悲剧人物形象。"化鹃"的奇异传说，更给这个故事本身增添了一份凄婉迷人的悲剧美。而把上述两种说法结合起来，我们似乎又能从中隐隐约约地发现一丝当年古蜀国的一场政治斗争的隐秘。

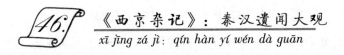

46. 《西京杂记》：秦汉遗闻大观
xī jīng zá jì: qín hàn yí wén dà guān

《西京杂记》一书，相传最初为刘歆所作。刘歆曾受诏与他的父亲，即著名学者、目录学家、文学家刘向一起总校群书，因而收集了大量材料，准备撰写一部《汉书》，编录西汉一代的历史，后未成而逝，只留下草稿。据晋人葛洪（283—363年）《西京杂记·题辞》中称，其家世传有刘歆《汉书》草稿一百卷，经考校，发现班固所作《汉书》"殆是全取刘氏，有小异同耳"。于是两相对照，把班固以为不宜于正史采录，因而没有选用的材料，大约两万字左右，单独抄出，再加上其他所闻，共两卷，始命名为《西京杂记》，在流传过程中，大概后人又有所增补，今天所见共有六卷。

《西京杂记》，题称"杂"记，内容的确很博杂，大凡西汉的一些典章制度、宫廷秘事、名将功臣遗闻、文人方士技艺、民间风俗人情，以及部分怪异故事等，多有辑录，保存了很多西汉的社会掌故，堪称西京遗闻大观。其中的人物轶事，涉及社会的各个阶层，题材广泛，颇具小说雏形，开了后世志人小说的先河，有些还多被以后的小说、诗歌、戏曲所取材，成为脍炙人口的文学典故。正如《四库全书总目》中说《西京杂记》"所述虽多为小说家言，而掇采繁富，取材不竭，李善注《文选》，徐坚作《初学记》，已引其文。杜甫诗用事谨严，亦多采其语，词人沿用数百年，久成故实"。

如张彦远《历代名画记》所载毛延寿画王昭君的事便引自《西京杂记》。据说汉元帝的后妃宫女众多，不能一一召见，于是找来京城的画师为这些美人画像，呈交汉元帝。画像上看起来漂亮动人的那些妃嫔当然受到元帝召幸。这么一来，诸美人便竞相贿赂画工，多的十万钱，少的也不下于五万，以求把自己勾画得更加楚楚动人，受到君王青睐。唯独王昭君不慕势利，执意不肯拿钱贿赂画师。画师怀恨在心，就故意把原本羞花闭月、风华绝代的王昭君画得很一般。元帝自然看不上画中的王昭君，因此一直都没有召见她。后来正巧汉与匈奴实行和亲政策，匈奴单于请求汉宫一位美人做他的王后，元帝答应了。于是让人拿来后宫美人图，选定了王昭君。等到临行那天，元帝召见昭君，才发现她竟然是貌胜西施，婉约迷人；嘱辞善对，谈吐不凡；又加上举止闲雅端庄，与画中人简直有天壤之别，堪称后宫第一！元帝心下悔恨不已。然而金口玉言，名分已定，又不能反悔于当时实力颇强的匈奴人，不得已，只得遣使护送昭君出塞。昭君走后，元帝心中确实是怨恨交织，割舍不下。于是细查画像经过，了解了其中的原因。盛怒之下，便把所有的画工统统杀了，弃尸街头。当时著名的画师如毛延寿、陈敞、刘白、龚宽、阳望、樊育等都在其中，京城画师，损失殆尽。这是一个极其哀艳动人的悲剧，它暴露了汉元帝的昏聩腐朽，对内、外俱美的王昭君的不幸寄予了同情。历代帝王，大都过着腐化生活，似已不足为怪，而汉元帝后宫美人之多，竟至于令"画工图形，案图召幸之"，更是昏庸、荒唐得出奇！王昭君的悲剧，归根结底是由腐朽的封建帝王多妻制所造成的。

《西京杂记》中有关汉高祖刘邦的记述，则往往侧重其富有人情味的一面。如《高祖作新丰》，写刘邦在长安称帝后，父亲太公过不惯帝王家生活，寂寞无聊得很，总是念叨起以前在家乡时与那些贩夫走卒，"酤酒卖饼，斗鸡蹴鞠"，任意为乐的日子。于是，刘邦为迎合太上皇的念旧心理，不惜耗费巨资仿故乡丰邑原貌建造了新丰，又迁徙家乡故旧父老、无赖之徒伴太上皇一块生活。刘邦这一举动虽有滥用王权、浪费民脂民膏之嫌，但也见出他敬重父亲，平易对待家乡故旧的正常人情。

《西京杂记》还记载了其他多方面有文学、历史价值的人物掌故。如"曹敞"条写吴章的弟子曹敞平常不拘小节，而到了吴章被王莽所杀，"弟子皆更易姓名，以从他师"的患难之际，唯独曹敞敢于自称"吴章弟子，收葬其尸"。表现了曹敞的至情至性和过人的义气节操。而"匡衡"条则刻画了一个名垂千古的刻苦勤学的青年形象。匡衡小时候，家中贫寒，晚上看书买不起蜡烛，于是就在自家墙上穿了一个洞，借着从邻家透过来的微弱烛光用心苦读。这就是著名的"凿壁偷光"的故事。匡衡同乡有户有钱的大姓人家，虽不识多少字，藏书却很多。匡衡在他家当雇工，跟主人说自己不要工钱，只要能允许他遍读家中的藏书就可以了。主人大为叹赏，送了许多书给他，匡衡终于成为大学者。匡衡曾精研《诗经》，当时流传着"无说《诗》，匡鼎来；匡说《诗》，解人颐"的说法，鼎是匡衡小名，谁心有烦恼，听了匡衡说《诗》，就会开怀欢笑。可见他"诗学"造诣之深。又说他的同乡中也有说《诗》的，匡衡就与他一块讨论，相互质疑，同乡人自叹不如，慌张而去，连鞋子都穿倒了，匡衡还追着人家，大叫："先生留步，还未讨论完呢。"简直就是一个书迷、书痴的形象。虽没有肖像描绘，读后却让人如见其形，如闻其声。

有关下层劳动人民的故事，最为动人的是"秋胡戏妻"。写的是鲁人秋胡，结婚三日，即外出游学求官去了。三年后，秋胡为官回乡探亲，路经家乡桑园，见一妇人采桑，身形姣好，就掏出一块金子要送给妇人，想与她求欢。妇人正言厉色道："妾有丈夫，游宦未返，我深闺独处三年了，从没像今天这样受人侮辱过。"自顾采桑，不理会秋胡。秋胡只得讪讪而去。回到家中，听说妻子去野外采桑，还没回来，心里就有点犯嘀咕。过了一会儿妻子回来了，果然就是先前的那位采桑女。秋胡妻一见自己的夫君原来就是刚才送金调戏自己的轻薄好色之徒，心中又羞又愤，竟跳进沂河自杀了。这一悲剧故事反映了劳动妇女在封建社会中的不幸处境，同时也对秋胡妻的勤劳正派、矢志不渝有所歌颂。她的义正辞严让人敬爱，她的赴水而亡，令人哀惜。后世不少戏曲、小说据此改编，元人石君宝《秋胡戏妻》杂剧，还把"赴沂而死"的悲剧结局，改成了婆婆以死劝解，妻子终认秋胡，以大团圆结束的喜剧。

《西京杂记》记述人物故事，不像《韩诗外传》、《说苑》、《新序》等寓故事于说教中，而是贴近生活，杂记各类人物的日常行为轶事，人物真正作为故事中心被描画。音容笑貌、精神性格各具特色，活灵活现。除了长于构思，情意俱佳外，《西京杂记》的文笔也较简洁优美，读来朗朗上口，正如鲁迅所称，此书在古小说中"固亦意绪秀异，文笔可观者也"（《中国小说史略》）。

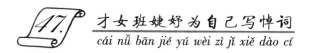

47. 才女班婕妤为自己写悼词

cái nǚ bān jié yú wèi zì jǐ xiě dào cí

在中国古代为数众多的不幸宫妃中，班婕妤是少有的才女的典型。

班婕妤，今陕西咸阳西北人。她的真实名字已经失传，婕妤是当时后妃的官号，因此她以姓和官号流传于后世。班婕妤是左曹越骑校尉（越人骑兵部队指挥）班况的女儿，班固的祖姑，是个有才学的女文学家。班婕妤大约生于汉元帝初年（公元前48年），卒于汉哀帝建平元年（公元前6年），享年四十余岁。

班婕妤出身于官宦家庭，自幼受到了良好的家教。有很高的政治素养和文化才能。成帝初年，班婕妤被选入宫中，凭着她的聪明才智，她在首次进入后宫的时候就被授予少使官号。后宫佳丽三千，共分为十四级，少使是后宫嫔妃中的第十一级。

班少使虽为女子却多才多艺，她熟读《诗经》等文化典籍，还写得一手好赋。她深谙"妇德"，懂得怎样做一个贞顺的女子。她的一言一行都合乎礼的规范。在那个"女子无才便是德"的封建社会，像她这样的才女可以说寥若晨星，这使她在后宫佳丽中显得分外出众。所以尽管她地位低贱，还是很快引起了成帝的注意。成帝频繁亲近她，对她很是宠爱。不久，她由少使被提升为婕妤。婕妤是嫔妃中的第二级，地位相当于上卿。并没有多少家庭背景的班婕妤，凭着自己的品德素养，一跃成为成帝身边最亲近的人，也开始了她短暂的荣宠时期。

皇城的后宫，分成八个区域。皇后和嫔妃按照身份，居住在不同的区域。班少使做了婕妤之后，搬进了三区——增成舍居住。有时成帝还带她到别的处所游玩、下榻。

不久，她在一所别馆里生下一个男孩，这对班婕妤来说，无疑是喜上添喜。她因此也更加受到成帝的呵护。遗憾的是孩子不久就夭折了，这对班婕妤来说，是一个巨大的打击。她强忍着悲痛，度过了这一段艰难的时期。让她感到欣慰的是，成帝一时并没有因此疏远她。在成帝的后妃中，她的地位也仅次于成帝的正宫夫人——许皇后。

可惜的是，这样的日子并没有持续太长的时间，成帝对班婕妤的兴趣不久就转到了更为诱人的女色方面。专制政治的特点决定了帝王的行为不会受到任何的制约，好多帝王也明知沉溺女色，无异饮鸩止渴，但仍然乐此不疲，关键的原因也在这里。这是一切专制帝王的悲剧所在，也是班婕妤这样有才华的女子的悲剧所在。

果然，成帝不久就在阳阿公主家发现了官奴赵飞燕，一见便大为倾心，当晚就用车将飞燕载入宫中，并迅速册封为婕妤。赵飞燕平步青云以后，许皇后和班婕妤成了她进一步获得贵宠的绊脚石。为了弄倒班婕妤和许皇后，鸿嘉三年（公元前18年），她在指控许皇后的姐姐用巫术诅咒皇帝的时候，也告了班婕妤一状。班婕妤受到有司拷问。大难不死的班婕妤，自知不是赵飞燕这样奸诈之徒的对手，于是主动请求去长信宫侍奉成帝的母亲王政君，成帝答应了。

退居长信的班婕妤百感交集，思绪万千。扪心自问，她自觉心中无愧，可她又无法解释眼前发生的一切。带着清醒与迷惘混杂的复杂心情，她提笔写下了千古传诵的名篇《自悼赋》，对自己的一生做了心酸的总结。她说：既然得到的远远超过了自己的名位，所以自以为是天下最幸福的人了。为此，每日每夜都忧虑不安，唯恐有什么过失。常常手握佩带自我反思，以古代的贞女形象对照自己。赞叹上古虞舜的两位妻子娥皇与女英的忠贞。尤被周文王、周武王的母亲忠爱国朝的行为所感动。她自认虽然秉性愚顽，没法与他们相比，但又哪敢有一点松懈呢？后来，虽有幼子夭折的隐痛，但皇帝并没有怪罪于我，这对我来说，是最大的安慰。如今我奉命来长信宫侍候太后，可以到死为止了。唯一的愿望是死后能埋在山中，让松柏与我为伴，就满足了。

后人在谈到班婕妤的《自悼赋》时，常常遗憾她夫子气太浓，认为班婕妤中封建礼教的毒太深。实际上，《自悼赋》中表现的清醒坚定是一种表象，隐藏在这清醒、坚定背后的一代才女的悲哀和失落才是真的。

绥和二年（公元前8年），汉成帝驾崩，班婕妤自请看守陵园，不久，她也死去了。在孤独凄凉中度过后半生的班婕妤，心中会不会有遗憾？我们不得而知。但我们分明看到了罪恶的后宫制度所造成的悲剧。

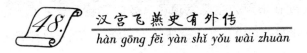
汉宫飞燕史有外传
hàn gōng fēi yàn shǐ yǒu wài zhuàn

"一枝红艳露凝香，云雨巫山枉断肠。却问汉宫谁得似？可怜飞燕倚新妆。"这是唐代大诗人李白专咏杨贵妃的《清平调》中的一首。诗里提到的"飞燕"，即赵飞燕，是西汉成帝的皇后。传说她楚腰纤弱，轻便如燕，似乎能作掌上舞。不光在当时凭借这个特殊技能独宠于后宫，她的艳名、艳迹还远播后世，广被采入诗、词、文、赋等文学作品及民间传说故事中。小说《飞燕外传》就是这方面最典型的代表。

《飞燕外传》也作《赵飞燕外传》或《赵后别传》，一卷。最早见录在南宋人晁公武的《郡斋读书志》中。后来，《顾氏文房小说》在收入此书时，又录有一篇自序。根据这篇自序，可知：作者伶玄，字子于，西汉潞水（今山西潞城县东北）人，博学无所不通，尤精于音律，善写文章。他的文风简率而真朴，个性鲜明，不屑于师法前人。素与西汉末著名的文学家扬雄相往来，后王莽篡汉自立，扬雄屈服于新莽政权，伶玄不齿他的为人，就跟他断了交。伶玄自己在汉朝做过司空小吏、淮南相、河东都尉等官。汉哀帝的时候，他告老还乡，买了一个小妾，名叫樊通德。通德的父亲樊不周是汉成帝的近侍宫人樊嬺的侄子，所以对于汉成帝与赵飞燕的宫中佚闻，通德有所了解，闲来说与伶玄听，玄有感于前朝艳事，于是加以整理，撰写了这篇《飞燕外传》。

《外传》主要记述了赵飞燕姐妹同事汉成帝并争宠淫乱后宫的故事。大致情节是这样的：赵飞燕的父亲冯万金，曾随江都王孙女姑苏公主嫁给江都中尉赵曼。由于万金为人机灵乖巧，又擅奏靡靡之音，所以深得赵曼的赏识，被视为心腹家人。赵曼身染疾病，不近女色，公主深闺幽处，日子久了，颇感寂寞。后与万金私通，生下了飞燕、合德这一对孪生姐妹，冒充姓赵，但随生父冯万金生活。姐妹二人皆生得绝世容姿，姐姐飞燕丰若有余，柔若无骨，身体轻便纤细，举止翩翩欲仙，被时人喻称"飞燕"；

妹妹合德，则肌骨丰盈，出浴不濡，音辞舒缓清切，性格醇厚恬静。万金死后，冯家逐渐败落，姐妹俩辗转流落到了都城长安，过着较为贫寒的生活。但二女本有胜人殊色，且又自幼聪明灵巧，终于因缘巧会，时来运转。先是姐姐飞燕由于阿阳公主家的举荐，得以入宫，立即受到汉成帝的特别宠幸，号为赵皇后。但飞燕命中无子，想想红颜易老，有朝一日色衰爱弛，自己就无所依靠了，所以为了固宠，飞燕就听信了樊嫚的劝言，将妹妹合德引入宫中，献给成帝。成帝对合德的宠爱，比起对飞燕，有过之而无不及。从此，姐妹二人共媚成帝，淫乱后宫。终于，汉成帝因为纵欲过度而身亡，太后把罪过算在合德的头上，合德不服，呕血而死。

《飞燕外传》这部作品首尾完整，浑然一体，基本按照时间先后顺序，以事件的发展过程为线索，但又避免了流水账式的平铺直叙，而是写得波澜起伏，血肉丰满。特别讲究张弛相间，疏密有度。既有细针密线式的详尽描述，也有一笔带过的简略交代。大体说来，对于飞燕姐妹的出生，贫寒的家庭生活，及寄人篱下时与羽林郎的私情等，用笔较简省，而大部分的篇幅和笔墨则用来重点描述飞燕姐妹先后入宫后，如何媚惑人主，如何得宠，又如何妒忌争宠与最终和解，以及如何私通宫奴，淫乱宫中等情节。通过对飞燕、合德姐妹俩宫中生活的生动刻画，暴露了封建帝王的淫奢腐朽，同时也反映了帝王后妃婚姻生活既可鄙又可悲的特殊性质。汉成帝的荒淫无度，穷奢极欲，宠赵氏姐妹以满足自己的声色之好，最终落得个悲剧下场，可谓是后世帝王如陈后主、隋炀帝、唐玄宗、宋徽宗等人的先导。

跟汉代的其他小说相比，《飞燕外传》在艺术上是独树一帜的。除了情节的完整与委婉曲折，题材也已完全转向人间生活，以写人写情为主。艺术描写上已较成熟，文学意味大大增加。作者不是单纯地叙述故事，而是比较注意通过肖像、语言、神态、心理的描写及渲染、对比、衬托等各种艺术手法来刻画飞燕、合德的人物形象，并把人物放在特定的环境背景下，表现人物性格的发展变化。

进宫前的赵氏姐妹虽生于声乐世家，能歌善舞，但却是私生子的特殊

身份，父死家败后过着辗转流离、寄人篱下的贫寒生活。在这一部分，作者着重表现了飞燕姐妹的聪明美丽、温婉多情及流落长安期间坚强自立的品格，并对她们相依为命的不幸遭遇寄予了较多的同情。作品中对姐妹俩因生活困窘，以至不得不共眠一被的描写，以及飞燕与邻家羽林郎雪夜幽约的情节读来颇为凄婉动人。

　　然而姐妹俩相继进宫得宠后，随着地位、境况的巨大改变，性格也向着奢侈淫乱的方向恶性发展。尤其是飞燕，在与妹妹合德争宠的过程中变得暴虐嫉妒，阴险诡谲。有个叫燕赤凤的宫奴，同时跟飞燕、合德都有私通关系，有一天刚刚从合德所住的少嫔馆出来，正好被前来看望妹妹的飞燕瞧见。当姐妹俩并坐共赏一首叫《赤凤来》的曲子的时候，飞燕故意借题发挥，问合德："赤凤为谁而来呀？"合德知道姐姐的妒性又发，故意逗她道："赤凤自然是为姐姐而来的，别的还能为谁呢？"飞燕一听这话，勃然变色，顺手抓起一只杯子就猛抵住合德，破口骂道："你这不知天高地厚的贱婢子，真能血口喷人！"完全不顾惜姐妹之情。

　　与飞燕相比，作品对合德的淫荡的宫廷生活虽也不无微词，但主要的还是突出她性格中克己谦让、宽厚大度的美好一面。比如合德刚进宫时，汉成帝召幸她，她执意不肯与成帝亲近，并说，如果不经姐姐的同意，自己宁肯受辱而死，也不能背着姐姐接受成帝的爱幸。因为她深知当时姐姐的妒性，所以不愿在这事上跟她争，惹她不高兴。但是飞燕的妒性并不因姐妹亲情而有所收敛，当她看到成帝越来越宠爱合德，远胜过自己时，还是禁不住醋意大发。而合德总是对姐姐谦让着，并不与她争执，平日里见到姐姐总是像晚辈见到长辈那样毕恭毕敬地参拜。有一次，合德又去看望姐姐飞燕，闲坐时，飞燕偶然吐了一口痰，正好吐在合德的衣袖上，不知是有意还是无意。众目睽睽下，合德并没有因此尴尬生姐姐的气，反而满面含笑地对着姐姐自我解嘲道："姐姐的唾液沾在我的衣袖上，真好像石头上开出朵美丽的花呀！"当因燕赤凤的事而致姐妹反目，飞燕激怒之下侮辱合德时，合德含泪下拜，动情地说："姐姐难道忘了当初共被长夜，苦寒难眠时，让合德拥着姐姐的后背以取暖的事了么？现在一旦富贵，就要事事争强好胜，连妹妹都容不下。外人尚且没对咱们怎么样，难道咱们姐妹俩忍心自己跟自己过不去么？"终于以相依为命的往日亲情和一片诚恳之心打动了飞燕，换得了姐妹俩的和解。对比之下，作品对二人的褒贬态度，显而易见。

从整个古代文学发展史看，《飞燕外传》不光在汉代小说园林中占有独特地位，其对后代文学创作也有较大的影响。就其文笔来说，可称得上一篇早期的"唐传奇"；而关于男女间私生活的露骨表现，则直接影响了明清世情小说中的性描写。诸如春宫药术之类，后世与此一脉相承又有所发展。《金瓶梅》中西门庆之死，与汉成帝纵欲亡身，也颇为相似。

49. 《括地图》：描绘异域众生相
kuò dì tú: miáo huì yì yù zhòng shēng xiāng

《括地图》是在《山海经》的影响下，模仿《山海经》而作的一部图文兼备的地理博物体志怪小说，作者不详。原书早已散佚，只在其他古代典籍中零星地载有一些片断。从中可以看出它的地理观念淡薄，不像《山海经》等书那样分成几个方位，按照一定的顺序依次记述，也不大写什么名山大川。内容大多是有关殊方异族的各种畸形怪人的传说，给我们描绘了一幅幅异域众生相。

如贯胸国的记载：当年大禹治水成功，安定天下后，曾在会稽山（今浙江绍兴境内）上集合各个部落，召开庆功大会。大家来到后都热烈地谈论着治水的事情，交口称颂大禹的无上功德。南方有个防风部落的首领防风氏，向来对大禹有点不太服顺和恭敬，这次就故意姗姗来迟。对他的这一举动，很多人都感到不满，纷纷向大禹提出要惩罚他。于是大禹顺从众意，把防风氏杀了。由于禹的仁德感动了上天，天帝就给他降下了两条神龙。正好在会稽山之会后，大禹想巡行天下，视察民情，于是就让他手下善驯百畜的范氏为他驾驭这两条神龙出发了。一路上看到老百姓在洪灾过后，已经安居乐业，大禹心中很是宽慰和满意。途经南海一带防风部落的时候，正巧碰上防风氏的两个手下，因为首领在会稽被杀的事，他们一直对大禹怀恨在心，此刻相见，不由分说，便搭弓拉箭向大禹射去。不料没射中大禹，却激怒了天庭，只见明丽的天空，登时电闪雷鸣，风雨中两条神龙惊飞而去。防风氏的手下见触怒了天神，很是害怕，又担心禹会惩罚他们，就自己用利刃穿胸而死了。大禹十分哀怜他俩的忠诚和刚烈，就替他们拔去胸口利刃，再用不死草覆盖其身，很快就把他们救活了过来。防风部落感戴大禹的恩德，都俯首归顺了。但从此后，防风氏的两个手下，却始终在胸口处留下了一个难以愈合的窟窿，他们的后代也跟他们一样。这就是贯胸国的由来。贯胸国的传说在先秦时的《山海经》、《尸子》等书里就已经出现，但相当简略。《括地图》发展了这一传说，并给附上"诸侯大会会稽山"、"夏禹巡视天下"、"以德归服防风部落"的情节，在奇异的传说中，表现了大禹与防风氏的矛盾冲突，赞扬了大禹的贤明和功德。禹的形象是通过"会稽大会"、"天降二龙"、"以德报怨"三个小环节突现出来的。晋张华《博物志》和后来的《异域志》都重录了这个传说。

再如奇肱国。奇肱，是指独臂，据说这个国家的人，都天生只有一只胳膊。虽看似残废，却个个心灵手巧，他们不光能发明一些机巧的器具捕杀百禽，还擅长制造飞车。这种飞车十分轻快便捷，碰上大风天气，能够在空中乘风远扬，一日千里。商汤的时候，有一次西风大起，经日不息，奇肱民驾驶着飞车，随风出游，不料竟来到了遥远的东方商汤的国家，降落在豫州（今淮河以北伏牛山以东豫东、皖北地区）境内。商朝百姓从没见过如此奇异的怪人和他们神奇的飞车，商汤怕扰乱民心，就把这一伙奇肱民全都扣留起来，把他们的飞车一并没收毁坏掉了。大约过了十年左右，忽然东风大起，于是商汤就把奇肱民放出来，命他们重新做了一辆飞车，趁着大风未止，打发他们又飞回了自己的国家。奇肱国的存在有些荒诞、不现实，但"擅为机巧"和"飞车"的传说却多少有些现实的因素，反映了科学技术落后的先民对能工巧匠的赞美和对新奇先进的交通工具的幻想。

在离会稽郡四万六千里的地方，还有个大人国。那里的人们要怀孕三十六年才能生下孩子。孩子长大后，像龙的样子，能够腾云驾雾。这一传说大概反映了以龙为图腾的部落的先民对人类超自然力量的渴望。

养蚕、抽丝、织布是中国人很早就已掌握的技术，也是农业发展史上的一件大事，对于人民的经济生活有极其重要的意义。相传是中华民族的老祖宗黄帝的元妃嫘祖当年最早发明了养蚕。以后历代帝王后妃，都十分重视养蚕业。在古代，每逢春天来临，一年稼穑伊始，帝王总要亲耕垄亩，举行一个隆重的农忙仪式，而后妃们则要亲自率领妇女去郊野采桑，并祷求上苍赐福。男耕女织成为中国传统农业社会的典型生活模式。因此，古代关于蚕的传说也就极为丰富。《括地图》中就有一则关于蚕的奇异而优美的记述。讲的是在离琅琊（今山东临沂东北）二万六千里远的地方，有一个国家，国人称化民，形状类似于蚕，极其怪异。国中长满了桑树，树体庞大，有的高达八百多尺，荫荫郁郁，一派生机盎然。化民就以桑叶为食，经过漫长的三十七年后，便开始像蚕那样吐出一条条银亮亮的丝，再像蚕那样慢慢地把自己一层层地裹起来，最后裹成一只大大的茧壳。在幽暗的茧壳内生活九年后，化民又会长出翅膀来，如同蚕在作茧自缚后化成了蛾子。再过九年，他们便死去了。这个民间传说充满了朴素的美和远古生活气息，它其实是人们因为蚕丝的重要作用，而导致的对于蚕的一种图腾崇拜的反映。化民一生五六十年，是蚕的生长过程的延长，化民本身又是蚕的体积的放大。故事通过夸张手法，把蚕人化了，同时又把人也蚕化了，蚕和人类息息相关，从而寄托了人们对蚕这一人类生活中永远亲密的朋友的美好感情。

此外，《括地图》关于异国异人的记载还有：越地（今浙江一带）的人们年老后化为虎的虎民；人死心不死，百年后复生的无继民；穴处衣皮，死后其肝不朽，八年复生的细民；身生羽毛，以卵为食的羽民等等。很多被后世的志怪书加以重录，成了某些新奇怪异传说的源泉。直至清代李汝珍的长篇小说《镜花缘》，其中关于外国奇人奇事的描绘，还可明显看出受到了《括地图》的影响。

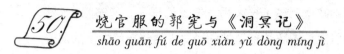

烧官服的郭宪与《洞冥记》
shāo guān fú de guō xiàn yǔ dòng míng jì

　　郭宪，字子横，汝南宋（今安徽太和）人，生活在西汉末到东汉初光武帝时期。在汉代的方士群里，郭宪是一个性格上刚正不阿、卓尔不凡的人，与那些自炫法术，投帝王所好，以求加官进禄的方士不可同日而语。范晔《后汉书》本传说他年轻时曾拜东海兰陵（今山东苍山县西南兰陵镇）人王仲子为老师。当时还是西汉末年平帝朝，王莽做大司马，主掌朝中大权。为了取得广泛的社会舆论支持与信任，为今后的篡汉自立作准备，王莽经常重金礼聘天下士人，为己所用，像王仲子这样德高望重、声名远播的有识之士，自然也在他的拉拢之列。有一次，仲子正在给弟子们讲学，王莽忽然派人带着厚礼前来，说是大司马有事请教，麻烦先生去一趟。仲子本来不愿与王莽这样的人交往，但又慑于他的权势，所以考虑再三，还是打算去应付应付。他就把这个想法跟弟子们说了，不料立即遭到郭宪的坚决反对。郭宪说："按照常理，只有学生主动到老师这里来求学，哪有要求老师屈尊到弟子那里去传授的。您现在竟然因为畏惧权贵而置师生道义于不顾，我真为先生感到不值。"仲子解释说："我并不是那种奴颜媚骨的人，但大司马是朝中重臣，威权赫赫，不便于直接违拗了他，只是去应付应付罢了。"郭宪又说："就算是这样，现在是授业时间，也该等下了课再去啊。"仲子就听从了郭宪的建议，一直到傍晚罢了学才去见王莽。王莽见仲子姗姗来迟，心里有点不高兴，但仍然装作没事的样子问仲子："先生为什么这么晚才到啊?"仲子就把学生郭宪的建议告诉了王莽。王莽心里暗暗称奇，觉得如此的胆识，绝非等闲之辈。其实，王莽这个人还是比较爱惜人才的，但有一条，必须得乐意为他所用。公元8年，野心勃勃的王莽终于篡夺了西汉政权，建立新朝。登上帝位的他更加大肆网罗天下有才能的士人学子。有些人迫于时势，投靠了新莽王朝；但也有一些节义之士，誓不出仕，郭宪便是其中之一。王莽曾派人去征拜他为郎中，并且还亲赐给他一套崭新的官服。哪知郭宪竟丝毫不为所动，相反，还把官服一把火给烧了，以示绝不与新莽王朝合作的决心，然后逃之夭夭，到东海之滨隐居去了。王莽见郭宪不识抬举，大为恼火，就下令缉拿郭宪，但始终没能找到他。

《洞冥记》又名《汉武帝别国洞冥记》或《汉武帝列国洞冥记》，恰如书名"列国"、"别国"的字眼所示，它的主要内容正是描写"远国遐方之事"，因此，关于异国的风土风物，特别是西域诸国的风土风物的传说就显得十分引人注目。这些异域奇观有些纯粹是凭空杜撰，恣情迂诞，有的也不乏事实基础，经过文学的虚构加工，完全神异化了，因而透射着瑰奇的艺术色彩。

郭宪为什么要写作《洞冥记》呢？据《洞冥记》一书的序言所载，身为道家方士的郭宪，对汉武帝当年的求仙活动很感兴趣，他认为武帝不光在政治上有雄才大略，英明盖世，而且就"洞心于道教"，"穷神仙之事"来说，在汉代的帝王中，也是"盛于群主"、出类拔萃的。于是便广为搜求与武帝有关的神仙怪异之说以及有关绝域遐方所贡珍奇异物的记载材料，编著成《洞冥记》一书，以弥补今籍旧史的缺陷，洞达神仙冥迹的奥秘。书名称"洞冥"，也就是这个意思。

《洞冥记》一书，内容上光怪陆离，丰富多彩，作者围绕着武帝，把种种奇花异草、珍禽怪兽、瑰宝美玉、亭台池阁以及神人仙女，都编织进迷离恍惚而又明丽真切的传说中，构成了一个美丽诱人的世界。

如写仙草，除了以奇丽的想象赋予它们以匪夷所思的性能，单是那些名称，听起来都颇富有诗情画意。诸如怀梦草、却睡草、蹑空草、冰谷素叶之瓜、洞冥草等等，让人惊叹它们的神奇之外，又有着无限美好的遐思。

再如写亭台池阁，是以武帝时的现实情况为依据的。武帝自知无法脱离尘世，去真正寻得世外仙土并寄身其中，为了寄托对神仙世界的无限向往与迷恋，便大兴土木，建筑了一系列仙阁池榭，企图以此来营造一个"人间仙境"。于是，腾光台、灵波殿、寿灵坛、神明台、望凤台、苍龙

阁、俯月台、影娥池等等相继于皇宫内外拔地而起，成了武帝暇时抒发神仙之思的必游之地。其中影娥池最为出名，《三辅黄图·未央宫》载："影娥池，武帝凿以玩月。其旁起望鹄台，以眺月影入池中，亦曰眺蟾台。"唐上官仪《咏雪应诏》诗："花明栖凤阁，珠散影娥池。"时称博洽。后代文人亦多引用入诗赋。

至于神人仙女，写得最为优美迷人的当数"丽娟"。丽娟乃武帝所幸宫人，年仅十四岁，"玉肤柔软，吹气胜兰，不欲衣缨拂之，恐体痕也。每歌，李延年和之于芝生殿，唱《回风》之曲，庭中花皆翻落。置丽娟于明离之帐，恐尘垢污其体也。帝常以衣带系丽娟之袂，闭于垂幕之中，恐随风而去也。丽娟以琥珀为佩，置衣裾里，不使人知，乃言骨节自鸣"。作者抓住人物的特点、本质，不求形似，但求神似，把一个能歌善舞、风姿绰约、备受宠爱怜惜的古代美人形象刻画得活灵活现，令人回味无穷。比起后世小说中美人的描写，毫不逊色。

《洞冥记》中的呹勒国，远离长安九千里左右，大概在现在的中南半岛或东南一带。因为所处的特殊地理位置，而被当时的汉人认为他们是生活在太阳以南的地方。呹勒国人身高七尺左右，长发垂地，肤色黝黑。国中多犀牛、大象等动物，因此，犀牛、大象及其所拉的车子就成为呹勒国的日常交通工具。呹勒国曾进贡给大汉朝四头满身花纹的犀牛，形状跟水牛差不多，但稀奇的是它的角，表面光滑透亮，把它放在黑暗处，还能现出一轮晶莹的光影。用它作为材料，加工成凉席，其花纹就像锦绣丝绸编织出来的那样美丽。呹勒国人还常常骑着大象潜入海底去探宝，累了就寄居在鲛人的家中。这鲛人，是一种人鱼（也有人说就是美人鱼），习惯于海底居住，据说珍珠就是由他们流出的眼泪化成的。他们和呹勒国比邻而处，一个海底，一个岸上，经常往来，关系挺好。呹勒国人时常能从鲛人那里得到馈赠的珍珠，而他们潜海探宝的时候，也会顺便捎带些犀角、象牙之类的特产给鲛人。根据呹勒国的地理位置，犀角、大象、珍珠的存在并不奇怪，但犀角的神奇、鲛人泪珠及乘象潜海的说法，明显经过了文学的夸饰和虚构，使异域风情更加浓郁迷人了。"鲛人泣珠"也是中国古代文学中最常见的典故之一。如李白为朋友由京师贬官江南写的一首诗："潮水还归海，流人却到吴。相逢问愁苦，泪尽日南珠。"就是通过对这一典故的运用，使诗意得以幻化和升华，既呼应了首句的"潮水还归海"，又带有点感天动地的情感浓度，同时还于沉痛处散发着几分飘逸。

作为武帝传说之一，《洞冥记》虽然屡屡被前人指为"怪诞不根之谈"，"荒诞不可诘"，但就小说的文学意义而言，奇异的想象和夸张虚构却恰恰是它的宝贵之处，是它在文学史、小说史上的价值所在。另外，《洞冥记》一书字句妍华，笔调流畅优美，在汉代的同类小说中，也是独树一帜的。

51. 西王母座下偷桃儿

xī wáng mǔ zuò xià tōu táo ér

历史上的东方朔，是汉武帝身边颇受宠幸的弄臣，因生性玩世不恭而常被呼为"狂人"，平时在武帝和群臣面前诙谐调笑，妙语解颐，所以又被《汉书》本传称做"滑稽之雄"。他博学多能，才貌出众，也是西汉有名的文学家。

东方朔的父亲张夷，字少平，娶一户姓田人家的女儿做老婆，生下了东方朔。才三天，父母就相继去世了。邻家一位妇女见小东方朔还在襁褓之中，就父母双亡，孤苦伶仃的，很可怜，就好心收养了他。当时抱他归来时，东方刚刚露出鱼肚白，天色蒙蒙亮，所以就以东方为姓，给他起了名字叫朔。朔，就是指天明之时（《庄子·逍遥游》："朝菌不知晦朔，蟪蛄不知春秋。"）。东方朔天赋神异，聪明过人。当时天下流传很多预言吉凶与祸福、测知将来世间事的谶纬秘谣，普通人大都看不出、听不出个所以然来，而年仅三岁的东方朔，却对此非常感兴趣，他不但耳闻目睹后再也不忘，而且还对那些神秘难测的文字含义了然于心，有所领悟。平时，小小年纪的他常常向着虚空指手画脚，嘴里还念念有词，也不知他到底在说些什么。养母以为是小孩子家闹着玩，所以并不过问。但有一天，东方

东方朔偷桃图。表现西汉名士东方朔从王母处偷得仙桃后，匆忙逃跑的情景。画中东方朔左手捧硕大仙桃，右手紧握书卷，一边疾步奔走，一边转头回望，其紧张与机敏之态栩栩如生。

朔却莫名其妙地不见了，村里村外，四下里都找遍了，也没有他的踪影。这可急坏了养母，自从收养这孩子后，自己一心一意地抚养他，疼爱他，虽非亲生，胜似亲生，如今一下子丢失不见，心中实是难过不已。大概过了一个来月，东方朔忽然又回来了。养母又是心疼，又是生气，于是就用小树枝打了他屁股一顿。可是没过多久，顽皮的小东方朔又失踪了，这一次竟去了整整一年才回来。在家中朝思暮想、日夜牵挂的养母，看着儿子笑嘻嘻地站在面前，大为惊怒，含泪训斥他道："你这不懂事的孩子，不声不响，一走就是一年，我成天在家里担心挂念，你知道吗？"东方朔听母亲如此训斥自己，也有点诧异，就跟母亲解释道："儿子途经紫泥海，那紫色的海水弄脏了我的衣服，我就到虞渊去洗了。我早上才从家里走的，中午就匆匆赶了回来，怎么您说是一年呢？"养母听他这么一说，更加生气。但看他一本正经的诚恳模样，不像在说谎，养母一时也弄不清到底是怎么回事，于是忍着气再问他："那你一路上都经过了哪些地方呢？"东方朔回答说："儿子在虞渊洗好了衣服，就到王公的住所都崇堂歇了一会儿。王公拿出丹霞之泉来给我吃，儿子贪食，吃得太饱了，差点被撑死，又喝了半碗玄天黄露，这才缓解过来。回来的路上，正好碰着一头老虎在路边打盹儿，我怕您在家担心、着急，就骑上老虎往家赶。谁知情急之下，把那家伙拍打痛了，它竟反咬一口，伤了我的脚。"养母听他说的竟都是传说中的神仙世界，有点半信半疑，等到扒开他的裤脚，发现脚踝上果真有块伤痕，还残留着血迹和老虎的牙印，心中就更加迷惑不定了。忽然想起他先前爱看谶纬以及常向空中独语的事来，就隐隐约约有点明白了："这孩子似乎不是尘世间人。"但看他一副顽童的可人模样，实在让人难以置信。于是撕了衣裙的一角，边给东方朔包扎伤口，边嗟叹不已。以后东方朔又多次离家出走，时间或长或短。有一次途中经过一棵形状怪异的枯朽老树，东方朔看了看，就解下腰上的布带挂在树上，只见布带随风飘舞，转眼间化做一条飞龙，摇头摆尾地飞去了。于是就把这块地方叫做布龙泽。又有一次，东方朔出游鸿蒙之泽，在白海边上，看见一位满头白发的神仙婆婆正在慢条斯理地采桑。一会儿，又有位满头黄发的老仙翁走了过来，他指着那婆婆跟东方朔说，那是他以前的妻子。原来这一对神仙翁婆，就是东方朔在凡间的亲生父母，他们把木星之精的东方朔降生人世后，就双双亡去，重归天界了。老翁还跟东方朔说他绝食吞气已有九千多年了，眼中瞳仁泛着青色的光，能看见幽隐之物。他三千年一次脱骨洗髓，二千年一次褪换毛发，如今已经洗髓三次，换毛五次了。

　　东方朔成年后，有机会来到了武帝身边。他虽然很受武帝的宠幸，但武帝并不知道他的底细。只因为东方朔博闻多识，所以喜好神仙方术的武帝才常常向他询问一些异域怪事。直到有一天，东郡的某个地方，发现了一个长仅七寸的小矮人，东郡人把小矮人献给武帝。武帝见矮人虽然微小，却衣冠齐整，吐辞清晰，猜想是山精之类，于是请来东方朔细细询问。东方朔果然认得矮人，并且还颇为诧异地叫着矮人的名字问："巨灵，你怎么一个人偷偷跑出来了，王母她老人家呢？"矮人并不回答东方朔的问话，反而指着他跟武帝说："王母曾种下蟠桃树，精心培养，三千年才结一次果。哪料此儿品行不端，竟偷吃了三次，触怒王母，才被贬谪到这里来了。"武帝听了大为吃惊，始知东方朔并非世间人物。

东方朔虽然偷吃了仙桃，但只是出于顽皮任性，王母对他还是比较理解的。王母与武帝相会的时候，武帝提起这事，王母手指东方朔笑着跟武帝说："此儿天性不安分，喜好恶作剧，无所顾忌，所以我罚他久居人世历练历练。但他本性并不恶劣，希望陛下好好待他。"王母这个评价，不光适合传说中的神仙东方朔，就是对历史上真实的东方朔，也是蛮适合的。

关于东方朔的死，传说他是岁星（即木星）托生，他的死被说成是木星归位，或者说是他在人间的贬谪期到，重返天庭了。东方朔死的那天，正好王母的使者来到。武帝舍不得东方朔离去，很是伤心，使者就安慰他道："朔是木星之精，下游人世，以观天下兴衰灾福的，原本并不是陛下的臣子啊！"但武帝还是厚葬了东方朔。

总之，在有关东方朔的小说和传闻中，有其真名而无其真事，东方朔这个历史人物已经摆脱了他现实中弄臣的身份、地位。通过文学性的虚构，他由现实世界走向艺术世界，完全成了一个生就仙骨、长就仙肉、往来于人间天上、任性逍遥的可亲可爱的神仙使者的形象。这一形象特征及有关的情节、艺术手法对后世小说，如《西游记》的创作有一定影响。孙悟空的一个筋斗十万八千里，偷吃王母娘娘蟠桃，以及被罚做唐僧弟子护送西天取经等描述，似乎都有传说中东方朔的某些影子。

52. 《越绝书》的作者之谜
yuè jué shū de zuò zhě zhī mí

《越绝书》的作者是谁，至今仍有许多疑问，但《越绝书》的确是一部珍贵的杂史故事类的书，是我国古代文化宝藏中的一块瑰宝。

《越绝书》记录了吴越两国的历史，从这一点来看，可以说是我国继《战国策》、《国语》之后最早的国别史或地方志。原有二十五篇，现存十九篇，第一篇和最末一篇相当于此书的序言和跋语，所以真正记录吴越历史的现在仅存十七篇。此书没有注明作者，而是在首篇《外传本事》和末篇《越绝篇叙外传记》中为我们设了有趣的谜，历代的人们都猜过这个谜，今天让我们也来探讨一下。

有人推断，《越绝书》为袁康所撰，可遭逢西汉末年东汉初年的战乱，未能完成全书，吴平是"后生"，继续袁康的工作，最后写成本书，并在书的结尾感叹、怀念袁康。

作者之谜到此似乎很容易就破译了，但事实却远非如此。袁康和吴平只是此书的最后删订者。最初的作者是谁，连设谜者都不能确定，首篇中说："《越绝》谁所作？吴越贤者所作也。"下文推测是子贡所作，又一说为伍子胥所作，莫衷一是。但可以肯定的是，首末两篇确为最终删订此书的袁康、吴平所作。那么剩下的十七篇为谁所作？仍是一个谜。

《越绝书》详细记录了吴越两国的王都规模、宫室格局，以及古迹、风土等事物。除了为我们留下研究吴越两地历史文化发展的宝贵资料外，同时也给我们留下了很高的叙事艺术的成功经验。如《荆平王内传》写子胥复仇之事，《内经·陈成恒》写子贡为保全鲁国而游说齐、吴、越、晋四国之事，都是极精彩的故事。如《内经·陈成恒》一篇，写了子贡游说四国的全过程。起初，齐国兵临鲁国，孔子忧虑鲁亡，颜渊和子路先后要求出使各国求援解困，孔子不同意，最后子贡请求出使，孔子欣然应允，表现了孔子的知人善任。子贡先到齐军营中见到齐相陈成恒，抓住他自私贪婪、欲谋取齐国政权的野心，说服他放弃鲁国转而攻打吴国；为了给陈成恒找一个撤兵的理由，子贡又去游说好大喜功、目空一切而又贪婪成性的吴王夫差，劝他伐齐救鲁；为了使吴王放心出兵，不再提防越国，子贡又去游说越王勾践，利用他极欲复仇的心理，建议他先不要显露伐吴之心，假装顺承吴国，派兵助吴伐齐，借以麻痹吴王并消耗吴国的力量，为了完成这个连环计的最后一环，子贡又跑到晋国，对晋国国君说吴齐交战，强吴必胜，将来一定会乘胜攻晋。晋君非常惊恐，赴忙加紧备战。

战争的结果是吴伐齐得胜后，果然贪恋晋国的土地，与晋军作战，因晋国早有防备，吴军大败，越王勾践此时乘机攻吴，战胜吴军，杀死了夫差，一跃成为霸主，而鲁国虽弱小，却保全完好。

《越绝书》外传有一篇《吴王占梦》，便是一个以梦占兴亡的故事。故事的情节是这样的：

吴王夫差时，吴国百姓众多，五谷丰登，武器先进，百姓也熟悉战事，极有争霸的实力。一日，吴王夫差在姑苏台昼卧休息，睡梦中走进了章明宫。进宫后看见用以蒸饭的两只鬲只是被火烧着冒气，里面什么也没有；两条大黑狗忽而向南，忽而向北狂吠；宫墙边立有两把农夫用来耕地的铧；又见殿外大水漫过宫墙；宫前园中有条横索，上面长出桐树的枝叶；而宫后的房中有铁匠手拿铁钳正在鼓风吹火。

梦中这些奇怪的东西使夫差担心有什么不祥之兆，于是便把太宰嚭叫来，问他是凶是吉。太宰是个佞臣，只知讨好吴王，便解释说："大王的这个梦太好了，章明宫的名称'章明'预示着伐齐将会得胜，功显天下；两只鬲光烧火不煮饭表明大王气息旺盛；两条黑狗南北狂吠说明四方都已归顺；两把铁铧靠在宫内墙上，则表明君王亲近农民，拥有百姓；看见流水很大，漫过宫墙，说明四方贡献的财物已到，富足有余；横索上长出桐树是吹奏乐器的技艺高明；后园铁匠手持铁钳鼓风吹火，象征宫女正在奏乐。"吴王听后，觉得有点道理，心情舒畅多了，为此赏给太宰嚭四十匹丝绢。

可是，嚭所说的只是他一个人的看法，吴王夫差心里还是有点儿不踏实，于是又按王孙骆的提议去召吴国最会占卜的公孙圣前来占梦，公孙圣听到要让他去姑苏台为吴王占梦，马上伏于地上，悲泣不已。他的妻子把他扶起来，说："谁像你，胆子这么小！一直想见吴王，现在终于有机会了，却吓得在那儿哭个不停！"公孙圣仰天长叹一声："唉，这本来不是你所能知道的，今天壬午，这个时辰去南方，对我不利，我的性命就交付给上天了，这是无法逃脱的。我哭泣是因为我不能再爱惜自己的性命了。可悲的是吴王只喜爱听奉承话，因此占卜之道不会再有效力，我前去直言谏说，必遭杀害，决无功劳。"临走前公孙圣紧握妻子的手臂，泪如雨下，叮嘱她要"努力加餐饭"，多多保重。就此诀别，到了姑苏台。

夫差为了得到确切的结论，他嘱咐公孙圣不管凶吉，都要实话实说。

公孙圣于是坦率地说："可悲啊，喜爱驾船的人容易溺水，喜爱骑马的人常常坠地，都是因其所好而遭殃，阿谀之风盛行，占卜之道还能有什么用？我伏地而泣，悲叹大王不听直言切谏，必将遭祸。'章'表明出征不利，惊慌失措地逃跑；'明'是说要丧失清醒的头脑。两只鬲烧火不蒸食物，是指大王将吃不到火煮的食物。两只黑狗南北狂吠，是预示君王死后灵魂迷乱，不知所往。看见两把铁铧靠在宫墙上，预示越人攻入吴国，破坏吴国的宗庙，掘毁吴国的社稷台。看见水漫过宫墙，是预示大王的王宫要空虚荒芜了。横索上竟长出桐树来，而桐木是不能制作日常用具的，只能用来造木俑与死人一起安葬。房后铁匠鼓风吹火，是表示叹息之意。这些梦兆告诉大王，不应亲自出征齐国，只要派大臣们去就行了。"夫差一听完，脸色就变阴沉了，他恼怒万分，恨公孙圣说这些不吉之言，决心惩罚公孙圣，让他先尝一尝死亡的滋味，于是命大力士石番用铁杖把公孙圣活活打死。公孙圣在临死时仰天叹道："上天知道我冤枉吗？我直言劝谏，无功反遭杀害，家人不要安葬我，把我扔到山里，我要化成声响来验正我的忠直！"夫差就命人把公孙圣的尸体扔到了秦余杭山中，还说："让虎狼吃你的肉，野火烧你的骨，东风吹来，把你的骨灰都吹散，看你还能变出什么声响！"

后来夫差出兵伐齐，取胜后又贪恋晋国土地，与晋交战，结果大败，张皇逃回吴国，正好路过秦余杭山。饥不择食，只能取河水就着稻谷充饥。吴王夫差进食时，突然想起了公孙圣的预言，自己果然吃不到火煮的食物，就让嚭到山中呼喊公孙圣，看公孙圣生前所言能否应验。结果是呼了三声，响应了三声。夫差这时才感到恐怖，双脚像烂掉了一样迈不开步子，面如死灰，他对天哀求道："公孙圣啊！如果你能保佑我重振基业，我一定世世代代真诚供奉你的亡灵！"然而一切都晚了，话音未落，就已听到越国军队围杀而来。夫差被俘后，范蠡指着他的鼻子陈述他的五大罪状：枉杀忠臣伍子胥；又杀直谏的公孙圣；无故伐齐；侮辱越王勾践；宠信奸佞嚭。陈述完毕，与勾践一起逼夫差自杀。夫差羞于见地下的伍子胥和公孙圣，请求蒙上眼睛去死，于是越王勾践解下身上的绶带，蒙住吴王

夫差的眼睛，夫差伏剑自杀了。

总之，《越绝书》以记录吴越争霸为核心，内容涵盖了吴越两国的全部历史，涉及了吴越政治、经济、军事、文化以及风土等诸多方面的史实。从文体上看，原有部分是先秦历史散文，又经过汉代袁康、吴平的增补和删定，部分篇目具有汉代文章的特征，也有据史料和传说新撰的历史故事。文风虽不统一，但各领风骚，俱为佳作。通过紧张曲折的情节，生动风趣的人物对话，来表现人物性格、人物心理。把子贡富有智慧和胸有成竹，陈成恒的贪婪自私，越王勾践的谦虚谨慎、心怀隐忍，晋君的忧恐表现得活灵活现，使人物形象特征格外的分明。在语言风格上，保持着先秦后期散文言简意赅、凝练明快的特点。全文重点放在记叙子贡的游说活动上，而将战争的过程只用简要的文字一带而过，详略得当，突出表现了春秋末年吴越争霸，互相牵制、相互抗衡的复杂形势。鲁国虽弱，但有子贡这样的智谋之士，胜过雄兵百万，仅凭一如簧之舌，不费一兵一卒，就化险为夷。这一切经过通过作者富有表现力的笔触，生动地展现在我们的面前。

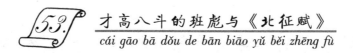

53. 才高八斗的班彪与《北征赋》
cái gāo bā dǒu de bān biāo yǔ běi zhēng fù

汉赋发展到东汉，在原有的大赋基础上，又出新格。

班彪（3—54年），字叔皮，扶风安陵（今陕西咸阳市东北）人。他生逢王莽之败与光武帝初兴，仕途艰难波折。二十多岁的时候，逢王莽之乱，为避战乱他流亡到天水投奔隗嚣，却因彼此政见不同不得不再次流亡河西，投奔河西大将军窦融，受到窦融的重用和厚待。光武帝刘秀素闻班彪的才华，就召见了他，并准备任命他做临淮郡的徐县令，但班彪却因病未能赴任。后为司徒肃况府属官，位终望都长。

班彪为人才高并且喜欢述作，潜心于史籍之间，采集前史遗事，傍贯异闻，作《史记后传》数十篇，为后来班固著录《汉书》奠定了基础。他的赋作流传至今的有《北征赋》、《览海赋》和《冀州赋》、《悼骚赋》等，其中唯有《北征赋》最完整，后两篇皆为残篇。

《北征赋》是一篇纪行述怀的纪行赋。这种记述所历之地以兴感的作法，较早、较成功的见诸于屈原《楚辞》中的《涉江》、《哀郢》等篇，西汉刘歆创作《遂初赋》，进一步拓展了这种表现形式的内涵，提高了其表现力。班彪的《北征赋》，借鉴前代的同类成果，又独出新意，开一代纪行赋之先河，在赋史上具有重要意义。后来班昭的《东征赋》、蔡邕的《述行赋》，皆源出此例。

该赋是班彪于王莽败亡、光武未兴之际，从长安到天水避难，途经安定郡治所（在今宁夏固原县）时所作。赋中所记，即他从长安出发，抵达天水的经历。作为纪行赋，其述怀的前提是所历之地、所见之物，这是作者兴发感慨的基础，也是全篇赋作感情波澜的线索。

作品开篇即点明自己被迫北征的原因："遭世之颠覆。"表明作者身逢乱世，仕途阻塞而无出路，旧有的宫殿已经颓败，到处是废墟和瓦砾，于是作者只有匆匆北征、远游。由此为全篇奠定了悲凉、激愤的基调。

接着便详细记述北征途中所见所感，并进而生发出吊古伤今的无限幽思。早晨从长安出发，晚上到达瓠谷的玄宫，在经过玉门关时，作者回身眺望，只见甘泉宫内的通天台高耸入云；在郇、邠之邑乡休息的时候，又追忆并仰慕起周朝先祖公刘的遗德，想起他"行苇之不伤"的德政，不由慨叹周朝时连路边的苇竹草木都受到爱惜和庇护，而自己却因遭遇乱世而只得北征远游，表现了作者对圣主贤君及昌明政治的向往，也委婉地表达了对现实政治的否定。

离开郇、邠，到达义染的旧有城邑，作者既痛恨义染戎王的淫乱狡猾，又鄙视秦宣太后的失贞秽节，却极力称赞秦昭王的兴兵讨贼之大义，褒贬强烈，爱憎分明。当来到故乡泥阳时，见祖庙不得修葺而极为悲伤。作者不为世所重，又逢远徙，前途未卜，怎能不感慨万千？此刻，个人的遭际与时世的祸乱，令他慨然长叹，表现出深深的不平，抒情色彩浓烈。

路过安定郡的时候，作者放慢了速度，沿着长城走向远方，在这凝结了过多是非的长城脚下，"剧蒙公之疲民兮，为强秦乎筑怨。舍高亥之切忧兮，事蛮狄之辽患。不耀德以绥远兮，顾厚固而缮藩"，批评蒙恬只顾修长城，却忽略了赵高胡亥这切近的隐患，不发扬仁政教化的功德来使异族归服，反而去专意修建坚固的城墙，体现了他主张以德化边，反对以武御边的政治远见。所以他又登上障隧亭，望着朝那塞，不由想起近代帝王的仁德及其业绩，唤起了他的无限崇敬之情。汉文帝以宽容忍让的坦荡胸怀，谦恭礼让，以德报怨，使匈奴归服，令自立为帝的越王主动臣服；以几杖赐给藩国吴王，成功地阻止了吴王刘濞叛逆的企图。可见，班彪在这里赞颂和向往的，是圣明的治世和仁德绥远的政策，反对穷兵黩武的暴政，这在当时是有积极意义的。

最后，作者将视线从遥远的思古，又回归到满目凄凉的现实，表现出对人民的深切同情和忧国忧民的情怀。他"观高平"而"望山谷"，只见到处是破败凋敝的景象；旷野萧疏苍莽，寥廓千里却无人烟，只有狂风四起，谷水扬波，迷雾飞腾，积雪皑皑。同时群雁悲鸣，群鸡乱啼，前程迷茫的游子面对此情此景，不由"心怆恨以伤怀。抚长剑而慨息兮，泣涟落而沾衣。揽余涕以于邑兮，哀生民之多故。"流露出作者同情人民疾苦的忧国情怀。

文末的"乱辞"，是作者卒章显志的小结，尤为可贵的是作者能够超拔出前面所渲染的悲凉情绪，别出新意：写出自己"游艺文兮，乐以忘忧"的达观。虽然着墨不多，却较为清晰地展现出一个乱世清醒者，一个不肯屈从流俗的封建文人的形象。它与前面的叹时伤怀互相补充，较为完整地揭示出作者丰富的内心世界，具有感人至深的艺术效果。

《北征赋》由时乱写起，历观边境兴感，吊古伤今，尽管语言婉转，却又处处与时乱相合，并且写景抒情，皆自然流露，毫无造作之嫌，使整篇文章读来文势流畅，含意隽永。作为开纪行赋先河的作品，它对后世有着深远的影响，如前文所述的班昭《东征赋》、蔡邕《述行赋》，都受它的影响，及至魏晋以后，则随着骈文与文赋的出现，纪行赋又转而成为游记文学的先声，如谢灵运的山水游记和唐宋之后的游记散文等，皆可溯源至此。

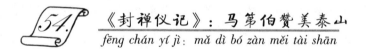

54. 《封禅仪记》：马第伯赞美泰山

fēng chán yí jì：mǎ dì bó zàn měi tài shān

　　矗立在齐鲁大地之上的泰山，确实具有一种仰之而服其威严，攀之而叹其雄伟的气势。只要你走近它的身边，就不由不惊叹，大自然竟会造化出如此的奇观绝景，正如杜甫的《望岳》一诗所写："岱宗夫如何，齐鲁青未了。造化钟神秀，阴阳割昏晓。荡胸生层云，决眦入归鸟。会当凌绝顶，一览众山小。"其实，曾吟咏过泰山美景并最早将泰山之美述诸笔端的，当首推东汉初年的马第伯了。

　　建武三十二年（56 年），光武帝刘秀封泰山，马第伯作为随员一同前往，为记录这次封禅活动写了《封禅仪记》。可是马第伯的《封禅仪记》同以往封禅记文不同。与其说它是篇封禅记，还不如说它是一篇游记更合适。文章中将泰山的雄险和奇丽生动地描述出来，在汉代众多的散文中，此篇游记可谓独树一帜。可惜此文未能完整保存下来，不过，从现存的一些片断中，我们还是可以领略到这篇最早的泰山游记的艺术魅力的。

　　在叙述登泰山的过程中，马第伯生动地描写了泰山的雄伟和险峻。早晨出发，骑马上山，然而遇到陡峭的山路，马便难以驮人，人只好走一段骑一段，然而这还不算艰难，到达中观（回马岭）时，马再也上不去了，此时已走了二十里，由此向南望去，所有的景物一览无余，但从此处向天关（中天门）仰望，却有如从山谷中看绝顶高峰，直上浮云。再看那险峻程度，石壁幽昏，好像没有上山的路径。那些向上攀登的行人，作者一开始还以为是白石或片片冰雪，看久了，见白色在移动，一会儿就穿过了一片树林，于是才看清楚那是人。

　　文中运用映衬手法描写泰山的高险，从中观南望已是极目远眺，众山皆小了，但从此处仰望天关峰，还犹如站在谷底。对通往山顶的道路和路上行人的生动细致描写，更突出了泰山的巍峨险峻。接下来，作者通过描述自己登山之艰难，继续叙写泰山的高峻，同时夹有风景描绘，使情景交融，引人入胜。山路极难攀登，走一会儿就累倒了，四肢展开僵卧在大石头上，好大功夫才缓过劲来，靠喝点酒、吃点东西长了些力气，相互搀扶着再次上路了。虽然累，但沿途俱是美景，处处有山泉，流水淙淙，在阳光下亮晶晶地闪烁着。到了天关，自以为到顶了，问道中的行人，他们说还有十多里才能到天门（南天门）。行文跌宕，手笔绝妙。接下来所写的登山道路更加险峻了，沿着山腰上升的路，宽的地方八九尺，窄的地方仅五六尺。抬头看那些岩石上的松树，郁郁苍苍，如长在云中一般。俯视山涧溪流则幽深昏暗，只能隐约见到。终于攀到南天门下，仰视南天门，如同洞中看天一样，还有七里路呢，是一条逶迤而上的羊肠小路，名叫环道（十八盘），设有绳索供人抓着攀登。前面的那段路比起这段来，根本是无艰险可言了。作者被两名侍从前拖后推，扶持而上，后人只见前人鞋底，前人只见后人头顶，像画中一样，重重垒叠。这就是人们说的以手攀岩，胸摩石壁的上天门。刚登上此道，走十多步歇一歇。渐渐疲惫不堪，口干舌燥，只能走五六步，就得歇下来，歇时跌跌撞撞地倒地便坐，不管坐下的地方是潮还是湿，一旦坐下，即使面前就是干燥之地，也只能眼巴巴看着，两脚根本不听使唤，一步也挪动不了。早晨出发，直到下午四五点才到山顶。

这段行文更加波澜起伏，可谓"意翻空而益奇"。从最初出发时的骑马上山，骑骑走走，到徒步攀登，尚且"殊不可上"，再到"复勉强相将行"，最后只能"两从者扶掖"。而劳累程度也从"四布僵卧石上"逐步转变为"蹀蹀据顿，地不避湿暗"。在描写泰山之高时，从中观即可"南向极望无不睹"。然而此处望天关却有如望云中一般，等到了天关，根本没有到顶峰，"问道中人，言尚十余里"，而要到天门之下，尚有七里最艰难的路。文章层层深入，愈写愈艰，愈写愈奇，把登山之苦乐表现得淋漓尽致。对景物的描写，则更为传神，完全把读者带入了泉流淙淙，山路回转，苍松奇石相掩映，行人奋力攀登于其间的神奇美景中，令人流连忘返。接下来作者描绘了泰山众多名胜古迹，饶有兴味。

泰山东面的山峰叫日观峰，是块高三丈余的巨石，鸡叫时从此峰便可最早看见日出，从此峰极目远望，还能看到秦地的长安，吴地的会稽山，周地的嵩山；黄河本来距泰山二百里，但从日观峰望去，犹如一条衣带盘绕在泰山脚下。东山南坡有座庙，院里都是柏树，有数千株，大的有十五六围粗，相传是汉武帝所栽。小天门还有秦始皇封的五大夫松树，南有神泉，泉水十分清冽甘美。

作者描绘完登山旅途后，颇有情趣地描述了日观峰观日出，为了言其高，称从日观峰可遥望见长安、会稽山、嵩山，看黄河也犹如在泰山脚下，这显然是夸张，但不使人觉得荒诞，反更引起人们对登泰山的神往。所记武帝之柏、始皇之松及甘美神泉之事，更是妙趣横生，不禁使人想一睹、一尝为快。

马第伯的泰山之行把泰山的峻美活脱脱地留在文中，传至今日。更为可贵的是，这篇《封禅仪记》是我国最早的写山川风景的游记散文。清代王太岳评价它：“幽夐廉削，时若不及柳氏，而宽博雅逸，自然奇妙，柳氏之文盖犹有不至焉。”柳宗元的“永州八记”是山水散文的典范，然而和《封禅仪记》相比，确是各有千秋，难分雌雄。

55. 文学批评家王充的一生
wén xué pī píng jiā wáng chōng de yī shēng

王充（27—约97年），字仲任，会稽上虞（今属浙江）人，东汉前期杰出的思想家。他的先辈由魏郡元城（今河北大名东）迁徙到上虞。王充从小就没了父亲，长大之后到京师，在太学学习，拜班彪为师。他喜欢博览群书又不死守章句之学。由于家中贫苦，没有藏书，所以常常到洛阳书肆阅读书商所卖的书籍。因为他博闻强记，过目成诵，便很快通晓了诸子百家之学。后来，回到家乡隐居，以教授学生为业。他曾经在郡中任功曹，但因为多次劝谏，违逆长官的意志而被罢免。

王充喜欢议论。人们刚听他议论的时候，都感到很奇异，但最后推导出的结论，却有理有据让人信服。他认为庸俗儒生恪守经书上的文辞，使

王充像

经书上的文辞在他们那里已经完全失去了精髓和真谛。因为有了这样的见解，王充便有意地隔绝自己与那些迂腐儒生之间的往来。自己闭门深思，谢绝参与喜庆吊唁之类的礼仪。他在家中的门、窗、墙壁各处放置刀、笔，以便能随时记下自己的思想。曾经写了《论衡》八十五篇，共三十卷，解释事物的异同，匡正时俗的疑惑。

刺史董勤征召王充为从事，转任治中，自己免官回家，同郡的朋友谢夷吾上书举荐王充才学，章帝特别下诏用公车征召，这是因为王充当时正在病中没有到任。年近七十岁的时候，因精力不支，便著述了《养性书》十六篇，总结了节制嗜好欲望、养神自守之类的经验。永元（89—105 年）年间王充在家中病逝。

王充是东汉杰出的唯物主义思想家和无神论者。在《论衡》中，他以朴素的唯物主义的观点，批判了当时统治阶级所提倡的天道神权宗教迷信。从唯物主义精神出发，作者也对当时以辞赋为主的"华而不实"、"伪而不真"的文风进行了尖锐的批判，并写下了诸如《艺增》、《超奇》、《佚文》、《案书》、《对作》、《自纪》等许多文章，对我国古代文艺思想的发展产生了很大影响。

56. 神童大儒班固与《汉书》
shén tóng dà rú bān gù yǔ hàn shū

班固（32—92 年），字孟坚，其七世祖班壹在秦末因躲避战乱，由晋、代地区迁往楼烦（今山西宁武），六世祖班孺与其前辈一样，也是边地著名的豪强。五世祖班长，官至上谷太守。高祖班回是名秀才，东汉人因避光武帝刘秀讳，称秀才为茂才，班回曾做过长子县令。曾祖班况，因考课连得第一，成帝时为越骑校尉。班况有一个女儿很有文才，成帝时被选入宫立为婕妤，她现存的作品有《自悼赋》、《捣素赋》、《怨歌行》。《怨歌行》也称《团扇歌》，抒发了班婕妤在皇宫中孤寂苦闷的心情。然而班氏却因她而显贵起来，家族也从楼烦迁于扶风安陵（今陕西咸阳东北）。班固的大伯祖班伯，以精通《诗》、《书》而闻名，官至水衡都尉、侍中。二伯祖班斿也博学多才，官至谏大夫右曹中郎将。祖父班稚，哀帝时官至广平太守，名震一时。平帝时，王莽专权，班稚急流勇退，辞掉太守位，只做了个延陵园郎。父班彪与堂伯父班嗣都是西汉末东汉初著名的儒学大师，著名学者扬雄、王充都曾亲自登门向其求学。光武帝时，班彪官至望都（今河北保定）长，晚年因病免职，

图为汉书书影。班固编撰的《汉书》是我国第一部纪传体断代史，是继《史记》之后出现的又一部史传文学典范之作，因此，历史上人们经常把班固和司马迁并列，把《汉书》和《史记》对举。

开始专力研究史籍，从事著述。班固生在这样一个世代富裕的书香人家，思想上肯定受到重大的影响，特别是他的父亲班彪，不仅是他学业上的良师，而且也是他著述事业的领路人。

在家庭浓厚的文化氛围的熏陶下，班固自幼勤奋好学，九岁时就能赋诗做文章，十六岁入洛阳太学，在那里一学就是七八年，不仅诵读儒家经典，对其他诸子百家之书也广为研习探讨，为他将来治史著述奠定了渊博的理论基础。班固二十三岁时父亲班彪去世，他便离开太学回到扶风为父亲守丧，决心继承父志，完成父亲未竟的著史事业，开始着手整理父亲遗留的《史记后传》。班固二十六岁时，东平王刘苍以皇帝亲弟弟的身份为太傅，主持朝政，班固入刘苍幕府任职，并开始了《汉书》的编撰。明帝永平五年（62年）刘苍离朝归藩，班固也因私自作国史而被人告发，地方官怀疑他与伪造图谶有关，于是将班固逮捕，送往京城狱中。班固的弟弟班超怕班固在狱中难以自明，便亲自赶到洛阳上书明帝，为兄班固申辩。

此时郡守也把班固的书稿送至京城，明帝看后很赏识班固的才华，就召他到校书部，任命他为兰台令史，他受命与陈宗、尹敏、孟异合撰《世祖本纪》。次年，班固升为郎，又奉诏撰东汉开国功臣、平林、新市、公孙述等列传、载记二十八篇，这些著述后来成了《东观汉记》的一部分。这几项编写任务完成后，班固便奉明帝之命，集中精力来继续完成他的《汉书》。

图为班固画像。班固的文学成就是多方面的，他在诗、赋、史传文学等方面都有重要贡献。

班固充分吸收《史记》纪传体的成果，秉承其父班彪完成汉史的宗旨，远受三代典籍的启示，近参《史记后传》六十五篇及其他人续补的汉史，历经二十多年，"究西都之首末，穷刘氏之废兴，包举一代，撰成一书，言皆精练，事甚该密，故学者寻讨，易为其功，自尔迄今，无改斯道"（刘知几《史通·六家》）。这部书，就是我国第一部纪传体断代史——《汉书》。

章帝建初三年（78 年）班固升为玄武司马，是守卫玄武门郎官中的下级官吏，但章帝也很赏识班固的才能，常召班固入宫侍读，有时还要班固作赋颂，参与议政。第二年，章帝召集当代名儒在洛阳北宫白虎观讨论五经异同，班固以史官的身份兼任记录，并奉命负责整理这次讨论的情况，撰成《白虎通德论》，又称"白虎通义"。会议进一步肯定了"三纲六纪"，把儒家经典宗教化、神学化，使封建伦理纲常更加系统化，并把《白虎通德论》作为官方钦定的经典刊布于世，成为封建统治阶级的一部法典。

和帝永元元年（89年）皇舅车骑大将军窦宪出征北匈奴，班固担任他的中护军随军出征。班固与窦宪本有世交之谊，现在成为窦宪的幕僚，二人关系更为亲密。窦宪率领军队，长驱直入，大败北单于，兴致勃勃登上燕然山（今蒙古杭爱山），要将这次北伐的功劳刻在石上永作纪念，班固便写了有名的《封燕然山铭》。

永元四年（92年），窦宪因擅权先免职，后被和帝所迫而自杀。班固也因为与窦宪关系密切而免掉了官职。在此之前，洛阳令种兢曾受过班固家奴的侮辱，现在班固倒了霉，种兢就乘机报复，随便罗织个罪名就将班固逮捕入狱，班固不久冤死于狱中，死时年六十一岁。

班固死时，他所著的《汉书》除八表及《天文志》遗稿散乱，没有完成外，其余已全部写就。和帝于是又命班固妹班昭来补作，班昭只完成了八表，和帝又命马融兄马续来续补《天文志》，从班固到马续，前后经历数十年，《汉书》才算最后告成。

刘向、冯商、扬雄乃至班彪，都是缀集史实来续补《史记》，谁也没有想到要写一部完备的汉代史。到了班固的时候，各种条件具备了，他有意识地要写一部汉代历史的著作，汉武帝前的汉史资料，主要来自《史记》，武帝之后的汉史记载，以班彪《史记后传》及其他诸家的续补为蓝本，又缀集了大量的新资料。《汉书》虽说由班固二十多年来勤奋写成，但其父班彪、其妹班昭、同郡人马续的功劳不可磨灭，甚至司马迁、褚少孙、冯商、扬雄等人的作用也不可抹杀，如果没有这些人的辛勤著述，《汉书》的成书是不可能的。要写出一部有价值的传世之作是很不容易的，《汉书》不仅是班氏两代人心血的结晶，更是中华民族文化长期积累、发展的结果。

《汉书》的体例主要依仿《史记》，略有变更，改书为志，取消了世家。《汉书》资料丰富详实、审核整齐，全书共一百篇，帝纪十二篇，记载从汉高祖刘邦到汉平帝刘衍的编年大事。表八篇，分别谱列王侯世系、

记录官制演变，以圣、仁、智、愚等九级排列历史人物。志十篇，由《史记》八书扩充而成，是贯通古今政治制度、经济、文化的专史。列传七十篇，是从陈胜到王莽不同社会阶层、各种类型重要人物的传记，也包括汉代边疆一些少数民族甚至部分邻国重要人物的传记，这是《汉书》的主体部分。全书以纪、传为中心，各部分互相联系、互相补充，全面地反映了西汉王朝的历史。

《汉书》是我国第一部纪、表、志、传各体例完备的断代史，成为我国后世纪传体断代史的权舆与准绳，现存的所谓二十五史，基本都是沿用《汉书》的体例，在中国史学上有巨大的贡献。尤其是它的十志，对古今政治、经济、文化都作了详细的记载，扩大了历史研究的领域，使书志体成为正史不可缺少的重要组成部分，并直接推动了后世通典、通志、通考等典章文物专著的产生。《汉书》纪、传的文学性虽不如《史记》，但它是继《史记》之后一部杰出的传记文学作品，在文学史上有着重要的地位与影响。

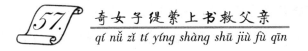

57. 奇女子缇萦上书救父亲
qí nǚ zǐ tí yíng shàng shū jiù fù qīn

西汉时，临淄（今山东淄博市临淄区）有一位著名的医学家叫淳于意，早年做过齐国管理都城粮食的官吏——太仓令，所以人们又称他为仓公。淳于意本是个读书人，又喜欢医学，在做太仓令时就利用闲暇时间为周围的人号脉治病。由于他性格耿直，不会阿谀奉承上司，一直得不到重用，后来他干脆辞去了太仓令的职务，索性当起医生来。淳于意的医术非常高明，能预先决断病人的生死，病人吃了他的药，没有不痊愈的。因此，来找他看病的人络绎不绝。

汉文帝四年（公元前176年），一个很有权势的大商人的妻子得了病，前来请淳于意去医治。淳于意一见病人就摇头，向大商人说："您的妻子患了绝症，药物是无济于事了。"大商人认为淳于意故意夸大病情，借此多索要医疗费用，于是拿出很多的钱来，一定要淳于意给治疗下药。淳于意推辞不过，就开了药。那位病人吃了淳于意药方上的药以后，仍不见好转，过了几天就死去了。大商人以为这是淳于意误诊所致，写状子向当地官府告发淳于意借医杀人。当地的官府素与这位大商人有来往，接到状子后，也不作认真调查，就认定是淳于意下错了药，犯了人命案子，判他为肉刑，并押送他去京都长安受刑。当时汉朝实行的肉刑共有三种，一种是黥面，即在脸上刻字；二是劓鼻，即割掉鼻子；三是刖足，即截去左脚或右脚。不论哪种肉刑，对于一个受刑的人来说，等于毁了他的一生。

淳于意没有儿子，只有五个女儿。在押往长安的那一天，全家人都去送淳于意，那五个女儿个个都泪流满面，身负刑枷的淳于意听了她们悲切的哭声，心中更是悲痛，他想劝她们，但又一时不知该说什么为好，长长地叹了一口气说："哭管什么用？如果生个男孩，或许一旦遇到危难还有个帮手，你们这些女孩子，到了紧急关头只懂得哭！"他的小女儿淳于缇萦被父亲的话深深地刺痛了心，她想，女儿也是个人，为什么偏偏没有用呢？于是决心随父前行，一定想办法解救父亲。父亲见缇萦决意要去，从临淄到长安，长途跋涉有许多不便，才后悔自己刚才说的几句话，家人也再三劝阻缇萦不要去，但缇萦决心已下，谁也拦不住。

到了长安城，她就上书给皇帝，汉文帝拿来一看，那奏章上写的大致是：我的父亲淳于意曾是朝廷的官吏，在他任职期间，齐地的人们都称赞他廉洁公正。现在因为犯了罪，按法要处以肉刑。我不仅为我父亲难过，也为天下所有受刑的人难过。常言道：人死了不能再复活，身体肢解了不能再安上。即使他们想改过重新做人，也没有机会和办法了。我情愿被充做官婢来抵赎父亲的罪行，以使我父亲免受肉刑，好使他有个真正改过自新的机会。汉文帝看完缇萦这份奏章，非常感动，又听说上书的是个小姑娘，更是从心眼里钦佩。

汉文帝刘恒是汉高祖之子，为薄夫人所生。被封为代王。高祖死后，薄夫人惨遭吕后迫害，就跟儿子住在代地。薄夫人出身低微，家人严谨善良，高祖在世时，就是个不受宠爱的妃子，因此常存同情弱者之心，对下层人的疾苦多少还了解一些。诸吕翦灭后，朝中大臣认为代王仁孝宽厚，以孝闻名天下，拥立他为天子。现在看到缇萦上书，激起了他的恻隐之心，就下诏说："我听说在有虞氏的时候，用穿戴画有特别花纹和涂有特别颜色的衣帽来区分罪徒，来显示耻辱。虽然仅仅如此，而民众就不敢轻易犯法。这是为什么？是因为有贤明的政治。现在我们的刑法中列有三种肉刑，而奸邪还是不能被禁止，其中的原因是什么呢？难道不是我的德行浅薄而教化不明吗？《诗经》说：'平易近人的君子，是保护养育人民的父母'，如今有人犯有错误，还没有进行教化就对他们施加刑罚，若有人想要改行善道也就无路可走了。我非常怜悯他们。刑罚竟达到断人肢体、毁坏肌肤、使人终生不能复原，这是多么痛楚而又不讲恩德的做法，这怎么能符合为民父母的宗旨呢？应当废除肉刑！"于是，文帝赦免了淳于意，让他父女回家，并下令修改国家刑律，取消肉刑。

文帝废除肉刑，是汉代刑法上的重大改革，缇萦舍身救父的美谈也因此为人广为传诵，司马迁还特意为淳于意立传，班固也将此事特地写入《汉书·刑法志》中，在汉代缇萦还被当做宣传孝道的典型。

东汉伟大的史学家、文学家班固，不仅在《汉书》中赞颂缇萦的孝行，而且还写了一首题为《咏史》的五言诗，以表达自己对这位以孝名于世的小姑娘的敬佩之情。原诗全文如下：

> 三王德弥薄，唯后用肉刑。
>
> 太仓令有罪，就逮长安城。
>
> 自恨身无子，困急独茕茕。
>
> 小女痛父言，死者不可生。
>
> 上书诣阙下，思古歌鸡鸣。
>
> 忧心摧折裂，晨风扬激声。
>
> 圣汉孝文帝，恻然感至情。
>
> 百男何愦愦，不如一缇萦。

大意是：三代君王（暗指汉代皇帝）的品德在越来越淡薄时，才靠严酷的肉刑来治理国家。太仓令淳于意因为犯了罪，而被押往长安城。他哀叹自己没有儿子，在紧急关头孤独无助。他的小女儿缇萦悲痛父亲所言：的确，人死了不能复活。她决心终身做为官婢来赎父罪，于是，她上书皇帝，阐述自己的心愿。这孝行使人想起古代鸡鸣之歌中的贤妃贞女。缇萦为救父亲忧心如焚，晨风也为此而悲鸣。圣明的汉文帝，被缇萦的至诚感情所打动，于是赦免淳于意，取消了肉刑。世上那么多的男子是那样的糊涂无用，还不如一个小小的女子缇萦竟能让文帝取消了肉刑！

从现有文献资料看，班固的这首《咏史》诗，是现存最早的文人五言诗。文人五言诗始于汉代，它是中国诗歌发展到一定阶段的必然现象，五言的句型，在先秦的杂言体诗歌中就存在着，汉代的文人经过学习、模仿，逐渐使整齐的五言体诗歌成为中国诗歌中的一种固定类别，班固的《咏史》诗开文人五言诗的先河，而代表这类诗歌最高艺术成就的则是东汉文人的《古诗十九首》。

这首《咏史》质朴平实地叙写史事，缺乏文采和形象性，证明当时文人初创五言新诗体，技巧还很不成熟。南朝梁代著名文艺理论家钟嵘批评班固《咏史》"质木无文"，缺乏丽辞、境界。尽管如此，班固的《咏史》诗，体现了班固在诗歌上的创新。《咏史》一诗为中国诗坛开辟了一个新天地，其历史贡献是不可磨灭的。

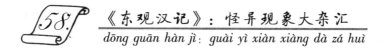

58. 《东观汉记》：怪异现象大杂汇
dōng guān hàn jì: guài yì xiàn xiàng dà zá huì

汉代除了《史记》与《汉书》之外，还有两部很有影响的史著——《东观汉记》与荀悦的《汉纪》，其中《东观汉记》也属纪传体，具有传记文学的特征。

《隋书·经籍志》称，《东观汉记》是东汉安帝时刘珍等人撰，实际上此书的编写开始于明帝之时。明帝为表彰光武帝中兴汉朝的功业，诏令兰台令史班固等人共撰《世祖本纪》，后来班固"又撰功臣、平林、新市、公孙述事，作列传、载记二十八篇奏上"。（范晔《后汉书·班固传》）明帝命班固等人修当代史，只限于光武帝一朝，而班固等人所写的那些传记也不足为光武帝一朝完史，后人却把它视为东汉国史编撰的开始，成为撰写《东观汉记》一书的发端。

《东观汉记》的编撰前后经历了一百二三十年，经过许多人的辛勤劳作，最后在灵帝、献帝时修撰成功，成为一部纪、传、志、表完备的纪传体东汉史。论起成书的功绩来，班固是撰写此书的先驱，中期的刘珍和崔毫出力最多，后期的蔡邕则贡献最大。《隋书·经籍志》称此书共一百四十三卷，起于光武帝，止于灵帝，然而考其列传，有记献帝时期的事，这大概是卒于魏文帝黄初六年（225年）的杨彪又进行了续补。晋时，《东观汉记》很有影响，与《史记》、《汉书》并称为"三史"。

编撰本朝史书，自然要严重地受到当代正统思想的影响。东汉初，光武帝刘秀就大力提倡谶纬迷信，争取社会舆论对他的统治的支持。从明帝起，东汉王朝在思想意识方面进一步加强了专制。章帝时出台的《白虎通德论》，是一套完整的封建精神统治理论体系，用来严密地控制人们的思想意识。那些编撰《东观汉记》的儒士被禁锢在兰台、东观，一切都要以皇帝的诏敕为准则，编撰必须秉承皇帝意旨，思想也被严格地禁锢起来，全然没有一点以往史家学术上的自由，与《汉书》比较起来，《东观汉记》的御用特点更加鲜明。

从班固等人初撰《世祖本纪》起，《东观汉记》的编撰者就奉诏神化刘汉皇帝，歌颂其功德。《东观汉记》虽然是一部当代人所撰的当代史，然而神秘色彩浓重，记载祥瑞与灾异的内容较多。编撰者的本意是为了神化皇权，用以欺骗社会群众，然而在文学价值方面，则因为增强虚幻内容，而发挥了编撰者虚构与想象的能力，对奇异现象的生动描述，也增加了人物传记的文学色彩。

《东观汉记》中怪异现象的记载，大多集中在帝王的纪传里。如《世祖光武帝本纪》中，记述了光武帝出生时的怪异及奇特的相貌。西汉哀帝建平元年（公元前6年）十二月甲子夜，光武帝诞生于济阳（今河南兰考东北），当他出生时，屋子里出现了红光，把屋子照得通明，如同白昼一样。光武帝的父亲刘钦感到特别奇怪，就请算卦人王长来，想叫他以卦象来解释一下为何儿子生时红光满屋。王长占了一卦，神秘地说："这是大好事，好到不可言传的地步。"就在这一年，据说田里长出了奇特的庄稼，禾茎上竟长出九个穗来，人称为"嘉禾"，这年济阳一带农作物获得了大丰收。地里出现嘉禾，从古以来就认为是吉祥的征兆，相传在周公时就出现过，当时人们认为这是周公以德辅政所致，为此还特地作了《嘉禾》篇来纪念此事。刘钦于是就以嘉禾来为光武帝取名，叫做秀。秀的本意就是指禾类植物开花抽穗，用于人，就引申为特异、优秀。这一年不仅地里长出了嘉禾，天上还有稀罕的事呢，有许多凤凰不约而同地飞到了济阳，天子的祥瑞首先从这些现象中呈现出来。

再看对刘秀长相的描述：刘秀长的是高鼻梁，大概与我们今日看到的西洋人的鼻子差不多，也与他的九世祖汉高帝刘邦相同，刘邦就因鼻梁高而有一个"隆准公"的别称，隆，高起，凸出。准，鼻子。宋代夏溥的《鸿门歌》中有这样的诗句："君看项王重瞳舜重瞳，天命乃在隆准公。"《东观汉记》强调、夸张刘秀的鼻子，旨在说明他的天命与刘邦是一脉相承的。《东观汉记》还写刘秀额骨中央部分隆起，形状如日，这一点与古帝王伏羲相同，至于刘秀长着大嘴、美丽的须眉，身高七尺二寸，也都应了大贵之相。

再如《穆宗孝和皇帝本纪》中提到"贞符瑞应八十余品，帝让而不宣，故靡得而记"。《恭宗孝安皇帝本纪》中写汉安帝刘祐，他是清河孝王刘庆的儿子，未即帝位前，在他的住宅，出现了神光和赤蛇的祥瑞，神光使满屋生辉，赤蛇盘绕在梁柱与床头之间。总之，《东观汉记》的作者收集或编造这些怪异现象，无非是想说明这些帝王承大统是天意安排，是上天故意呈现这些异常现象来昭示人间。

《东观汉记》中有怪异记载，其实是不足为怪的，它正是当时黑暗、愚昧政治现实在传记作品中的折射。

59. 汉武帝会王母的故事

hàn wǔ dì huì wáng mǔ de gù shì

在历史上，汉武帝刘彻终生痴迷于求仙访道，他同秦始皇一样，是一位出了名的爱做神仙梦的皇帝。为了祈求长生不老，他四处祭祀名山大川，广泛寻求方士巫术，大肆挥霍民众血汗，无所不用其极地企盼着能够得道成仙。或许是常言所说的"心诚则灵"吧，汉武帝的这一番苦心终于感动了百神之长西王母，她派侍女王子登从昆仑山降临到汉宫承华殿，向武帝通报：王母将于七月初七日来同武帝相会。望着眼前风华绝代的瑶池仙女，汉武帝简直如陷九天云雾之中，他的心都快停止跳动了，好一阵才猛然惊醒过来，诺诺连声地答应不迭。一阵香风飘过，王子登返归昆仑。武帝痴望着仙女远去的方向，他的魂魄也被牵向了远方。

接下来的日子，武帝神不守舍，急切地盼望着与王母相会的时刻早点到来。他把国家大事统统委托给了宰相，自己则整天斋戒沐浴，生怕形象不佳，引起神仙的不快。在这种度日如年的煎熬中，七月七日终于来临了。

夜晚一更过后，静穆的天空忽然自西南方涌起大片的白云，云头浩浩荡荡地很快飘到了宫廷之上，云中传出箫鼓之响和人马之声。早已盛装迎候于庭中的汉武帝知道他企盼多时的王母驾到了。大约过了半顿饭的功夫，只见数千天仙如群鸟一般飞集殿前。有的驾龙虎，有的御麒麟，有的骑天马，有的乘白鹤，有的控天车，纷纷杂杂，飘飘摇摇，祥云万朵，瑞气千条。汉武帝看着眼前的情景，早已目驰神摇，不知自己身在何方了。这时，又有五十位天仙簇拥着一驾紫云之辇降至殿前。辇中走下两位侍女，只见她们身着青绫上衣，星目流盼，神姿清发，年龄约在十六七岁，真是世间罕见的美人；接着，辇中又走下一位三十来岁的圣女，她身穿金色大鬐，外系灵飞绶带，腰佩宝剑，头戴太真金冠，足登琼凤之履，雍容华贵，仪态万方，容颜绝世，天姿璀璨。这就是统御神仙世界的西王母，是汉武帝朝思暮想、渴求一见的众神之长！

王母在侍女的扶持下缓步登上大殿，汉武帝深深地迎拜下去。王母请武帝分宾主坐下，吩咐摆设天宴招待武帝。只见仙侍们穿梭忙碌，很快将山珍海味、龙肝凤髓等各种珍馐异馔摆满了庭中。王母请武帝开怀畅饮，其实武帝早已垂涎欲滴，他认为这些神仙食物吃了就会长生不老的，所以王母一说"请"，武帝就毫不客气地大嚼大咽。王母又吩咐侍女王子登、董双成、石公子、许飞琼、阮凌华等人奏仙乐助兴，于是仙女们有的弹琴吹笙，有的击钟鼓簧，有的敲石撞磬，有的低吟浅唱，一时庭中轻歌曼舞，飘香四溢，真是不折不扣的人间天上！

汉武帝完全陶醉了。他恍恍惚惚地觉得自己也成了神仙，与众多的仙伴一起欢聚豪饮，人世间的一切都已不复存在，于是他情不自禁地眉开眼笑、手舞足蹈。忽然，他听到仙乐停了，殿中响起嗤嗤的笑声和窃窃私语。武帝醒过神来，看到仙女们正用意味深长的眼光瞅着他，目光中透露出一丝怜悯和嘲笑，他一下子如从九霄云外跌落下来：原来自己仍然只是一个凡夫俗子！此时此刻，他沮丧极了，眼前的美酒佳肴也不可口了，他的心中充满了悲哀，但也更激起了他对得道成仙的决心。这时，王母又让侍女们端上仙桃请武帝品尝。武帝吃下仙桃，感到醇香甘美、蜜汁满口，不愧是仙家神果，但他更急切地向王母讨教成仙长生的秘诀，并要求王母给他一些不死之药。王母说："瑶池仙界自有很多不死之药，如中华紫蜜、玉液琼浆、风实云子、绛雪玄霜之类，这些药可分上中下三品。你是人间帝王，又倾心向神，本应赐仙药给你，但是你用情不专，欲心太多，杀伐过重，不合神仙之道，所以不死之药于你无益。若求长生，只宜静心定性，导引吐纳，养精益血，壮骨强身，还宜戒近女色，泯灭杀心。如此修道，自能固本强末，以至于人间期颐之寿。望皇帝依我之言，如能从教，我自会使上元夫人下界相助。今日此会，以酬你对神仙之殷殷相盼，就此别过，后有会期。"王母的一席话，像给武帝当头浇了一盆冷水，他满心的失望可又不敢表示丝毫的怨艾。忽然，他低头看见手中的桃核，眼前一亮，赶紧把桃核揣进怀里。王母问道："你意欲何为？"武帝嚅嚅地说：

"此桃甚美，我想种它。"王母笑着说道："此桃乃仙界之物，三千年方结果实，不是凡间所能享用的。"武帝彻底失望了，他默默无言地起身送王母下殿，惆怅满怀地望着王母与众仙驾祥云而去。

与王母相会以后，汉武帝更加有过之而无不及地痴心求仙。王母也真的派上元夫人下界帮助。上元夫人再设天厨款待汉武帝，与他纵谈长生之道，通宵达旦，还把王母所授的五岳真形图授予他。按说有仙人如此相助，汉武帝肯定能得道成仙了吧？其实不然，世界上本没有神仙鬼怪，汉武帝不懂得科学，不按客观规律办事，只沉迷于自己的幻想，到头来只能是竹篮打水———一场空，给后人留下了无数的笑柄。

《汉武帝内传》通过描写武帝会王母的故事，借助于王母、上元夫人与武帝的对话，刻画了汉武帝的性格特征和精神面貌，从侧面揭露了汉武帝残暴、淫乱、奢侈的本性，有一定的批判意义。但是本作品更多地宣扬道术，满篇都是莫名其妙的仙人、仙药、仙书、仙术，情节单调，文辞繁缛，许多地方枯燥无味，令人难以卒读，破坏了故事的生动性。不过，它毕竟使文学创作脱离了拘泥于史实的局限，在很大程度上丰富了汉代小说的内容和表现形式，为古典小说艺术的发展作出了一定的贡献。

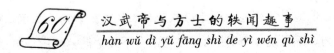

60. 汉武帝与方士的轶闻趣事

hàn wǔ dì yǔ fāng shì de yì wén qù shì

秦汉时期，神仙之说非常盛行。当时宣扬神仙之说的人被称为方士，他们宣称神仙居住在世外洞天，不食人间烟火，逍遥自在，长生不老。但是神仙不与凡人来往，只与方士们结交。所以当时不少的封建统治者，如秦始皇等人为了求得长生不老，就广泛招纳方士，到处求仙问道，耗费了大量的人力、物力和财力。他们还不惜拿自己的身体作试验品，吃了很多的"长生不老药"，结果还是无济于事，最后只能像凡人一样地死去，给后人留下了许多笑柄。《汉武故事》中的汉武帝，就是像秦始皇一样顽固地迷信神仙方术的一个皇帝。他步秦始皇后尘，招揽了大批的方士，如李少翁、公孙卿、栾大等人，让他们炼丹制药，沟通与神仙的联系。

李少翁是从山东来的一个方士，自称有二百岁了，但是长得面庞红润，像小孩子一样。汉武帝见他鹤发童颜，便相信他真有神仙之术，于是就拜李少翁为文成将军，赏赐了许多珍宝，像对待贵宾一样待他。李少翁也煞有介事地装神弄鬼，指使汉武帝盖起了甘泉宫，在宫中画了各种神像、云气，把宫内装扮成神仙世界的样子，然后他很有把握地告诉武帝："我先把太一神君招来，然后陛下就可以升天了，升天之后能够到达蓬莱仙境。"汉武帝满心高兴，乐滋滋地等着当神仙。谁知李少翁祈祷了半天也没把太一神君招来。

过了一年多，李少翁的法术始终也没有完全灵验。汉武帝越来越压不住火儿了，李少翁也慌了手脚。正在这时，汉武帝最宠幸的李夫人死了，李少翁赶紧向武帝表白，说他能招来李夫人的灵魂与汉武帝相会。虽然武帝对这些话半信半疑，但是因为思念李夫人，他也只好暂且听从李少翁的安排。于是在一天夜里，李少翁命人搭起两顶帐篷，在其中一顶内明晃晃地点起蜡烛，自己在里面叩头祷告，让汉武帝在远处的另一顶帐篷内观看。忙活了大半夜，李少翁乘武帝不留意的时候，引来一位漂亮女子，让她端坐在帐中。汉武帝头昏眼花，从远处隐隐约约地好像看见了李夫人，他急着要与李夫人相会，可是李少翁拦住了，说只能远瞧，不能近看，否则李夫人的灵魂就会消失，汉武帝只得无奈地叹息。正因为这件事，汉武帝对李少翁的法术还是将信将疑。

据其他史籍记载，李少翁常耍些小聪明来蒙混过关。一次，他让人在丝巾上写了一些怪诞的话冒充天书，然后把丝巾喂给牛吃，自己装做未卜先知似的告诉武帝，说这头牛腹中有奇。把牛杀死后，他取出"天书"来证明自己是有法术的。武帝正疑惑间，有人认出"天书"上的字迹是某某人的手笔，武帝向写字人一查，果然是李少翁在捣鬼。他再也压不住火儿了，就以"欺君"的罪名让李少翁的脑袋搬了家。

李少翁被杀之后一个多月，汉武帝派往关东办货的使者回来了。他说在漕亭看见了李少翁。武帝又惊又疑，让人挖开李少翁的棺材一看，里面

只有一枚竹筒，尸首不见了，可是周围并没有起坟逃跑的痕迹。武帝心想：文成将军大概真是神仙吧？

几年以后，汉武帝得到一个古鼎。又一个山东来的方士公孙卿趁机报告，说上古时候黄帝得到过一个宝鼎，按照大臣的指点成了仙。武帝很高兴，召公孙卿来细问。公孙卿花言巧语地说："小臣是从申公那里得到鼎书的。申公已经升天了，他告诉我汉朝的圣人是高祖的曾孙，就是陛下您呀。现在您得到了宝鼎，应该立刻上泰山行封禅大礼，那样就能登天了。"武帝就拜公孙卿为郎官，拿着代表皇帝的节杖到东莱山去迎神。公孙卿说有一人，身高五丈，自称"巨公"，牵条黄狗，驾着黄雀要见皇帝。汉武帝以为神仙下凡了，就急急忙忙赶到了东莱山。可是住了好几日，什么也没见到，只看见一个大大的脚印。汉武帝恼羞成怒，向公孙卿大发雷霆。公孙卿吓得趴在地上连声说："陛下息怒。仙人是可以见到的，可是陛下来得太快了，所以没有遇上。请陛下在此地建一个观，要造得高一点儿，因为仙人喜欢住在高楼上。有了这座观，仙人就会下降了。"武帝回到长安建了飞廉观，观高四十丈，又在甘泉宫外建了延寿观，也高四十丈。因为汉武帝住在这些地方，他想把观造得离自己近一些，可及时得到神仙的召见。但是他白费了许多心血，也始终没有见到神仙。公孙卿由于善于巧言诡辩，也得以保全了性命。

汉武帝还曾经宠信过一个叫栾大的方士。根据《史记》记载，栾大长得高大俊美，好撒谎而又面不改色。武帝被栾大哄得晕头转向，不但封他为五利将军，让他佩戴天士将军、地士将军、大通将军和天道将军等金印，而且还封他为乐通侯，把卫皇后的长公主嫁给了他。一时之间，栾大名振天下，又引来了无数的方士进献神仙方术，弄得朝廷上下乌烟瘴气。《汉武故事》当中也记载了武帝封栾大为天道将军的情景：皇帝的使臣穿着羽衣，站在地上铺着的白色茅草上；栾大也穿着羽衣站在白色茅草上接受使臣颁发的玉印。武帝这样举行仪式，是表示不把栾大当做臣子，而是当做神仙的代表来看待。

但是栾大终归是一个骗子，他所能做的就是让汉武帝盖起了九间神殿，殿内殿外有用珠宝金玉做成的台阶、屋椽、家具、金凤、玉树等物品，这些几乎耗尽了天下的财力。而武帝朝思暮想的神仙却始终不肯露面。栾大招不来神仙，却招来了许多小孩儿。栾大让这些小孩装成神对武帝说："要见神仙，应打点好行装到海上去。"武帝不敢去，对栾大的方术、谎言也渐渐失去了信心。别人又把栾大一些无赖骗人的行径告诉了他，武帝这才恍然大悟：原来自己被这个小人要弄了。他又急又气又悔又怒，只好将栾大腰斩了泄愤。

世界上本没有什么神仙鬼怪，这是被现实证明了的道理。汉武帝迷信神仙，宠信那些夸夸其谈的方士，做了许多愚蠢的事情，这一方面说明他头脑僵化，异想天开，表明封建社会的统治者绝不是什么"天之骄子"、"君权神授"；另一方面说明有许多贪图私利的奸诈小人往往能够根据当权者的喜好，施展他们溜须拍马的特长，为自己谋求荣华富贵。这种小人汉朝时有，现在也没有完全绝迹。《汉武故事》对汉武帝沉迷于神仙方术，搜刮挥霍民脂民膏的行为给予了深刻的揭露，对我们有一定的教育意义。但是我们也应当看到，由于汉代科技并不发达，《汉武故事》的作者是把武帝求仙的所见所闻当做真事来加以记载的，对方士们的某些骗术也是信之不疑的，这也表明了作者在时代、思想上的局限性。不过，作为正史的补充，《汉武故事》在史学方面和文学方面都给后人留下了一些可供回味和借鉴的东西。

61. 举案齐眉、相敬如宾的来历
jǔ àn jì méi、xiāng jìng rú bīn de lái lì

东汉初年，有一位品行高洁之士，他为后世留下了夫妻相敬如宾的美谈，也因作《五噫歌》而被载入了中国文学史册，成为东汉时期的文学家，这个人就是梁鸿。

梁鸿，字伯鸾，大约生活在汉光武帝至汉和帝（25—104 年）时期，为扶风平陵（今陕西咸阳西北）人。父梁让，王莽时为城门校尉，封修远伯。梁鸿幼年时，恰逢西汉末的战乱，父死于北方，用一块草席卷尸草草埋葬，从此，梁鸿成为孤儿。家境非常贫困，但他很有志气，从小好学，并以优异成绩考入太学。进入太学后，他更勤奋地博览群书，以通晓典术而受到师友的称赞。

太学毕业后，因家贫，无人举荐，梁鸿就到上林苑中以放猪为生。一次，因不小心家中失了火，大火延及邻家。梁鸿人穷志不短，一下子把猪全部赔给邻家，但邻家仍嫌不够，他于是给邻家做佣人来抵偿其损失。在这期间，梁鸿总是起早贪黑地卖力地干活，从不懈怠。就从这一点上，乡间的老者们就看出梁鸿不是平常的人，并且纷纷为他鸣不平，责怪佣主薄情不义。渐渐地，佣主也觉得自己有些太过分了，就向梁鸿道歉，并要将猪全部退还给他。但梁鸿执意拒收，只答应结束佣工，然后回到陕西扶风老家。

梁鸿贫而有气节，德行高洁，深受家乡人们的敬慕。连当地许多有钱有势的大户人家都想把女儿许嫁给他，但都被他一一谢绝了。同县有个姓孟的大家族，家中有个小姐叫孟光，她长相不美但身体健壮，贤惠聪颖，有许多豪门望族托人前来说亲，想与孟家联姻，但都遭到孟光的拒绝。父母对此非常不解，就问孟光："你已经三十岁了，为什么总是回绝人家，迟迟不嫁呢？"孟光心平气和地对父母说："婚姻乃终身大事，要嫁只能嫁给像梁鸿那样品德贤洁的人。"父母明白女儿的心思后，就托人告知梁鸿。梁鸿听了非常高兴，这样注重品行的女子，正是他爱慕的人，当即就去向孟家求亲。

结婚的那一天，孟光全身上下绫罗绸缎，珠光宝气。梁鸿一见，大失所望，非常生气，既不牵红丝绳，也不与她一同拜堂，一甩袖子走进自己的书房，连续几天不理睬孟光。到了第七天，孟光走进书房，跪在梁鸿的面前问道："我听说您有贤德，选择妻子的条件非常苛刻。我也谢绝了数家前来求亲的人。如今我们能够成为夫妻，这是两厢情愿的。您连续七天不理我，请问我哪里做得不对？"梁鸿头也不抬地回答说："我一心想娶个布衣健妇，将来共同隐居深山。而你身穿绫罗，脸敷粉黛，这哪里是我所要求的？所以，我不能与你亲昵！"听了丈夫的话，孟光高兴地说："您想深居简出，我也早有准备，您不必如此生气。"说着，她迅速回到内室，洗掉脸上脂粉，卸去盛装，改穿麻鞋布衣，头扎椎形髻，手拿织作筐，来到梁鸿面前。梁鸿望着眼前的孟光，与刚才判若两人，异常兴奋地说："这才不愧为我的妻子！"看着丈夫满意的笑容，孟光亲热地说："您确实是我的好夫君，人们都说您才学好，品德高，可我还是想试试您究竟喜欢我什么！"梁鸿这才明白，妻子是有意以华贵的穿着来试探他。通过此事，梁鸿更加喜爱孟光，并为她取字为"德曜"。有一天，孟光问梁鸿："您不是想隐居幽山、远避浊世吗？为什么寂然不动，难道又改变了主意想忍气屈就吗？"梁鸿从容地回答说："我正想如何迁居呢！"说着便去收拾行李，与妻子一起搬入霸陵山中，以耕地织布为业，以弹琴诵诗自娱；闲暇时，梁鸿还搜集前代高洁之士的事迹，并为他们作颂，借以勉励自己。

大约在汉章帝建初、章和之际（77—88年），梁鸿因事出关路过京师洛阳，当看到那华丽无比的宫殿时，触景生情，由豪华的宫室想到奢侈的帝王将相，由贪得无厌的统治者想到饥寒中挣扎的劳苦大众，一种忿然不平之情油然而生，于是作了一首《五噫歌》，以抒发他对现实的不满和愤慨。歌词原文如下：

> 陟彼北芒兮，噫！
>
> 顾瞻帝京兮，噫！
>
> 宫阙崔嵬兮，噫！
>
> 民之劬劳兮，噫！
>
> 辽辽未央兮，噫！

歌词大意是：登上那北芒山（在今河南洛阳市北）啊，远眺那威严的京都，帝王宫殿高大壮观啊，天下的黎民何等辛苦！哀叹人民永远受苦受难啊，何年何月才是个尽头！

这首诗感事伤时，连用了五个表示激愤之极的感叹词"噫"，故而称《五噫歌》。全诗的表现形式新颖独特，在诗中作者对帝王奢侈无度的愤恨，对人民悲苦无尽的同情，全凝聚在这五个"噫"的慨叹之中。清代张玉穀《古诗赏析》中评论此诗说："无穷悲痛，全在五个'噫'字托出，真是创体。"

这首诗先叙事，后抒情，以"兮"字作感情停顿，又以"噫"字作感情迸发，层层推进，步步深入，将人民群众的极端痛苦与作者强压感情的极端痛苦融为一体，通过所见所感，有力地揭露了封建统治者穷奢极欲、把享受逸乐建筑在劳动人民的痛苦之上的社会本质，也体现了作者不畏权贵、敢于针砭时弊的现实主义创作精神。

不久，汉章帝闻听此歌，顿时大发雷霆，下令立刻捉拿梁鸿。孟光听说京都贴出告示，要捉拿讽刺朝廷煽动不满情绪的狂生梁伯鸾，一方面对丈夫所为十分理解，另一方面对官府的迫害愤愤不平，她面不改色地问丈夫："怎么办？"梁鸿看看妻子，说："怎么办？他来捉人，我就远走高飞嘛！我打算到周代吴国始祖太伯生活的地方去，可你……"孟光立即回答说："既然嫁到你家，就生生死死都跟着你！"于是，梁鸿改换姓名为"运期耀"，改字为侯光，与妻一道扮成农民，避居于齐、鲁、吴。

梁鸿初到吴地时，生活没有着落，就到当地有名的大族皋伯通家做春米佣工，夜里就借住在皋家大屋的廊下。梁鸿每次完工回家吃饭，其妻孟光将饭菜放在案中，并把案举得与眉毛相齐，恭敬地请丈夫进餐。皋伯通得知此事后，十分诧异地说："这位佣人，居然还能让妻子对他如此敬重，看来不是个平凡之人。"于是，他热情地邀请梁鸿在他家里食宿，也不再让他春米。从此，梁鸿闭门著书，直到他病危，才将真实情况告知皋伯通，并告诉皋伯通自己想效仿古代高士延陵季子，死后不归葬故里。梁鸿死后，皋伯通就把他葬在先贤要离的旁边，对人解释说：要离是一名刚烈之士，而梁鸿也是个品质清高之人，他们二人葬在一地，最合适不过了。

梁鸿平生品德高洁，体恤民生疾苦，不与朝廷合作，不与贪官污吏合流，而且博学多才，留有著述十多篇。

62. 名门之后班昭著《女诫》

míng mén zhī hòu bān zhāo zhù nǚ jiè

班昭（约49—约120年），字惠班。她的丈夫叫曹寿，字世叔，很年轻时就去世了。封建社会男尊女卑，妻从夫称，所以《后汉书》中称班昭为曹世叔妻。

班昭出身于诗书之家，她的祖姑班婕妤是历史上有名的才女，所写《团扇歌》哀婉动人，流传至今。她的父亲班彪精通历史，著有《史记后传》十余篇。她的长兄班固是大历史学家，著有《汉书》。在这种家庭环境的影响下，班昭从小就喜爱读书，兴趣广泛，博闻强记，能文善赋。尤其在历史学方面，受其父兄熏陶，有深厚的功底。班固《汉书》中的"八表"和《天文志》没来得及写完就去世了，班昭奉和帝之命，进到东观藏书阁里，继续撰写，完成了八表。

班昭画像

由于班昭学识广博，才智高超，和帝经常召班昭进宫，让皇后和宫中贵人们把她当做老师，称她为"大家（gū）"。每当有珍奇物品贡献入朝时，和帝也诏令班昭作赋作颂。汉代人读书，要有老师讲解，黄老学说、经学，都是这样传播开的。《汉书》问世后，很多人读不懂，班昭便做了一些讲解《汉书》的工作。她的同乡马融是她的第一个学生，到藏书阁

来，恭恭敬敬地跪在地上，听班昭讲解。后来马融成为东汉的著名学者，据说他的门生也有一千多人。

和帝去世后，邓太后掌管朝政。她经常向班昭征求处理政事的意见，于是班昭出入后宫，更加频繁。邓太后很感谢班昭对自己的辅助之功，下诏封班昭的儿子曹成为关内侯。曹成做官一直做到齐国的相国之位。

安帝永初年间（107—113年），邓太后的哥哥、大将军邓骘因母亲去世，要辞官还乡为母亲守孝，上书请求太后批准。邓太后怕哥哥离开朝廷，自己力量单薄，掌握不了朝政，不想让他回去；但母亲去世要尽孝道又是大礼，不能违背，太后犹豫不决，就请班昭来拿主意。班昭专门写了一篇奏章阐述自己的观点，认为谦让之风是很大的美德，现在国舅能引身自退，正是完成名节的好机会，应当准许、成全其推让的美德。于是邓太后听从班昭的话，准许邓骘回乡守孝。

班昭一生，除了续写《汉书》之外，在历史上有名的另外一项活动就是著有《女诫》七篇。虽然班昭写此书的初衷只是为了教育自己的女儿们遵守妇道，害怕她们行为不合礼法而辱没家门，可这本书一出来，就受到当时人们的广泛称赞，在其后千余年的封建社会中，《女诫》更成为中国妇女教育的经典课本。

《卑弱篇》称，女孩子一生下来，就注定要谦卑勤苦。要"谦让恭敬，先人后己，有善莫名，有恶莫辞，忍辱含垢，常若畏惧"；不但要态度谦恭，还要每日晚睡早起，操持家务。在家里，事无巨细难易，一定要全力完成。平日对待丈夫要端庄严肃，丈夫不在身边时不能嬉笑。在祭祀祖先的活动中要勤于操持，把祭品办得丰盛干净。这些是对为妇之道的最起码的要求。

《夫妇篇》讲夫妻关系是人伦大事，丈夫要统治妻子，妻子要侍奉丈夫；丈夫无才无能则统治不了妻子，妻子不贤惠则无法侍奉丈夫。丈夫无法统治妻子，就失却了威仪，妻子不能很好地侍奉丈夫，则废掉了人伦大义。二者是相辅相成的。现在人们只知道教导男子读书学习，明白事理，增长才干，来统治妻子，显示威仪，却不知道女儿也需要教导，需要学习，明白事理来侍奉丈夫。所以也应让女子八岁入学，十五岁毕业，使她们也接受教育。

《敬慎篇》里说，男女在个性特征上有着天然的区别，男以强为贵，女以弱为美，谚语说"生男如狼犹恐其尪，生女如鼠犹恐其虎"，所以女子应当"敬"、"顺"。"敬"就是能持久地保持恭敬的态度，"顺"就是要宽容大度。夫妻在一起，日久天长，相互就越来越亲昵，先是表现在语言上，继而是在态度行动上，亲昵的举动过多，妻子就会在心里对丈夫产生轻慢之意，自己有理就理直气壮，自己无理也要耍滑狡辩，这就难免争吵，接着便会产生恼怒和怨恨，争吵无以泄愤，进而就开始动手厮打。这样一来，夫妻间的恩义也就消失殆尽了。所以妻子对丈夫一定要始终保持恭敬的态度。

《妇行篇》中讲，妇女有四种德行，叫妇德、妇言、妇容、妇功。有妇德并不是要聪明绝顶，能力超群；有妇言不是要求口尖舌利，巧于辩驳；妇容也不是指容貌艳丽动人；妇功也不是要求都做能工巧匠。只要文静安娴，日常的行为举止得法就算是妇德；说话注意身份场合，不恶语伤人，不随便插话，不以言语压人，这就是妇言；勤于梳洗，服饰常保持干净整洁，这就是妇容；专心劳作，不聚众嬉戏无度，能备好丰盛的酒食来招待宾客，这就是妇功。这四项是女人的大德，一项也不可忽略，且做起来很容易，只要用心、身体力行就可以了。

《专心篇》说丈夫像天一样，谁也不能逃离天的覆盖，所以丈夫可以再娶，女子不可改嫁，否则是违背神的旨意，将会受到神的惩罚，同时礼法也不能允许。对待夫君要专心正色，耳目不要沾染不良的东西，在大庭广众的场合，打扮得不要太艳丽，回家不要戴多余的饰物。要是举止轻佻，在家衣饰容颜不整洁，外出则浓妆艳抹，说不该说的话，看不该看的东西，这就是不专心！

《曲从篇》讲要持之以恒地善待公婆。孝敬公婆之心是一定不能失的，但孝敬公婆有时并不能得到他们相应的信任和喜爱，所以最稳妥的办法莫过于曲从，即使他们的要求是不合理的，也不要争辩。

《和叔妹》中说，妇人能受丈夫疼爱是因为公婆喜爱她，公婆喜爱是因为小叔、小姑赞誉她。因此妇女的好坏誉毁都掌握在小姑、小叔手中，和他们处好关系非常重要，这谁都知道，然而这关系处起来却很难，对待姑叔应格外温柔谦让，小姑对待嫂子要仁厚。这样叔嫂、姑嫂之间就会融洽相处。

马融看到这些文章后，极度推崇，并让他的妻子儿女们学习效法。班昭活了七十多岁去世，邓太后穿上白衣表示哀悼，并派使者督察料理班昭的丧事。班昭所写的赋、颂、铭、诔、问、注、哀辞、书、论、上疏、遗令，共十六篇。她的儿媳妇丁氏把班昭的作品汇为一集，还写了一篇《大家赞》。

我们应该用分析批判的态度来看待《女诫》，它教导妇女无条件地服从丈夫，服从公婆，忍气吞声，自甘卑贱等，这是错误的；但通过《女诫》，我们可以了解古人的思想，更深刻地认识、评价现代社会中的男人、女人，这才是我们研读《女诫》的意义所在。

63. 张衡：科学巨匠，文坛大师
zhāng héng：kē xué jù jiàng，wén tán dà shī

在我国古代历史长河中，没有多少人能像张衡那样光彩夺目：他在天文学、机械制造学、文学、经学和绘画等诸多领域都作出了突出的贡献，是一位兼科学家和文艺家于一身的历史名人。郭沫若曾说："如此全面发展的人物，在世界史中亦所罕见，万祀千龄令人景仰。"

张衡（78—139年），字平子，南阳郡西鄂（今河南南阳石桥镇）人。少游三辅，后入洛阳太学，师从贾逵，遂博通群书。永元十二年（100年），始任南阳主簿，作《二京赋》和《南都赋》。永初二年（108年）后，因读扬雄《太玄经》而致力于自然科学的研究和探索。后又被征召入朝为郎中，两度任太史令，又作过侍中、河间相等。

张衡在科学上最杰出的贡献是建立了中国古代先进的天文学。他是古代浑天说的代表人物之一，他认为天体像一个鸡蛋，地球只是蛋黄，悬浮其中，并制作出浑天仪来表示天体运行。浑天仪像一个铜球，内外分成几圈，各层圈上分别刻着太阳、月亮、星宿的轨道，还标有南北极、二十四节气等，利用齿轮把浑象与计时漏壶联系起来，以水漏的推动力来驱动浑天仪，表示天体运行，一千八百多年前的张衡不仅知道地球是圆的，还计算出黄赤交角，地球公转周期，并且与现在的结果非常接近，这是当时正处于宗教控制下的欧洲思想家连想都不敢

张衡画像

想的。另外，张衡用水力推动球体作匀速运动，也影响到后来许多机械制造的设计和发明。

东汉时期，我国中原地区多次发生强烈地震。到张衡任太史令的时候，地震更加频繁。地震不仅破坏巨大，也给人们心理上带来巨大的恐慌，由于人们不了解地震发生的原因，一时间，谶纬迷信流行。

张衡是太史令，收集地震情况，本来就是他的工作职责之一。他不相信地震是天意，而认为这是一种不受人力影响的自然灾害。于是，他就想制造一台测定地震方位的仪器，用实际行动向人们证明地震不可怕，谶纬迷信是荒唐的。

经过长期的苦心钻研，阳嘉元年（132年），候风地动仪制成了，这是世界上最早的地震仪。地动仪用精铜制作，圆周八尺，像个大酒桶。内部设置有高度灵敏的感觉机械——都柱（即震摆），外面按八个方向，安装了八个龙头，与内部机械相连，每个龙头衔一铜球，某一方向地震，这一方向的铜球就下落到下面的铜蟾蜍嘴中。此后，京都地区的几次地震，都

地动仪

被地动仪准确地测到了。其精确性几乎到了令人叹为观止的程度。永和三年（138 年）二月的一天，地动仪西北方向的龙头吐出一个铜球，而人们却没有一点儿感觉。于是有人怀疑地动仪不准，只能测出京都地区的地震。谁知过了三四天，陕西、甘肃的使者前来报告，他们那里发生了大地震。从此，我国开始了用仪器远距离观察和记录地震的历史。地动仪的发明，不仅奠定了张衡在科学史上的地位，也开始了人类向最难以征服的自然灾害地震进军的脚步。此外，他还著有解释天体起源及变化的《灵宪》、数学专著《算罔论》等。

由于张衡在科学上的成就极大，因此他的文学成就往往被他的科学成就所掩盖。实际上，张衡在文学上的成就也是很了不起的。他的文学才华主要表现在赋和诗两方面。

其赋今存《思玄赋》、《应间》、《二京赋》、《归田赋》、《南都赋》及《髑髅赋》、《冢赋》的全文，另有《温泉赋》、《定情赋》、《舞赋》、《羽猎赋》、《扇赋》、《七辩》等残文和《鸿赋》的序。其中，《二京赋》和《归田赋》是他的代表作。

《二京赋》由写西京长安的《西京赋》和写东都洛阳的《东京赋》姊妹篇而构成，是张衡花费了十多年时间精心撰成的长篇佳作。虽然它在写法上模拟班固的《两都赋》，但对西汉末年统治者腐朽生活的揭露比班固的作品更为具体、更为激切，是针对当时的现实而发的。更为重要的是，它对两京的文物制度的描述也比较详备，如西京的"百戏"、东京的"大傩"等。张衡在赋上的另一个贡献，是开了东汉抒情小赋的先河。《归田赋》是这方面的杰出代表。此赋在思想倾向上并无特别深刻之处，不过是有感于世路艰难，欲远避荣辱，隐居著书而已。但它有三个方面值得一提：首先，它是我国文学史上第一篇完整的以描述田园隐居的乐趣为主题的作品；其次，它是现存的第一篇比较成熟的骈赋；最后，它是现存东汉第一篇完整的抒情小赋。这些都对以后的诗赋创作产生了重要的影响。

另外，张衡的《四愁诗》也是一篇著名的抒情之作，对后世七言诗的发展有着非常积极的意义。崔瑗称其"数术穷天地，制作侔造化，瑰词丽说，高才伟艺，磊落焕炳，与神合契"（《河间相张平子碑》），对张衡作了全面、高度的评价。

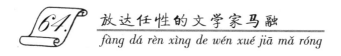

64. 放达任性的文学家马融
fàng dá rèn xìng de wén xué jiā mǎ róng

我国古代的文人，由于性情所至，经常会做出一些在当时较为惊世骇俗的事情来，以此表现他们不拘礼法、放达率直的才情。这些轶闻趣事，和他们的作品一样，有的至今仍为人们所津津乐道。东汉马融，便是这样一位放达任性的赋家。

马融（79—166年），字季长，扶风茂陵（今陕西兴平东北）人，是东汉著名的经学家和文学家。他曾师从著名儒学之士挚恂。挚恂博通经史典籍，却隐居于南山教授儒术，不肯接受官府的征召。他很赏识马融的聪明才智，就将自己的女儿嫁给他。

马融为人率直任性，我行我素。永初二年（108年），大将军邓骘仰慕马融的名声，想征召他去做舍人，此时马融却清高得很，不肯去仰人鼻息作寄人篱下的门客，而客居于凉州武都、汉阳等地。然而不久，羌人作乱，边境局势纷扰，粮食价格飞涨，许多人都被饿死。马融也陷入了饥困交加的窘境，他开始悔恨不已，对他的朋友们自嘲说："古人（庄子）有言：'左手据天下之图，右手刎其喉，愚夫不为。'也就是说，不能因为保持名声而戕害了生命。为什么这样说呢？因为生命是最宝贵的，而现在我如果仅仅为了维护一个清高的名声而丢了性命，恐怕与老庄的养生之道相违背吧?"于是马融也顾不得脸面,匆匆忙忙地跑去给邓骘当了门客。

后来,邓太后临朝,邓骘兄弟辅政。按说马融也应该跟着"一荣俱荣",但他却敢冒天下之大不韪,公开反对荒废武功的做法,并写了一篇《广成颂》来讽谏此事,违忤了邓氏,滞留东观十年而没有调迁。后来他哥哥的孩子死了,他便借故自动离职回了老家。这下更加惹火了邓太后,认为他公然藐视朝廷,就下令将他免职,永不再用。

直到邓太后去世以后,安帝刘祜亲政,才又把他召回郎署,继续从事经史典籍研究。安帝东巡泰山,马融写了一篇《东巡颂》,来记载当时的盛况。安帝看了以后,非常赏识他的才华,就擢升他为郎中。

顺帝刘保阳嘉二年(133年),朝廷下诏纳士,马融经城门校尉岑起举荐,并得到大将军梁商的同意,由从事中郎转为武都太守。当时,西羌族又一次反叛汉朝,朝廷派出征西将军马贤和护羌校尉胡畴率兵征讨,但历时很长的征讨,却没有取得多少进展。此时,不甘寂寞的马融预感到,汉军可能要败北,就上奏疏自荐。他说:现在羌族的各个部落,到处侵扰,应趁他们尚未联合在一起之前,反复不断地派人深入敌后,破坏、瓦解和消灭各种力量。而现在马贤等人却步步为营,不敢主动出击,只是被动回避,怎么能不使羌兵得寸进尺,成为骚扰边境百姓的大害呢?我希望给我五千马贤不能用的关东兵,取消他们原来的番号,由我身先士卒地率领他们戮力杀敌,保证在一个月内,攻破羌兵。我也知道我从小就学习经书,不懂领兵打仗,现在轻出此言,也许会受到嘲笑。但是,以前毛遂自荐时,也只不过是一个下人,也同样遭人嗤笑,最后却获得成功。

可惜的是,他的这一番慷慨陈词和对时势的透彻分析,却仍被视为书生之言,没有引起朝廷的重视。

能够说明马融没有坚持操守的,还有一件小事:他在得势时,曾经一度巴结依附大将军梁冀,替梁冀起草过弹劾迫害忠良之臣李固的奏章,还写过《梁将军西第赋》,极尽阿谀逢迎之能事,他也因此遭到正直之士的讥议。后来,由于偶然的事件,他又得罪于梁冀,被梁冀妄加贪污的恶名,免官流放到朔方。马融气不过,想要通过自杀来抗议,幸而被救活,直到受大赦才得以生还，重回东观著述。

　　另外，马融在生活中也不拘礼法，放达任性。由于他才高学深，名气颇重，因此慕名向他求学的弟子常常有几千人，像涿郡的卢植、北海的郑玄，都是他的学生。但他的放达任性，也是出了名的，常令时人咋舌。他从不拘泥于儒家的礼仪常规，日常居室、服饰、器皿，都非常奢侈豪华。更有甚者，当他讲书授课之际，竟然常常高坐厅堂之上，用一领纱帐相隔，"前授生徒，后列女乐"，一面高诵"子曰诗云"，灌输儒家正统思想，一面吹吹打打，尽享世俗欢乐。而他传授弟子，并不是一一耳提面命，而是让弟子们互相传授，只有极少数人才能够进入他的居室，亲自听他授课。

　　他曾经想把《左氏春秋》作一次训诂，但当他仔细研究了贾逵和郑众的注解后，就说："贾逵精而不博，郑众博而不精；把他们两家的注解合在一起，不就又精又博了吗？这样一来，我还有什么可以补充的呢？"后来他只著作了《三传异同说》，而没有逐一注解。

　　马融放达任性的趣闻轶事被人们津津乐道，而他作为赋家留下的赋作，也同样不容忽视。马融的赋今存有《广成颂》、《长笛赋》、《围棋赋》以及《樗蒲赋》、《琴赋》的残篇。其中，前两篇较有代表性。

　　《广成颂》如前所述，是为了讽谏邓氏而写的，其意在劝天子行田猎之事，寓武备于娱乐，倡导尚武之风。这和专写帝王田猎之盛的赋有所不同。当然，马融也因在赋中婉转批评了邓骘等人忽视武备的错误，并讽刺他们禁锢和虐待安帝，终致获罪于邓氏，十余年未得升迁。

　　《长笛赋》是马融追慕著名赋家王褒《洞箫赋》而作，是一篇咏物赋。此赋虽在语言上力脱前人窠臼，富于变化，托物抒情也写得细致融洽，但通篇终嫌拖沓，浮辞甚多，没有什么特出的风格。

　　马融为人生性放达，不类其他赋家汲汲于功名和业绩，显示了文人潇洒豁达的性情，在汉代赋家中也别有风采。

65. 连刺客都不忍杀害的 "孝廉"

lián cì kè dū bù rěn shā hài de "xiào lián"

崔琦，字子玮，涿郡安平（今属河北）人，与崔瑗是同一宗族。崔琦从少年时便开始在京城洛阳游学，因为他博古通今，文章写得挥洒自如，渐渐有了名气。后举孝廉为郎（郎，是帝王侍从官的通称，东汉专指在管理政务的中枢尚书台里任职的下级官员）。推举孝廉始于汉武帝，武帝时要求各郡和各诸侯王国定期向朝廷推举孝、廉，每次各一人。所谓 "孝"，是指以孝敬父母著称者，而 "廉"，是指有廉洁声望的人。后来这种选用人才的方式逐渐被有权势的世家大族控制，举孝廉也就逐渐成了一个空幌子。

不过，崔琦本人是很有学问的。他做官后，连当时任河南尹的梁冀都很看重他的名声，愿与他交往。梁冀的两个妹妹分别是顺帝和桓帝的皇后，顺帝永和六年（141 年），梁冀的父亲梁商病逝，他接替父职任大将军，与其妹梁太后先后立冲、质、桓三帝，权倾天下，专断朝政近二十年。梁冀的生活极度奢靡，又卖官鬻爵，贪污索贿，使朝政、吏制腐败不堪；他聚敛财富，搜刮民脂民膏的手段恶毒残酷，使广大人民不堪其苦；且多行不法之事，肆无忌惮，连皇帝都不放在眼里。后来桓帝借助宦官诛灭了梁氏。梁冀死后，在他家查抄出的财产卖钱竟达三十亿之多，充公后，当年减天下租税一半，朝廷之用尚有富余。

崔琦在与梁冀交往的过程中，亲眼目睹了梁冀这个人的所作所为，看出如果长此下去，将来一定会败亡。于是在平时的言谈中，崔琦总是寻机劝谏梁冀，要他注意内修德操，外敛声威，不要骄横无度，贪财好货。还在梁冀做河南尹时，崔琦就作了一篇《外戚箴》，对他劝谏。

崔琦正直敢言，不畏权势，然而他低估了梁冀的阴险和狠毒，最终被梁冀幽禁了数月，后来又被免去官职，遣送回乡。

此事过去一段时间后，梁冀做了大将军。朝廷又任命崔琦为临济（治所在今山东高青县东南）长。崔琦深知梁冀的为人，认为肯定是梁冀对前事怀恨在心，不会善罢甘休。于是没敢接受官职，把使者送来的官印放好后，和家人一起逃走了。

崔琦一家在一个小乡村隐居下来后，亲自从事农业劳动，耕作之余，继续读书钻研学问。他知道梁冀的败亡是早晚的事情，他要在这里冷眼旁观，看梁冀最终会有什么结局。

此时升任大将军的梁冀更是有恃无恐，仿佛天下都在他的掌握之中。他心胸狭窄，怎么会放过从前冒犯过他的人呢？梁冀派了名刺客，命他察访崔琦的下落并杀掉他。刺客很快就找到了崔琦，当时崔琦正在田里劳作，锄完草后，崔琦从怀中拿出一卷书，一边坐在田埂上休息，一边持卷诵读。这场景深深地感动了隐藏在树丛中伺机下手的那名刺客，他见崔琦身处如此困境仍然好学不辍，其志令人佩服，所以不忍加害，便从树丛中走出来拜见崔琦，并把梁冀派他来行刺的事据实相告，并说："我看到了今天的一切，觉得您是位贤德的君子，下不了手。您赶快收拾一下逃走吧，我也就此隐姓埋名，不能再回去了。"崔琦深受感动，谢过这位侠义的刺客，赶快奔回家中，简单收拾了一下行装，便和妻儿又踏上了流亡之路。

然而，梁冀的势力遍布天下，怎么能逃得脱呢？最终，崔琦还是被梁冀的人捕获，秘密杀害了。

崔琦留下的作品不多，大部分是赋、颂、铭、诔、箴、论等，共有十五篇。但他生不逢时，遇上权奸当道的时代，像他这样的正直文人便只能直言取祸了。

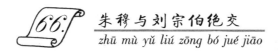

66. 朱穆与刘宗伯绝交
zhū mù yǔ liú zōng bó jué jiāo

朱穆（100—163 年），字公叔，南阳（今属河南）宛人。年仅五岁时，就有了孝敬父母的名声。他的父母生病的时候，朱穆因忧虑父母病情而不思茶饭，一直守护在父母身边，等到父母病情有所好转时，他才恢复正常的饮食。

朱穆上学后，在学习上专心致志，因为全神贯注地思考问题，常常遗失帽子、衣服之类的东西。有时，连走路都在背诵书中的篇章，以至顾不上看路，常被坑坑洼洼绊倒。这种勤学不辍的精神，一直坚持到终老，在他五十岁时，还拜隐居于武当山的赵康叔为师，以弟子之礼对待赵康叔，态度极为谦恭。赵康叔死后，朱穆又为他料理了后事。他的父亲朱颉对幼年朱穆这种专注于学问的态度很满意，但同时又担心他这样痴迷，会变成书呆子，不懂人情世故。

朱颉的担心是没必要的，长大后的朱穆不但学识渊博，而且为人也极有主见，他处世严谨，并且善于待人接物，尤其是坚决不同品行不良的人进行交往。

由于他家世代为官，亲朋中做官的人很多，这些人见朱穆品学皆优，都来引荐朱穆。所以朱穆二十岁时便由县令升任督邮。督邮是汉代郡的重要官吏，代表太守督察县乡，宣达命令，还兼有办理诉讼案件、逮捕罪犯等司法权力。

一次，朱穆前去迎接新到任的郡太守，太守见迎接自己的这名督邮这么年轻，感到很意外，于是就问朱穆："你年纪轻轻就做了督邮，是因为你家族中有做官的，你沾了光，还是你真有才学？"朱穆不亢不卑地回答说："全郡的父老盼望太守，如同盼望孔圣人一样，都说不是颜回那么贤能的人，怎么能去迎接孔子一样的太守您呢？于是就让我来了。"新到的太守听后，觉得这个年轻人非同小可，于是又问起郡里的风俗人情，朱穆都一一应对如流，语言清楚得体，恰到好处。太守见年轻的朱穆果然才学非凡，便感叹说："我是绝不敢自比孔子的，但你这个督邮却完全如颜回一样贤能！"自此后，太守放心重用朱穆，后来将他举为孝廉，到中央尚书台任职去了。

顺帝末年，长江、淮河之间的百姓爆发骚乱，朝廷官员长期无法平息，有人向当时刚任大将军的梁冀举荐朱穆前去平定。梁冀也素闻朱穆的名声，就征召他做了自己的军事参谋。朱穆起初对大将军梁冀还寄有厚望，他上书给梁冀，劝他多听忠言，任用正直贤良之人，远离奸邪之徒，诛杀那些百姓痛恨已久的奸佞小人。并引用《易经》中"龙战于野，其道穷也"的话，解释当时朝政出现了混乱，主要是因为小人当权，忠直之士不被任用。梁冀刚刚看完朱穆的上书，有人就来报告说在沛郡（治所在今安徽濉溪西北）有两条黄龙出现。梁冀不学无术，对经学占卜这些事情一窍不通，以为正应验了朱穆"龙战于野"的说法，心里很害怕，就听取了朱穆的一部分建议，提升了几名朱穆推荐的官员。

朱穆有感于当时社会风气日趋奢靡，淳朴敦厚的风尚日渐衰微，就作了《崇厚论》，指出"率性而行谓之道，得于天性谓之德"。推崇率真本性，批判礼法的虚伪，他说："道德以仁义为缚，淳朴以礼法为贼。"就是说仁义束缚了表现真实个性的自由，虚假的客套更使朴实无华的真情荡然无存。社会上的人们都在追名逐利，以势利眼看人，到处充满虚伪和冷漠，没有半点真情和爱心，导致"虚华盛而忠信缚，刻薄稠而纯笃稀"的世风。这篇文章语言酣畅淋漓，举例用典信手拈来，主题切中时弊，行文气势如虹，批驳时弊一针见血，读起来铿锵有力，发人深省。

朱穆有个朋友叫刘宗伯，是个十足的势利小人。得志前装得满像个谦谦君子，得志后便目空一切。朱穆从前做丰县（今江苏徐州西北）县令时，刘宗伯的母亲刚去世，在守孝期间，刘宗伯脱去孝服，去拜见朱穆。朱穆做侍书御史时，刘宗伯也亲自去看望他。后来刘宗伯升了大官，年俸到了二千石，职位超过了朱穆后，便派一名小吏代替他去看朱穆，朱穆生气地说："我又不是你的属民，你没有必要通过这种方式来显示你的尊贵！"

从与刘宗伯的前后交往中，朱穆更感世风日薄，人们交往的原则日益趋向相互利用，不能以信义为本。于是写了一篇《绝交论》，指出交友应坦诚相待，互无私心，彼此尊重。而时下的人们总是想结交有权有势的人，为了取得这些人的欢心，常常不顾廉耻，表面上讲义气，其实背地里是违背公平之心而成全其私欲。《绝交论》揭露了世间人情淡薄、世态炎凉的本质。

梁冀依仗为顺帝、桓帝皇后的两个妹妹，越来越专权，也越来越专横，朱穆对他非常看不惯，便又上书劝谏，指出梁冀贪财好货，挥霍无度，使朝廷的费用十倍于从前，为此加重了赋税，过分盘剥人民，任用贪官污吏，支持家奴为非作歹，这是在和天下所有的人结怨，终将触怒人民。朱穆劝梁冀停止收受各地的进贡和馈赠，不要再修建豪华的宅地和园林。朱穆的这次上书言辞非常激烈，然而梁冀并没有听从他的劝谏。

梁冀专权自恣，任用贪官污吏，多方搜刮民财，天下百姓苦不堪言，各地的反抗暴动时有发生。这一年，冀州发生了大规模的反抗运动，于是梁冀便派朱穆到冀州去任刺史。朱穆到任后，冀州各郡县的官员害怕被朱穆查处其贪赃枉法的罪行，有四十多人离官而去。

朱穆后来又被调到中央任尚书，由于他历来痛恨宦官，早想剪除这些人，就上书给皇帝，指出宦官本是官中的侍者，不应干涉朝政，而现在却把持着国家政务。他们本身并无才德，只靠谄媚讨好君主，从而获得信任，接着就胡作非为，连他们举荐的官员也都是些贪赃枉法、鱼肉百姓的奸邪之徒。宦官为害不浅，应该及早铲除。但皇帝没有听从他的建议。朱穆毫不灰心，有一次在朝堂上，他当面向皇帝提议惩治宦官，整顿朝政。皇帝见朱穆总是把矛头对准自己身边亲近的宦官，很生气，理都不理他，起身退朝了。他跪在那里不起来，直到大臣们都散去。朱穆打击宦官的愿望最终没能实现，反而惹怒了宦官，他们便在皇帝面前多次诋毁他。朱穆生性刚直，不愿见风使舵，所以心情很郁闷，不久就病逝了，死时六十四岁，家无余财。他留下的文作大约有二十篇，包括论、策、奏、教、书、嘲、记等多种体裁。

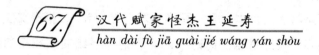

67. 汉代赋家怪杰王延寿
hàn dài fù jiā guài jié wáng yán shòu

王延寿（约124—约148 年）字文考，一字子山，南郡宜城（今属湖北）人，是《楚辞章句》的作者王逸之子。他博学多才，可惜二十多岁就死去了，是我国历史上为数不多的早熟而又早夭的作家之一。他的作品现存不多，虽仅有《鲁灵光殿赋》及《梦赋》和《王孙赋》的残篇，但因为奇诡怪诞，故而独树一帜。

王延寿少年聪慧，颇有文才。根据《后汉书·王逸传》记载，王延寿少年时游鲁国，曾作《鲁灵光殿赋》，作为其代表作品，这是汉代散体赋中很有特色的一篇，也可以说是汉代最后一篇有名的大赋。其取材立意虽然也属状宫殿、颂汉室，没有什么新意，但在具体描写上却生动形象，具有很高的艺术价值。相传当时著名学者、辞赋家蔡邕也曾想写关于灵光殿的赋，但当他看到王延寿这篇《鲁灵光殿赋》后，为其新奇的想象力和宏伟的气势所折服，于是辍笔不作，可见这篇赋确有过人之处，以至于刘勰在《文心雕龙》中也称其"善图物写貌"、"含飞动之势"，一语中的，指出了这篇赋的特色。

王延寿被人们称为"赋家怪杰"，"怪"和"奇"是其创作的主要特色。他往往通过怪异巧妍的构思和新奇的想象来进行创作，为严谨、华丽的汉赋注入了一股新的活力，形成了自己独特的风格。他的《鲁灵光殿赋》不像《上林赋》、《甘泉赋》等篇那样对宫室建筑全貌加以描状，与一般的写羽猎、宫苑、祭祀的大赋也有所不同，它构思新奇，只对一个具体的灵光殿进行了由远而近，由外而内，从总貌写到墙、阙、门、阶，然后分叙厅堂的宽大宏伟，厢廊的幽邃深秘，栋宇的奇异壮丽，雕刻的生动传神，图画的精美逼真，从而把灵光殿穷奇极妍、巧夺天工的建筑艺术一览无余地展现出来，让人看后有身临其境之感。景物描写也是生动传神，活灵活现，无时无刻不体现着"怪"、"奇"两字，如其描摹建筑上的木雕造型：

飞禽走兽，因木生姿：奔虎攫挐以梁倚，仡奋舋而轩鬐；虬龙腾骧以蜿蟺，颔若动而躨跜；朱鸟舒翼以峙衡，腾蛇蟉虬而绕榱；白鹿子蜺于欂栌，蟠螭宛转而承楣……神仙岳岳于栋间，玉

女窥窗而下视；忽瞟眇以响像，若鬼神之仿佛。

《鲁灵光殿赋》全篇脉络清晰，层次分明，全赋可大体分为五部分。第一部分主要讲灵光殿建筑的历史，并由灵光殿的岿然独存，引出对大汉社稷的颂扬；第二部分主要介绍灵光殿外部情况，作者发挥巧妙的构思和奇特的想象，由远及近，由外到内，描绘了灵光殿的嵯峨高峻和威武神灵，给人以一种神圣不可侵犯之感；第三部分着重介绍灵光殿的内部装饰；第四部分介绍内部结构和殿内的雕刻和图画，殿内所刻飞禽走兽神态各异，奔虎、虬龙、朱鸟、飞蛇、白鹿、蟠螭、狡兔、黑熊，或曲屈盘旋、或摇摆扭曲、或展翅欲飞、或盘曲绕木，或攀橼相追，刻画得生动形象，可以看出王延寿怪异的想象和恰当的夸张；第五部分归结到赞颂大汉，赞颂君主。这种层次鲜明的结构安排，体现出作者独具匠心的构思和追求完整性的艺术思想。

《鲁灵光殿赋》不仅显示了汉代建筑绘画的艺术风貌，而且表现出作者追奇求新，相当活泼的想象力。作者在文中运用了多种表现手法，一方面，作者将夸张、白描、比拟和比喻有机地融合在一起。比如，他形容灵光殿的高峻，先以白描手法直接刻画，说灵光殿嵯峨高峻，令人畏惧。随后加以比拟，状貌如雄伟的积石，又像帝王宫殿那样威武神灵，继而加上夸张，屹立如高耸的山峰而又幽深弯曲，这样一来，灵光殿的高大峻极就充分展现出来，给读者留下清晰、生动的印象；另一方面，作者在赋中将夸张运用得恰到好处，形容灵光殿像帝宫一样威武神灵，虽然人们并未见过天上的宫殿，但人们知道地上君主的宫室，天上的宫殿不过是地上君主宫室的映像。因此，这种夸张，不但不使读者迷惑，而且使人更清楚地认识了灵光殿的雄伟高大。夸张作为一种艺术手法，在文学作品中经常运用，在汉赋作品中更是必不可少，因此夸张也是汉赋的艺术特点之一。王延寿的《鲁灵光殿赋》夸张虽使用不多，但如此恰到好处，确实不可多得。更重要的是，被称做"赋家怪杰"的王延寿，虽然没有跳出对大汉王朝、对君王的歌功颂德，但其横溢的才华、奇特大胆的想象、恰如其分的夸张，都能体现出这位早熟作家的与众不同，这也是他"怪"的一种表现。

王延寿与张衡、马融都是同时代的汉赋大家，张衡的《二京赋》、马融的《长笛赋》和王延寿的《鲁灵光殿赋》都是东汉中期著名的传统大赋，都有很高的艺术价值。同张衡和马融相比，王延寿作品思想的深刻程度、内容的含量等方面都有差距，但其作品的险怪、好奇、求新的特点却是别人无法比拟的，在东汉乃至整个中国文学史上都有其独特的地位。

68. 刘梁办学：用善行感化民众
liú liáng bàn xué：yòng shàn xíng gǎn huà mín zhòng

刘梁，字曼山，又名刘岑，东平宁阳（今山东泰安市西，大汶河南岸）人。他是皇族后裔，但到他父亲一辈，家道已经中落了。刘梁的父母都死得很早，留下刘梁一个小孩子，只能靠变卖家中的藏书来维持生计。就这样刘梁一边读书一边卖书，贫困的生活并没有使他沉沦，反而更加磨砺了他，再加上书籍的熏陶，使刘梁从小就性格坚强，心地正直善良。

长大成人后，刘梁非常关心社会上的事情，他曾写了一篇《破群论》，批评当时社会上结党营私、彼此关照、互相利用的交游风气。人们读了他的这篇文章后，都深有感触，认为孔子作《春秋》使那些乱臣贼子惧怕不已，而刘梁的《破群论》，则会使那些到处拍马逢迎、拉关系、结群党、谋私利的庸俗之辈羞愧难当，无地自容。可惜这篇文章后来散佚，我们现在读不到了。

刘梁还写过一篇《辩和同论》的文章。孔子说："君子和而不同，小人同而不和。"（《论语·子路》）意思是说君子交友都出于公心，相互交往以道义为标准，不会曲意迎合；而小人则是出于私欲，与人交往都是徇私情，朋党之间相互苟合，不能坚守道义。依据儒家君子相交的原则，针对当时的社会风气，刘梁在《辩和同论》中进一步指出：君子交友处世的原则是"和"，只要有利于他人、有利于社会的事情就做，反之则坚决不做。君子应嫉恶如仇，对别人的缺点和错误不姑息迁就，而是负责任地指出来；小人处世的原则是"同"，即只要遇到对自己有利的事就去做，交友也是趋炎附势，只结交那些能提携自己的人，而且往往随意屈从有权势的人的意志，迎合这些人的想法，不能直言相谏。他用了个形象的比喻，说"和"有如调味品，虽然有酸甜苦辣，但能把水调成味道鲜美的汤；而"同"则像水，把水加到水里，还是水，索然无味。所以与君子交往可以提高自己，和小人交往不但无益，有时还有害。刘梁在文章中还引经据典，举了不少例子，论证做人要客观公正，依理而行；不要心存私虑，搞阴谋诡计，耍小聪明。

刘梁有才学，人品又很好，再加上是皇族，所以很快就被征召做了官。汉桓帝时，刘梁出任北新城（今河北涿县境内）长。北新城是个很小的县，只有几千户编民。按当时的官制，辖区人口一万户以上的县，长官称为"令"，不足一万户的县，长官称做"长"。

北新城不仅小，而且还处在汉朝北部的边地。刘梁到这个又小又偏远的小县上任后，注意到这里能读书识字的人很少，几乎没有人从事教学活动，百姓不知礼义，缺乏教化。于是刘梁下决心要改变这种落后面貌。他想到从前在边远的蜀郡做太守的文翁，有感于当地教育落后，曾在那里兴办学校，教导百姓。后来，那里的人们文化素质大大提高，文化繁荣发达的水平几乎赶上了礼乐之邦的齐鲁地区。文翁因此受到了当地人民的极度推崇。刘梁决心以文翁为榜样，以极大的热情投入到了兴办教育的事业当中，他坚信，只要办教育，就会使落后的地方发生神奇的改变。

除了仿效文翁外，他还常以庚桑楚自比。庚桑是道家学派的继承者，楚国人，和老子同乡。据说他得到过老子的真传，非常有智慧。庚桑楚得道后就到了楚国北部的畏垒山，他在那里住了三年，就使那里形成了浓厚的文化气氛，人民变得淳朴敦厚。外地的人都觉得很奇怪，而当地的人则说："庚桑先生初来时，对他的言行，大家都看不惯，认为他很怪异，与我们原有的风俗习惯格格不入。然而日子久了，就潜移默化，不知不觉接受了他的影响。现在我们居然每天都在考虑，和庚桑先生比起来，自己还有哪些不足，还需要做哪些改进，每过一年，我们都会觉得自己的学识、修养又提高了一大截。"刘梁觉得自己也应像庚桑楚那样，用自己的言行来感化民众！

刘梁办学的热情并没有因北新城是个小地方而有丝毫减弱，正如他在《辩和同论》中表达的思想一样，只要依道义行动，对社会有益，在哪里都可以做出有意义的事情来。他说："吾虽小宰，犹有社稷。"意思是说我虽然是一个小县的县官，但对国家同样负有重大的责任，丝毫不能懈怠，他要为官一任，造福一方。于是在北新城亲自选择校址，建造校舍。校舍造好后，渴望求知的学生从十里八乡云集而来，最后竟招纳了数百名学生。一个仅有几千户人口的小县，在当时有这样的办学规模，确实难能可贵。

学校成立后，刘梁就利用公务之余，亲自到讲堂去传授知识，讲解儒家经学，对教育事业倾注了全部心血。他督察学生非常严格，每到学期末，总是亲自来组织考试，检查学生的学绩。刘梁的言行也感动了这些求学的学生，他们学习非常勤奋，进步极快。这些学生受刘梁的感染，学成回去后也都担负起传播文化知识的任务。没过几年，北新城这个小县便形成了浓厚的文化气氛，不但识文断句的人多了，而且大家讲究礼仪，孝敬父母，言行举止也都变得文明起来。

刘梁办学的功绩，不但被当时的人们称颂，后世的人们对他的恩德也念念不忘，认为他兴办学校，教化民众，使北新城人的后代都受益无穷。

刘梁因办学而闻名，被征召到中央机关，任尚书郎，他还在中央任过一些别的官职。后又被派往野王县（今河南泌阳）任县令。刘梁看到官场风气污浊，群奸当道，就没去上任，而是回家乡过起了简朴、充实的耕读生活。灵帝光和年间（178—183年），刘梁病逝。他的孙子刘桢是大名鼎鼎的"建安七子"之一。

刘梁一生没做过什么高官，虽是皇族，也不显贵，但他兴办学校，教化民众的行为非常值得推崇；他主张为人要严正，光明磊落，令人折服。在他面前，那些尸位素餐、庸碌无为的达官显贵们显得黯然失色。

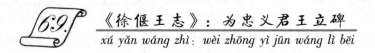

《徐偃王志》：为忠义君王立碑

xú yǎn wáng zhì：wèi zhōng yì jūn wáng lì bēi

　　《徐偃王志》是汉代的一篇志怪小说，原书已经佚失，佚文仅见于《博物志》卷七。"志怪"者，顾名思义，"志"就是记，"怪"就是奇奇怪怪的事情。非常之人，非常之物，非常之事，都是志怪小说反映的对象。《徐偃王志》的主人公徐偃王，就是一位不同寻常的君王，他出生怪异、相貌奇特、胆识过人，极富传奇色彩。

　　徐偃王的传说，来源于西周时东方的徐国，它古属东夷，位于今天的淮河流域下游一带。传说，当时徐国国君的一位妃子，怀胎十月，一朝分娩，却产下了一枚如鸟卵模样怪异形状的东西。她以为是不祥之物，就偷偷地把它扔到河边。河边住着一户名叫独孤母的人家，家中豢养着一只名叫鹄苍的猎狗。那日，鹄苍正独自在河边猎食，忽然发现了这只怪卵，就把它小心翼翼地衔回了家中。独孤母见后，又是奇怪又是怜惜，于是便取来茅草等物覆盖它，使它获得温暖。谁料没过几日，一个男孩子竟被"孵化"出世了。他就是后来徐国的国君——徐偃王。徐偃王出生时，神态恬静而安详，四肢朝天，平躺着身子，因而取名为偃，"偃"就是仰卧的意思。

　　徐偃王的身世可谓是十分神奇。古代先民，由于生产力的原始和落后，无法对自然界和人世间的种种神秘现象作出科学的解释，于是，创造了神话解释它。先民们认为，帝王将相和古英雄与神冥冥之中一定是精神相通的，他们或是神灵附体，或是在神的帮助下降临，总之绝不同于凡尘中人。于是就竭力想象并大肆渲染本民族杰出人物的出生是多么不平凡，多么神异！

　　徐偃王素以仁义闻名于世。他十分体察百姓疾苦，处处为民着想。在古代先民心目中，受人拥戴的君王，首先要勇猛威武、骁勇善战，同时还不失一颗宽厚仁爱之心，才称得上是真正的贤君。而徐君的仁义，正是百姓渴求和仰慕的。徐偃王治国的才能也很出众，在他的精心治理下，徐国蒸蒸日上，物业丰饶，百姓安居乐业，国力渐渐强大起来。徐国原来属于周王室东边不太引人注目的无名小国，如今渐渐成为东夷各族中的头号强国。

徐国位于淮河流域，属于东夷族的一支，它像别的国家一样，早就对周王室的霸道做法不满了。只是苦于时机不成熟，只好暂时忍气吞声。偃王在位期间，徐国国力渐渐强大起来，江淮地区的小诸侯国远慕偃王仁义之名而来，甘愿俯首称臣，臣服的国家竟有三十六个。国力日长的徐国，其势力几乎可以与强大的周王室匹敌抗衡。

徐偃王不平凡的身世和卓越业绩，恰似一个伏笔，昭示着徐偃王在未来的帝王生涯中，将有一段不平常的经历。

一日，酷爱狩猎的偃王像往常一样去打猎，突然一道红光划过天边，从天而降一副朱红色的弓箭。他手捧"天弓天箭"，心中异常激动，这岂不是天神显灵吗？天意不可违，出战的时机到了！他以名为号，自封为徐偃王。三十六个东夷国，欢呼雀跃，纷纷赶来朝拜。

消息传到周王耳中，寝食不安的周王即刻号令：铲除徐国，消除隐患！几乎是迅雷不及掩耳之势，徐国被包围了。徐国没有抓住作战时机，突然被围困意味着出战的计划流产了。

望着铺天盖地的战车和战马，雄心勃勃的偃王犹豫了，是战还是退？战，可逞一时野心，但也会使徐国生灵涂炭。战争，尤其是古代的战争，枪对枪，矛对矛，十分残酷，转瞬之间可能出现"血流漂橹，尸横遍野"的悲惨景象。一贯体恤民情的偃王，再一次动了恻隐之心，他不忍看到昔日富足安乐的徐国变为一片荒野。他更不愿竖起白旗，向对手求和。徐偃王决定撤离徐地。

这时，百姓们携妇挈子，引车牵马，自愿追随偃王出逃，人群浩浩荡荡，约有上万人。这蔚为壮观的逃亡景象，为徐偃王的仁义之举打上了圆满的句号。周王的不仁不义和徐偃王的有仁有义昭然揭于世人眼前。

徐偃王逃亡的地点是彭城武原县，在今天江苏邳县，后人在这里竖起石室，命名为徐山，来纪念偃王的仁义美德。徐山也成为了一座历史的丰

碑，表达了后世人民对一代义君永远的仰慕和怀念。

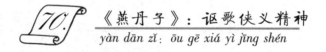

《燕丹子》：讴歌侠义精神

yàn dān zǐ: ōu gē xiá yì jǐng shén

　　古往今来，英雄侠义故事历来为人们所津津乐道。那些身怀绝技的武侠英雄们，或扶危济困，或除暴安良，或古道柔情，或风流倜傥，总是能引起人们无限的崇敬和遐想。正因为如此，表现武侠英雄行侠仗义的文学作品层出不穷，它们在很大程度上满足了人们扶正祛邪、对幸福安宁生活的追求，所以这些作品成为了中国文学宝库中的一批珍品。追根溯源，第一部颂扬英雄侠义精神的小说作品当属东汉年间出现的《燕丹子》。

　　《燕丹子》，作者不详。它取材于民间广泛流传的"荆轲刺秦王"的故事。在东汉年间出现的许多杂传杂记类作品中，《燕丹子》最具有小说性，它没有像史传那样讲述主人公由生至死的全过程，只截取了燕太子丹为报仇雪耻而倾心结纳荆轲、荆轲为报知己而赴秦廷行刺的故事片断，有力地突出了荆轲以弱抗暴、慷慨赴死的英雄气概和悲剧精神。

　　战国末年，强秦鲸吞天下之势日益明朗，弱小的燕国不得不把太子丹送到秦国做人质，以求得暂时的安宁。狂傲的秦王对丹极其无礼，而且故意刁难太子丹不让太子归国，秦王说，只有天上掉下了粮食而不是雨，马长出犄角，才放他回去。太子丹满怀悲愤仰天长叹，一腔衷情感天动地，天上真的下了"粮食雨"，马真的长出了犄角，秦王只好履行诺言放走了太子丹。《燕丹子》的故事就这样奇丽地展开了，它从一开始就奠定了慷慨悲壮的感情基调。

　　太子丹回到燕国后，把自己所受到的冷遇当做奇耻大辱。他决心招纳天下的英雄、勇士，寻机刺杀秦王，这样既可报自己受辱之恨，又可拯救燕国不至于灭亡。他的老师曲武为此向他推荐了谋士田光。太子丹热切地希望远道而来的田光为自己排忧解难，然而深沉睿智的田光经过三个月的观察、思考后，认为太子丹手下的门客夏扶、宋意、武阳等人都不可用，他郑重地向太子丹推荐了侠士荆轲。田光说："荆轲是个神勇的人，发怒时神色不变。为人博闻强记，体强骨壮，不拘小节，常欲建立大功。太子想要成事，非此人不可。"《燕丹子》的主人公于此时正式出场，经过了多方衬托、多层铺垫，对于突出主人公人物形象、深化作品主题起到了很好的作用，这恰是小说创作中典型的塑造人物的方法，显示出《燕丹子》在构思方面的匠心独运。田光受太子丹的委托去延请荆轲，在向他转达了燕太子的倾慕之意后，田光便自杀了，因为太子丹嘱他不可泄露国家大事，田光认为太子丹对他有疑，深以为羞，于是选择自杀以明志。老迈刚烈的田光之死为《燕丹子》又增添了一抹壮烈的色彩。

荆轲来到燕国，太子丹对他十分礼遇，亲自为他驾车。荆轲坦然地接受了太子的谦让，他已经了解太子的衷情，又看到太子丹非常礼贤下士，所以心中把他当做了知己，就不再讲客套。在太子丹为荆轲举行的酒宴上，夏扶试探地问荆轲有什么才德能为太子出力，荆轲从容地说道："有超凡德行的高士，不必先受乡下人的赏识；有千里之行的骏马，何需先靠驾车来证明？我要尽自己的才力，使燕国继承昔日贤君召公的美德，让太子成为三王之后的第四王、春秋五霸之后的第六霸。"荆轲的话，使满座的人既叹服又疑虑，而太子丹则大喜，心中暗自庆幸，以为得到了荆轲就大志可图了。

从此以后，太子丹对荆轲更是处处关怀，时时问候。荆轲在花园中拾瓦片投蛙，太子让他用金块儿；荆轲说千里马肝味道鲜美，太子就把马杀掉送上马肝；荆轲羡慕弹琴的美人有一双巧手，太子竟然断美人之手用玉盘奉上……他还经常与荆轲同桌吃饭，同床睡觉，甚至不再提起刺杀秦王之事。这一切都被荆轲记在心里，他暗暗地在积蓄着力量，以报答燕丹子的知遇之恩。

光阴荏苒，三年过去了。这一天，荆轲庄重地同太子丹谈起了自己的使命。他精辟地分析了秦强燕弱的形势，向太子丹提出了刺杀秦王的具体方法："樊於期将军得罪秦国逃到了这里，秦国追捕得很急。另外，燕国督亢之地辽阔肥沃，秦一向垂涎欲得。现在我们用樊将军的人头，再加上督亢地图献给秦王，图中卷上匕首，秦王一定因欢喜而召见使者。到那时，我们即可行事了！"太子丹听了荆轲的话，又欣慰又震惊，他知道这是一个好办法，但不忍心杀害危难之时投奔自己的樊於期，此事就延缓了下来。然而誓死报效燕丹的荆轲径直去找樊於期，他激动地对樊於期说："将军得罪了秦国，全家被杀。现在我欲借将军之头，与燕国督亢地图进献于秦。趁秦王召见之时，我会左手拽住其袖，右手直刺其胸，清算他负燕国、害将军的罪恶。这样燕国之辱可昭雪，将军之恨可消除了！"樊於期被荆轲的激情所感动，他心潮起伏，涕泪交流，奋然而起说道："灭家之仇，於期日夜想报。今闻壮士所言，我的心愿已足。"于是他毅然拔剑自刎，头垂在背后，满含热泪的双眼仍怒视着苍天！闻讯而来的太子丹伏在樊於期的尸首上痛哭不已，而荆轲只是深深地跪拜下去。

秋风萧瑟，易水腾波。身负使命的荆轲要出发了，燕丹子和几个知情者都穿着白色衣冠为他送行。人们默默无言，几盏淡酒饱含着说不尽的慷慨悲壮。谈笑风生的荆轲为大家献歌助兴："风萧萧兮易水寒，壮士一去兮不复还！"他的朋友高渐离击筑伴奏，宋意在一旁唱和。歌到高昂时，座中人怒发冲冠；歌到哀婉时，人们潸然泪下。接着，荆轲与助手秦武阳登上马车出发了，他们头也不回。夏扶在车前刎颈以送两位壮士，天地间激荡着一股荡气回肠的侠烈豪情！《燕丹子》对侠义精神的赞美在此处达到了高峰。

荆轲和武阳到达秦国后，秦王果然召见了他们。二人捧着樊於期的人头和督亢地图登上了大殿。这时，钟鼓齐鸣，森林般排列在殿下的群臣武士们山呼万岁。秦武阳被这种气势吓坏了，他面如死灰，两条腿都迈不开步子了。秦王奇怪地问怎么回事，荆轲机警地回答："北方小国之人，没有见过天子，望陛下原谅。"随后，他捧着地图上前献上。秦王展图观看，图穷匕首现。说时迟，那时快，荆轲一把抓过匕首，左手拉住秦王的衣袖，右手执刀直刺向秦王的胸前，嘴里斥责道："你这暴君，负燕国太久了。樊将军无罪却被杀了全家，今天我要为天下报仇！"这时，殿下大乱，武士们想冲上来却有投鼠忌器之嫌，没有秦王命令，谁敢带武器上殿？秦王毕竟是有雄才大略的一代开国帝君，他心中惊恐，但急中生智，要求听琴声而死。鼓琴的乐女在琴音中告诉秦王挣断衣袖、跳过屏风、拔剑自卫。荆轲不解琴音，秦王趁机脱身，绕柱而逃。荆轲奋力投出匕首，穿透了秦王的耳朵，刺入铜柱，溅出火星。秦王拔剑，回身砍断了荆轲的双手。荆轲面不改色，倚着铜柱扬声大骂："我失于轻信，被你这小子骗了。可叹燕国不能报答，我荆轲不复为人！"

荆轲刺秦王的壮举以失败告终，虽然他没有完成燕丹子和樊於期的重托，但是，他履行了自己的承诺，表现出大无畏的英雄气概和舍生取义的侠义精神。从整个作品来看，《燕丹子》主人公的某些行为在今天看来不一定值得褒奖，比如太子丹想要阻止国家的统一，他结交荆轲的手段显得残忍，荆轲报答太子丹的心意有些狭隘等等。但是这部小说的主旨在于颂扬侠义精神，从这一点出发，它巧妙地安排了结构，生动地渲染了情节，鲜明地突出了人物，使作品由始至终洋溢着一股强烈的豪侠之气，给读者带来了莫大的艺术感受。因此，这部小说仍然取得了成功，它当之无愧地成为后代英雄侠义小说的开山之作。

71. 赵晔开历史演义先声
zhào yè kāi lì shǐ yǎn yì xiān shēng

在世界文学宝库中，历史演义小说是最具有中国民族文学特色的。它们介乎史学与文学之间，用文学的手法再现历史上的事实，这样既能使读者了解过去所发生的事情，又可以得到艺术美的享受。与概括史实的史籍相比，它们富于形象描述，情节生动、感人；与敷衍虚构的历史题材小说相比，它们又表现得严谨、平实。这种形式的作品，是中国文化对世界文化的独特贡献，它典型地体现了传统的中国文化综合形态的内部各学科领域之间存在的兼容性。在中国小说题材的大家族中，历史演义小说是相当重要的一支。其"始祖"可追溯到东汉年间出现的《吴越春秋》，它的作者赵晔是开历史演义先声的第一人。

　　赵晔，字长君，会稽郡山阴县（今浙江绍兴）人。大约生活于东汉明、章、和、殇、安诸帝（58—125 年）之间，家境小康，早年受过一定的教育，颇有文化修养。他秉性清高，而且有些怪癖。《后汉书·儒林列传》中记载，赵晔年轻时做过县里的小吏，曾被派去接待郡里来的督邮，由于他不愿意阿谀逢迎，所以干脆弃职不干了，跑到犍为郡资中县（今四川资中），向当时的一位经学家杜抚学习《韩诗》。不知是因为潜心于学问还是对家人有怨，他竟然一连二十年也不捎个信回去，家里人还以为他死了，直到杜抚死后他才回到家里，此时他大约已到不惑之年了。州里召他出来做官，他仍然未去就职，只是接受了被推荐为有道之士的荣誉。正是由于赵晔如此不务功名务学问，才使后人有幸欣赏到了《吴越春秋》这样扬名于文史两界的作品。除了《吴越春秋》外，赵晔还有《诗细历神渊》传世，据说这部作品更受当时的学者蔡邕的赏识，认为它胜过了王充的《论衡》。不过人们还是更看重《吴越春秋》的史学与文学价值。

　　《吴越春秋》首先是一部史书，它比较详细、系统地记载了春秋时期吴越两国的历史。全书的前半部叙述了吴国史事，后半部叙述了越国史事。吴国的历史一直追溯到吴国的开创者太伯的祖先后稷，从后稷历经公刘、古公、太伯、寿梦、余昧、王僚、阖闾等君王，结束于吴王夫差；越国的历史则从越国始祖无余的祖先夏禹写起，禹下六代至少康，又经无余、元常等君，至勾践时达到全盛，传至越王亲，为楚国所灭。这些史事，很大一部分散见于《左传》、《国语》、《史记》等史籍，表明作者基本是以忠实历史的态度来记录历史的，而且，它所收录的史料要比其他史书丰富得多。比如《吴太伯传》中载太伯"葬于梅里平墟"，现在江苏省无锡县梅村乡就留有此古迹。再如《王僚使公子光传》中记载专诸为了刺杀王僚而"从太湖学炙鱼"，现在江苏吴县胥口乡留有炙鱼桥就是佐证。这些史事并不见于《左传》、《史记》等史书，但现实中都有遗迹可考，说明它们绝非无稽之谈，从这一点来讲，《吴越春秋》可作为正史的有益补充，它的史书性质也就由此而得到了印证。

　　作为一部史书，《吴越春秋》载史的体例也颇有独特之处，它融合了我国古籍中所见的国别体、编年体和纪传体之长，独具"三体合一"的特点。从它专记吴、越两国史事看，它可属国别体；从以年系事来记两国历史沿革看，它类似编年体；从它以人物为中心，突出人物在历史演变中的作为看，它又表现为纪传体。这种体例构思上的缜密性、系统性、独创性，为丰富我国古代史学作出了很大的贡献。从文学创作的角度来分析，这种构思方式也非常有利于作者剪裁史料，安排具有典型性的情节，塑造具有典型性格的人物，揭示历史上的兴废存亡带给人们的思考和启发。

《吴越春秋》又是一部文学作品，而且它的文学成就远远超过了它的史学成就。从选材与构思这个角度来讲，作者善于从丰富的史料和传说中选取最富于故事性的生动情节，加以敷衍、铺排，并辅以合理的想象、虚构，构成有头有尾、脉络清晰、层次分明、前后呼应的完整故事，而对史实进行适当的增饰、以完整的故事的方式来揭示某个抽象的道理，恰好是历史演义小说特有的"专长"。如在《王僚使公子光传》中，作者就用这种方式详尽地介绍了伍子胥的身世及其活动，其中的很多内容并不见于历史，而且它们与吴国的历史也没有太大的关系，从史书的角度看，这些文字就成了赘笔，然而这正是文学作品不可或缺的。其他如越女试剑、袁公变猿、公孙圣三呼三应、伍子胥兴风作浪等情节，"尤近小说家言"，虽然没有什么史料价值，却是地道的文学素材，这些都是《吴越春秋》的文学性超过史学性的重要因素。

《吴越春秋》的文学性还表现在作品中的人物形象大多鲜明、生动，作者赵晔善于通过人物的行动、对话、表情、心理等方面来刻画人物的性格，或者运用对比、衬托等手法来强化人物的个性或情节内涵。比如"伍子胥亡命奔吴"故事中，主人公的出场是在楚平王诱捕的紧要关头，作者紧紧抓住伍子胥和伍尚弟兄二人一去一留这种截然相反的想法与行为，有力地突出了伍子胥深刻的政治洞察力和"能成大事"的政治才干。伍子胥在逃亡中决心"因于诸侯以报仇"，表现了他的成熟决断；伍子胥历经千辛万苦奔往吴国，表现了他的坚忍不拔；伍子胥向公子光荐专诸以刺王僚、荐要离以刺庆忌、荐孙武以用兵，表现了他的深谋远虑、待机而发；

伍子胥鞭戮楚平王之尸以及"倒行而逆施"的答语，又表现了他的怒火冲天、不顾一切……这些内容为读者塑造了一个栩栩如生的古代忠勇之士的形象，使人每每不禁悚然动容、扼腕叹息。此外，作品中的其他人物也各具风采，如德高望重的太伯、深沉稳重的阖闾、刚愎自用的夫差、清逸豪侠的渔父、朴实善良的捣丝女、形弱神强的要离、深谋远虑的范蠡、忍辱图强的勾践等等，他们各以其独特的性格魅力，共同演绎着春秋时代吴越两国的风云变幻，带给后人许许多多人生的感悟和生活的慨叹。

《吴越春秋》的作者还善于通过环境、气氛的渲染，创造出一种情景交融的境界，给读者带来深刻的感染，比如在描写越王勾践入吴为奴时，作者勾勒出一幅"浙江之上，临水祖道，军阵固陵"的严峻肃杀的图景，使读者倍感凄凉悲壮；而勾践与范蠡回归时，则是"望见大越，山川重秀，天地再清"，明丽清朗的景色也使读者仿佛看到了越国光明美好的未来。这种艺术手法虽然简练，但很传神，对于加强情节的生动性起到了很好的辅助作用。

《吴越春秋》的语言也颇可称道，它语汇丰富，骈散相间，潇洒简练，顿挫悦耳，表现出作者精湛的用语技巧，对于加强作品的表现能力，同样给后人以巨大的启示。

由于史料的严谨丰满和艺术上的夸饰精美，《吴越春秋》当之无愧地成为中国历史演义小说的开山之作。作为先行者，它为后人留下了许多弥足珍贵的经验，尽管个别艺术技巧显得粗糙、不尽成熟，尚有可完善之处，但是无论如何，这部作品在我国史学界和文学界的地位是不可动摇的，它的作者赵晔开历史演义先声的贡献是不可磨灭的。

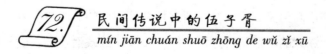

72. 民间传说中的伍子胥
mín jiān chuán shuō zhōng de wǔ zǐ xū

在传统京剧舞台上，有一出经久不衰的折子戏叫做《文昭关》，说的是楚国忠臣伍子胥因受迫害而逃往吴国，在经过文昭关时，得知关上张贴着捉拿他的画像，为此他忧心如焚，一夜间竟然愁白了头发。谁知这样恰好使本人与画像大不相同了，因而得以通过关口，逃离险境。这出戏之所以脍炙人口，既是因为演员精湛的表演和优美的唱腔，又是因为故事本身富于浓厚的传奇色彩。伍子胥"一夜白头"的民间传说，表明了人们对英雄落难的深切同情。《吴越春秋》中对伍子胥奔吴故事也做了精彩的记录，其中虽然没有"一夜白头"的生动情节，但也不乏令人激动、慨叹的神来之笔。

伍子胥与其祖伍举、父伍奢、兄伍尚本来三代为楚国忠臣，可是荒淫无德的楚平王即位后，宠信奸佞小人费无忌，下令要杀害太子建，并囚禁了太子的老师伍奢。费无忌知道伍奢的两个儿子伍尚、伍员（子胥）都为贤能之士，尤其是伍员，勇武刚烈，不容小视，因此，他让楚平王把二子诳来一并杀害。伍尚仁慈温厚，明知此去凶多吉少，但不忍弃父亲而独生。他含泪嘱咐伍子胥速离险境，将来为自己和父亲复仇，兄弟二人就此诀别。伍尚至楚后，果然与父亲一起遇害。伍子胥力劝兄长不成，只得满怀深仇大恨，独自开始了亡命天涯的奔逃，他决心依靠他国诸侯之力，为自己报这不共戴天之仇。

伍子胥先逃到了宋国，他是来投奔先行逃到这里的太子建的。不料宋国大夫华氏谋杀了宋元公，国内大乱，君臣二人只好又跑到了郑国，接着又到了晋国。晋国国君晋顷公得知郑国人对太子建很尊重，就让太子建充当内应，打算灭掉郑国。太子建回到郑国后，因为计谋败露被郑国所杀，伍子胥只得带着太子建之子胜逃向了吴国。经过边界昭关时，他被关吏认了出来。关吏想抓住他请赏，伍子胥机智地说："主上抓我是因为我有一颗宝珠，现在我的宝珠丢了，你若抓我，我就说宝珠被你吞掉了，主上一定会剖开你的肚子取珠的，你不怕死吗？"关吏被吓住了，他可知道楚平王的残暴，于是他送了个顺水人情，放走了伍子胥。

伍子胥逃到长江边上，举目四望，水天一际，渺渺茫茫。前无去路，后有追兵。正在这危急关头，一只小船悄然从下游溯水而上。伍子胥喜出望外，急切地大喊："船家快来渡我！"船上的渔父听到了，正要傍船靠岸，忽见旁边有人窥测，渔父机警地唱了一支歌："日月明亮呵渐渐地奔前，与你相约呵在芦苇岸边。"伍子胥心领神会，来到岸边等候。渔父又用歌声催促他："太阳下山啦我的心忧伤悲哀，月亮升上来啦怎么不上船来？事情更加紧急啦该怎么办？"伍子胥跳上船，早已心怀默契的渔父把他渡到了很远的地方。

上岸以后，渔父这才仔细地观察伍子胥，发现他面有饥色，便说："我去给你拿些吃的来，你在这树下等我。"渔父走后，伍子胥疲惫地打量着周围的一切。忽然，他心中悚然一惊：这个渔父是什么人？他是不是去找人了？于是他迅速地隐身于芦苇丛中。过了一会儿，渔父拿着麦饭、鱼羹和水走来，看到树下已没了人影，他微微一笑，心知伍子胥在猜疑他，于是又歌了一曲："苇中人啊苇中人，难道你不是穷途之贤？"这样唱了两遍，伍子胥才从芦苇丛中走出来。两人没有更多的解释，彼此一对眼神，就已经肝胆相照了。

要分手了，伍子胥解下身上的佩剑送给渔父："这是我先父的宝剑，上面铸有北斗七星，价值百金，我用它来报答您。"渔父慨然说道："我听说楚王有令，抓住伍子胥者，赐粮五万石，封爵位执圭，这些不止百金。宝剑赠义士，您用得着，还是自己带着吧！"伍子胥许久说不出话来，他仰头望着天，极力不使自己落下眼泪。过了好一会儿，他微微地说："请教义士尊姓大名。"渔父也很激动，但是他还很清醒："先生不必再问，'今日凶凶，两贼相逢'，你我都成楚国的贼人了。贼人相逢，贵在默契，何必问姓名呢？但愿富贵莫相忘。"伍子胥不再说什么了，他嘱咐渔父藏好饭食和水，不要露出痕迹，就转身踏上了征途。刚行了几步，听到身后传来声响，他回头一看，渔父已翻船自沉于大江之中了。伍子胥的泪水哗哗地奔流而下，他哽咽着，深深地向大江长揖到地。

满怀着对侠肝义胆的渔父的感念，伍子胥继续向吴国前行。这一天，他来到吴国溧阳这个地方。长期颠沛流亡的生活，使伍子胥身染重病。他又渴又饿，只得向人家乞食。有一个三十来岁的女子正在溧水边上捣丝，伍子胥看到她的竹篮中有饭，便抱着一丝希望凑上前去："夫人，给点饭吃吧。"女子停下手中活，上下打量着伍子胥，见此人虽然面容憔悴，但身材魁梧，眉宇间露出掩饰不住的轩昂之气。女子心中一动，说道："小女子与母亲住在一起，三十岁了还未嫁人，哪里有多余的饭食呢？"伍子胥恳切地说："夫人救助一下我这末路之人吧，少给一点饭也行啊。"捣丝女知道面前非寻常人士，她自言自语地说："我不能违背人情啊。"于是她果断地打开竹篮，拿出饮食和水，长跪在地捧给伍子胥。伍子胥只吃了两口就放下了。捣丝女看出了他的心思，真诚地说："君有远行之路，何不饱餐一顿呢？"伍子胥感激地望着捣丝女，他很快吃完了饭，向捣丝女告辞。女子凝望着远方，幽幽地叹了一口气："唉，妾身独与母亲居住了三十年，自守贞节，不愿意嫁人，怎能送饭给男人吃呢？越礼亏节，我不忍啊。先生您上路吧！"伍子胥心中百感交集，他再一次向捣丝女致谢，然后转身迈开了脚步。刚行了五步，听到背后"扑通"一声，他回头一看，贞明节烈的捣丝女已投入滔滔的溧水。

落难的英雄伍子胥饱经风霜，历尽千辛万苦终于来到了吴国京城。他披发涂面，跛脚装疯，游荡在大街小巷。他是在试探吴国君主是否识才用贤。好在吴国公子光安插在市场上的官吏发现了他，认为他是一个非常之臣，向吴王僚举荐了他。从此，伍子胥有条不紊地展开了他的复仇计划。他施展自己的政治、军事才干，帮助公子光夺权成功，并辅佐吴王阖闾（公子光）治国强兵，处处显示出英雄本色，最终率领吴国军队攻进了楚国，把楚平王的尸体从坟墓中掘出，痛鞭三百下以泄其恨，实现了他报国仇、平家恨的人生志愿。

俗话说，忠臣孝子，人人得而敬之；乱臣贼子，人人得而诛之。伍子胥的英雄落难和奔吴复仇的故事，并不仅仅是出于他个人狭隘的恩怨，而是反映了那个时代人民群众崇拜英雄和崇尚正义的愿望。作为历史演义小说开山之作的《吴越春秋》，在叙写伍子胥这个历史人物的经历时，既按照历史本来的状况加以记录，又融进了大量的民间传说；既肯定了伍子胥的历史功绩，又渲染了人民群众对英雄的同情和美好祝愿。所以，它给读者带来的感受是多方面的，它给后代文学带来的影响是十分深远的。

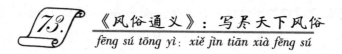

73. 《风俗通义》：写尽天下风俗

fēng sú tōng yì: xiě jìn tiān xià fēng sú

《风俗通义》又称《风俗通》，是东汉应劭所著的一部考释名物、议论时俗的书籍。何谓"风俗"，本书是这样解释的："风者，天气有寒暖，地形有险易，水泉有美恶，草木有刚柔也；俗者，含血之类，像之而生，故言语歌讴异声，鼓舞动作殊形，或直或邪，或善或淫也。"可见，"风"是一个地方的自然地理特征，"俗"是一个地方长期形成的文化特征。"风"、"俗"合称，是指不同的地域，不同的地理特征使人们形成的不同的人文特征。

本书作者应劭，字仲远，一作仲援或仲瑗，东汉汝南南顿（今河南项城西南）人，生卒年已经不可考证，灵帝时以孝廉为车骑将军何苗的属官，中平六年（189年）任泰山太守，曾参与镇压黄巾起义，后弃郡投奔袁绍，建安二年（197年）任袁绍军谋校尉。后在兵乱中卒于邺。应劭的一生，正生活在一个动荡不安的年代，他感到自己有如身处战国时代的乱世，在《风俗通义》的序中，应劭自认为写《风俗通义》就像春秋末期孔子删定《诗》、《书》一样，为的是拨乱反正，保存正统礼乐制度，使后世的人们知道三皇五帝的事情，知道那些人文地理名称的由来和本义，通晓圣王之道，熟悉正统的典章礼仪制度。"通"或"通义"的含义就是要"辨风正俗"，明白事理，然后以此教化民众，统一思想行动，使天下得到大治。这也是应劭著此书的目的所在。虽然应劭的著述目标不可能实现，但他却给我们留下了研究东汉社会生活的丰富资料。

《风俗通义》内容博杂，从三皇五帝讲起，到评论其他各种人物的言行得失；从礼乐祭祀，山川河流，到鬼怪神妖等，涉及社会生活的诸多方面。但杂而不乱，无论是讲述王霸之事，评骘人物，还是探究礼乐制度，批判鬼怪神妖等，都本着一个宗旨，那就是用儒家思想来观察一切，来评价一切。从而使读者明白天下风俗只有达到儒家提倡的境界，才算是正统的、最高的境界。

开篇为《皇霸》卷，讲三皇五帝、三王五伯之事。应劭对这些君王的功业，一一作了辨析，并考究了这些称号的由来。例如，他说"黄者，光也，厚也，中和之色，德四季，与地同功，故先黄以别之也。""舜者，推也，循也，言其循尧绪也。"黄帝与地同功，地色为黄，又是中和光厚之色，所以尊称为"黄"，而舜帝依尧帝之法管理社会，遵循不悖，因名为"舜"，应劭认为三皇五帝、三王五伯是"三五复反，譬若循连环，顺鼎耳，穷则反本，终则复始也"。这显然是汉代儒学大师董仲舒的历史循环说。

当时有些人对典籍的理解主观臆断，望文生义，对一些事物胡乱解释，应劭专以《正失卷》为《风俗通义》的第二卷，对此一一予以纠正。例如，当时俗语流传"夔一足而用精专，故能调畅于音乐"。说夔这个人只有一只脚，所以用心专一，能调畅音律。应劭认为事实不是这样，他仔细查考，根据《吕氏春秋》的记载，对此作了纠正。原来是鲁哀公问孔子："乐正夔一足，信乎?"孔子回答说："从前舜以夔为乐正，夔精通音律，能和五声通八风，使天下顺服。舜认为音乐是天地的精华，能使人节制得失，只有贤能之人才能掌握音乐的本质，而夔就有这方面的才能，像夔这样的人，有一个就足够了。"此是"夔一足"的本义，根本不是一只脚的意思。在纠正错误的同时，让人们看到了舜帝不以音乐为消遣娱乐工具，而是用音乐来教化百姓，治理国家，具有圣王之德。

在《愆礼》、《过誉》、《十反》、《穷通》卷中，应劭本着儒家的人生理想和礼仪道德规范来品评人物，褒贬得失。这一做法，前承刘向的《新序》、《说苑》，后启刘义庆的《世说新语》，可以使人看到人物轶事小说发展的大概脉络。应劭把人物分为若干类，比如遵礼太过者，称为"愆礼"、"好大言而少实行"；名不副实者，称之为"过誉"，等等。他还以一件实例，来说明自己对儒家"礼"的理解：九江太守武陵威，刚生出他时母亲就去世了，常因没有母亲可孝敬而悲叹。一日，他在路上遇见一位六旬老妇，因孤苦无依正要投奔亲戚家去，武陵威问明老妇娘家姓陈，而他的生母也姓陈，且推算起来，老妇的年岁和死去的生母相仿。于是武陵

威就用车把老妇载回家去，以对待母亲的礼节来侍奉。应劭评论说，按照礼仪规矩，对于路人，动恻隐之心，为帮助她解决实际困难，接回家中供养是可以的，但不能以对母亲的礼节来侍奉，因为只有母亲和继母才能享受这样的礼。所以应劭认为武陵威是属于"惩礼"。

《风俗通义》还专门列了《祀典》卷，详细介绍了各种神灵的由来及祭祀方法。对盲目迷信、胡乱祭祀祈福的人，他引用孔子的话进行批驳："非其鬼而祭之，谄也。"即不是你应当祭祀的鬼神而去祭祀，是谄媚于神鬼。《山泽》卷介绍地理名称的由来及象征意义，比如说泰山是"万物之始"、"五岳之长"，天子易姓改制，就应到泰山封禅"以告天地"。《声音》卷介绍了六律以及笙、瑟等二十三种乐器，指出"乐者，圣人所以动天地，感鬼神，按万民，成性类者也"。诠释了音乐有巨大的教化功能。在表现音乐的巨大力量时，他叙述了这样一个故事：乐师师旷为晋平公奏乐，先奏徵声，平公大悦，于是想请师旷演奏清角之乐，这是最悲壮激昂的乐调，师旷劝谏说这种音乐除了德广功厚如黄帝那样的君王，才可以听，别人是不配享受的，听了之后一定遭灾。平公喜好音乐，认为自己年事已高，一定要听一听这稀世之音。师旷不得已，便弹奏清角之乐，刚一奏就有云从西北飘来，再奏变成了狂风暴雨，把房中的帷幕都刮裂了。酒杯、器皿掉在了回廊上，吓得晋平公伏在大厅的一角不敢动。此后一病不起，晋国三年大旱。这个故事情节很简单，但内容离奇，表现手法独特，特别是狂风暴起的那段场景描写，非常逼真，生动地塑造了晋平公这个人物形象，具有志怪小说的特点。

总之，《风俗通义》这部书是以儒家的政治、文化思想为指导的，书中的引言都出自《诗经》、《尚书》、《礼记》、《论语》、《春秋》等儒学经典；所记内容也是根据儒家思想原则来选录的，涵盖了国家政治活动、社会生活、个人修养、礼乐文化等各个方面，主旨是想使天下同风同俗，都归到儒家的各种规范中，以期帮助东汉王朝摆脱危机，恢复正常的封建统治秩序。从表达方式看，书中有记叙，有议论，有描写说明。《四库总目提要》这样评价应劭的笔法："其书因事立论，文辞清辨，可资博洽，大致如王充《论衡》，而叙述简明则胜充书之冗曼。"从文学发展的角度看，书中记录的故事生动，语言通俗，人物各具特征，记述故事运用了虚构、想象的手法，极具志怪小说的特点，有的片断还被后来的《搜神记》所采用。汉代是小说的生成期，《风俗通义》中的故事便是其中的一个标志。

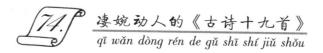

74. 凄婉动人的《古诗十九首》

qī wǎn dòng rén de gǔ shī shí jiǔ shǒu

东汉末年有数量不少的无名氏"古诗"，代表了当时文人五言诗的最高艺术成就，标志着东汉文人五言诗的成熟。这些无名氏"古诗"，可以《古诗十九首》为代表。《古诗十九首》最初见于梁昭明太子萧统（501—531年）编的《文选》。因为作者姓名失传，时代不能确定，故《文选》题为"古诗"。

关于《古诗十九首》的作者和时代，历来有许多推测，或谓枚乘

春米画像砖。这里反映了作坊春米的情景。米粮是百姓的生活必需品，始终是市场交易的主要商品之一。

（？—约公元前 140 年）、傅毅（？—约 90 年），或曰曹植（192—232 年）、王粲（177—217 年）。在西汉一代不但没有任何人写过纯粹的五言诗，正如刘勰（约 465—约 539 年）《文心雕龙》所说的"辞人遗翰，莫见五言"，而且也不曾有过其他篇幅短小的抒情诗能达到《古诗十九首》这样的技巧水平。当然不可能是枚乘所作了。傅毅与班固（32—92 年）同时，那时的文人才开始试作过五言诗，还不可能有《冉冉孤生竹》这样的成熟之作。如果傅毅曾作五言诗，钟嵘（约 468—约 518 年）的《诗品》不会一字不提的。如果说《古诗十九首》产生于曹植、王粲的时代，也有许多疑问。汉末建安年间，洛阳被董卓焚毁，早已化为灰烬，而《古诗十九首》作者眼中的洛阳还是两宫双阙，王侯第宅尚巍然无恙，冠带往来游宴如故。何况洛阳没有遭到破坏之前，王粲尚幼，曹植并未出世。从五言诗的兴起和发展以及有关历史事实综合考察，《古诗十九首》不是一人所作，大致产生于桓灵之世。

公元 167 年汉桓帝死后，有近十年间，宦官势力达到独霸政权的地位，东汉的政治进入了最黑暗的时期。面对危机四伏、动荡不安的社会大破坏的现实，一大批中下层知识分子仕途失意，不得不漂泊异乡。《古诗十九首》大抵就出自这些文人之手。他们反映的思想内容是很复杂的。有的写宦途坎坷，如《今日良宴会》、《西北有高楼》、《回车驾言迈》；有的写离愁别绪，如《青青河畔草》、《行行重行行》、《孟冬寒气至》、《客从远方来》、《明月何皎皎》、《冉冉孤生竹》、《庭中有奇树》、《迢迢牵牛星》；有的写游子思归，如《去者日以疏》、《涉江采芙蓉》；有的写人生无常，及时行乐，如《生年不满百》、《青青陵上柏》、《东城高且长》、《驱车上东门》；有的写世态炎凉，怨友不援，如《明月皎夜光》；还有的写闺中怨情，如《凛凛岁云暮》。《古诗十九首》的作者通过对闺人怨别，游子怀乡，游宦无成，追求享乐等思想内容的描写，表现了浓厚的伤感情绪。他们和民歌作者不同，大都是属于中小地主阶级的文人，为了寻求出路，不得不远离故乡，奔走权门，或游京师，或谒州郡，来求得一官半职。这就是诗中所言的"游子"和"荡子"。他们长期在外，没有官职，家眷不能同往，彼此之间就不能没有伤离怨别的情绪。于是思妇就会有"浮云蔽白日，游子不顾返"、"荡子行不归，空床难独守"的叹息；游子就会发生"思还故里闾，欲归道无因"和"客行虽云乐，不如早旋归"的感慨。当他们游宦四方，"策高足"、"据要津"的愿望不能实现，又得不到友人的援引时就会发出怨友不援的牢骚："昔

东汉击鼓说唱俑。俑左臂挟鼓，右手举槌，作击鼓说唱表演状，神情幽默风趣，姿态生动活泼，具有很强的艺术感染力，使我们不由联想：他说唱的内容是什么？

我同门友，高举振六翮，不念携手好，弃我如遗迹。南箕北有斗，牵牛不负轭。良无磐石固，虚名复何益！"那些落魄失意的文人、没有出路的游子看到京洛等地的繁华，联想自己朝不保夕的处境，就又发出命如朝露、人生如寄的哀伤之情。既然死不可免，那还不如生前享乐，这种消极思想也就随之产生。于是"不如饮美酒，被服纨与素"的纵情享乐思想就自然流露出来了。

从《古诗十九首》中，我们不但能看到东汉中期以后社会动荡的影子，而且可以在艺术享受的满足中感受到其何以赢得"惊心动魄，一字千金"（钟嵘《诗品》）的崇高评价。

《古诗十九首》的艺术成就是非常突出的。其主要艺术特色是长于抒情，其抒情方式往往是用事物来烘托，融情于景，寓景于情，二者紧密结合，如《迢迢牵牛星》、《明月何皎皎》等诗，抒写愁情，凄怆真切，达到了天衣无缝、水乳交融的境界。

《古诗十九首》的另一显著特点是善于通过某种生活情节抒写作者的内心活动。例如《西北有高楼》一首：

西北有高楼，上与浮云齐。

交疏结绮窗，阿阁三重阶。

上有弦歌声，音响一何悲！

谁能为此曲，无乃杞梁妻？

清商随风发，中曲正徘徊；

一弹再三叹，慷慨有余哀。

不惜歌者苦，但伤知音稀。

愿为双鸿鹄，奋翅起高飞。

　　这首诗写的是一个追求名利的失意者的心情。诗并不抽象地写他如何怀才不遇，失路彷徨，却通过高楼听曲这一具体事件的描绘，流露出对那位歌者的同情："不惜歌者苦，但伤知音稀。"从而表明主人公对那个只闻其声、未见其面的人来说是一个旷世知音，希望自己化为鸿鹄同她一起奋翅高飞，流露出主人公虽愿奋发有为，但却四顾无侣的苦楚。这首诗不仅构思巧妙，而且把失意者的内心活动表露得如此凄凉哀婉，不由得让人拍案叫绝。

　　谐音字、双关语以及比喻的使用，使语言平白浅显而含意深长，具有浓郁的民歌气息，这是《古诗十九首》又一高超的艺术技巧。《古诗十九首》格调高雅，句意平远，像秀才对朋友叙说家常。它的语言不饰雕琢，浅近自然，如高天行云徐徐飘荡，像山间泉溪汩汩流淌，看似平淡无奇，品则回味无穷，凄婉动人，情深意切。称它为"五言之冠冕"（刘勰《文心雕龙》），是当之无愧的。《古诗十九首》代表了汉代五言抒情诗艺术的最高峰，形成了其独特的艺术风格，成为我国文学史上早期抒情诗的典范，从它所达到的成就及其在诗歌创作上所产生的影响来说，它在我国文学发展过程中，占有相当重要的地位。当然，《古诗十九首》主要反映的是动荡社会中中下层知识分子的生活与感情，开我国伤感文学的先河，对后代文人创作也有很大影响。

75. 击鼓骂曹的"狂士"祢衡

jī gǔ mà cáo de kuáng shì mí héng

祢衡（173—198 年），字正平，平原般（今山东临沂）人，东汉末年著名的辞赋家。从小就有文才、辩才，书信公文，无所不能。为人清高自负，语言行动常常出人意表。广为流传的"击鼓骂曹（曹操）"的故事，最能反映他独特的性格世界。命运多舛的祢衡曾先后依附于曹操、刘表、黄祖，皆不顺意，终被黄祖所杀。祢衡的悲剧是时代的悲剧，也是历史的悲剧。其实，表面上狂放不羁、傲慢无礼的祢衡，内心深处却是纯真的、无邪的。他抱定了坚贞的节操和志向，毫不动摇，甚至不惜以此去一试暴君的锋芒。祢衡的纯洁是无可怀疑的。对这一点，曹操不愿理解，刘表、黄祖无法理解，但黄祖的大儿子黄射却理解了。他和祢衡结成了最知心的朋友。遗憾的是，他不在其位，没有力量阻止悲剧的发生，结果只能眼看着祢衡走向毁灭，而没有一点办法。这是后话。还是让我们先来追溯一下祢衡在荆州及江夏的情形吧。

祢衡被曹操派往荆州。刘表及荆州人士非常敬佩他，对他礼待有加。祢衡也以出众的才华，赢得了刘表的信任。刘表各类文章的草拟以及各种事项的议定，没有祢衡的参与，就决不付诸实施。有一次，刘表及众谋士竭尽全力起草了一份章奏，正巧让祢衡看见了，祢衡打开后没等看完，就撕成碎片扔在地上，刘表等人非常震怒，一时气氛非常紧张。祢衡于是从他们手中要过纸笔，略加思索，一挥而就，文辞意态之不同，大大出乎在场人的意料之外。刘表大为高兴，因而也更加看重他。后来，祢衡终因恃才傲物，触怒了刘表，被送到黄祖手下。祢衡来到江夏，黄祖最初也非常器重他。一方面，祢衡的才华，容易掩饰他性格上的弱点；另一方面，祢衡的率直也未必就不是一种优点。所以，粗暴如黄祖的人，在开始的时候，也往往可以和祢衡保持融洽的合作。据《后汉书·文苑传下》记载，祢衡被黄祖任命为书记，干得得心应手。黄祖想到了又说不出来的话，祢衡常常一下子就可以点出来。所以，黄祖十分爱惜他。有一次，黄祖拉着祢衡的手诚恳地说："处士此正得祖意，如祖腹中之所欲言也。"黄祖的大儿子黄射，当时任章陵太守，和祢衡非常要好。他们曾一同出游，看到了大书法家蔡邕写的一篇碑文。黄射太喜欢其中的文辞了，后悔自己当时没有记下来。结果，祢衡说："吾虽一览，犹能识之，惟石中缺二字，为不明耳。"于是提笔写了出来。黄射让他的手下骑马去核对，果然像祢衡所写的那样，黄射左右的人无不惊叹。一次，黄射大会宾客，祢衡也参加了这次盛会。宴会上，有人献了一只鹦鹉，黄射举着酒杯来到祢衡的面前，说道："祢处士，今日无用娱宾，窃以此鸟自远而至，明慧聪善，羽族之可贵，愿先生为之赋，使四座咸共荣观，不亦可乎？"祢衡提笔稍思，很快就写了出来。不用说他辞采的华美，单说祢衡在写作过程中不停顿、不修改、一挥而就的特点，也够使人吃惊的了。后来，黄祖在战舰上大会宾客，祢衡也参加了。宴会上祢衡出言不逊，使黄祖非常难堪，黄祖就大声呵斥他。谁想祢衡瞪着黄祖骂开了，这次黄祖不能容忍了，就喝令手下拉出去打他一顿。祢衡一听，更是骂不绝口。黄祖一气之下，就下令把祢衡杀了。黄射听到消息，连鞋子也顾不上穿，急忙赶来救援，可惜为时已晚。据《后汉书·补注·衡别传》记载，黄射听说祢衡已经被杀，悲痛地流下眼泪。他对父亲说："此有异才，曹操及刘荆州不杀，大人奈何杀之？"黄祖只得回答："人骂汝父作锻锡公，奈何不杀？"显然，骄横的黄祖，在才干见识上要远逊色于他的儿子。黄祖性急，终于酿成了不可挽回的后果。

　　看似狂妄的祢衡，实际上内心是很凄凉的。他生在军阀割据、国运危殆的时候，虽有大才，有大志，但在野心勃勃的军阀豪强面前，他的才志无疑是难以施展的。这注定了祢衡和那些军阀豪强们的矛盾。祢衡那种愤世嫉俗的性格，显然也是黑暗现实压迫的结果。祢衡空有大志，却无所作为，这不能不在他心中引起巨大的痛楚，并引起激烈的反抗。从这一点说，祢衡的悲剧是命中注定了的。

　　祢衡曾应黄射的邀请，提笔写下《鹦鹉赋》，作者以传神的笔触，描写了鹦鹉孤独，凄凉的形象："惟西域之灵鸟兮，挺自然之奇姿……性辨慧而能言，才聪明以识机。"鹦鹉因其不凡的品性，很快招来厄运。它被捕获，运往内地。失去自由的鹦鹉，从此开始了悲剧的历程。它"眷西路而长怀，望故乡而延停"，"痛母子之永隔，哀伉俪之生离"。尤其当"严霜初降，凉风萧瑟"的时候，鹦鹉更是"长吟远幕，哀鸣感类"。作者在鹦鹉身上，倾注了一腔深情。鹦鹉的身世和命运，无疑是作者身世命运的写照。以祢衡的才志，结果却只能困居军阀的门下，无所作为，从中我们不是很容易看出两者之间的惊人相似吗？所以，《鹦鹉赋》实在是祢衡为自己、也为一切生不逢时的仁人志士谱写的一曲哀歌。

祢衡有才能、有抱负，但他终究无法施展他的才能和抱负，这倒不在于他的个性是驯顺的，抑或是刚烈的。说到底，祢衡的理想和抱负，与专制政治存在着不可调和的矛盾。曹操、刘表、黄祖，对祢衡的最初待遇都很高，但他深知，对这些野心勃勃的军阀豪强而言，他的才华并不具有真正的意义。至于他们对他的重用，那不过是为他们争权夺利的斗争捞取更可靠的资本，这决定了祢衡与这些军阀豪强矛盾的必然性，也注定了祢衡的悲剧命运。

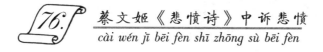

76. 蔡文姬《悲愤诗》中诉悲愤
cài wén jī bēi fèn shī zhōng sù bēi fèn

在中国文学史中，曾有一位以写悲愤诗而著称于世的才女，她就是东汉末年著名的女诗人蔡琰。蔡琰（177—？年），字文姬，又字昭姬，陈留圉（今河南杞县南）人，汉末著名学者蔡邕的女儿。

蔡邕喜好辞章、数术、天文，精通音律，善鼓琴。在其父的熏陶下，蔡琰从小就博学多才，尤其对音律有浓厚的兴趣，加之她聪颖好学，很快就崭露出非同一般的才华。一天晚上，其父鼓琴偶断一弦，在一旁玩耍的她，立刻就说出断的是第二弦。小小孩童，哪有这般神悟？其父不以为然，又特意断了一根，结果又被她所猜中：这是第四弦。所以，《后汉书

·董祀妻传》说她"博学有才辨，又妙于音律"，确为属实之辞，绝无溢美之意。

如此才女，却生逢乱世，一生坎坷，悲惨凄凉。父亲蔡邕所处的时代，是宦官专权、朝政混乱、战乱频起、民不聊生的东汉末年，正因为处于这样的时代，有血性、为人正直、才学显著的父亲，才屡遭迫害：先因上书论朝政阙失，遭诬陷，后被流放朔方。遇赦后，又因权贵诬陷，有家难归，亡命江湖十二年。蔡琰的命运与其父是患难与共、休戚相关的。她的少年时期，就是在这种颠沛流离的苦难生活中度过的。十六岁的时候，

文姬归汉图。"己得自解免，当复弃儿子。天属缀人心，念别无会期。存亡永乖隔，不忍与之辞。"（蔡琰《悲愤诗》）

她嫁给河东人卫仲道，不久，因夫亡、无子，遂寡居娘家。汉献帝兴平中（194—195年）天下动乱，四处交兵。董卓裹胁献帝逃至长安，在长安被部将吕布诛杀，蔡邕时为朝廷的左中郎将，封高阳乡侯，他闻董卓死讯后不禁为之叹息，因而获罪，被司徒王允所囚，蔡邕表示愿意服罪，愿受黥首刖足之刑，得以保存性命来完成《后汉记》的撰写工作，但王允不答应，蔡邕被处死于狱中。蔡琰则于兵荒马乱中为董卓旧部羌胡兵所虏，流落至南匈奴

（今山西一带）左贤王部，为左贤王所纳，在胡十二年，生有二子。建安中，随着曹操军事力量的不断强大，吕布、袁绍等割据势力相继被削平，

中国北方遂趋于统一。在这一历史条件下，曹操出于对故人蔡邕的怜惜与怀念，"痛其无嗣"，乃遣使者以金璧将文姬从匈奴赎回国中，让她继承父业纂修《后汉记》，蔡邕一生著述颇丰，因为战乱，全部丢失，蔡琰全凭记忆，默写四百余篇，为中国文化的传播作出贡献。这就是历史上所谓的"文姬归汉"的故事。后来，这个故事又被编入小说、戏剧，被之管弦，得以广泛流传。如建国后，郭沫若写过一部著名的历史剧《蔡文姬》，主要借助"文姬归汉"的故事，成功地塑造出蔡文姬这一女才子的形象。

文姬归汉后，再嫁于同郡董祀为妻。董祀虽为屯田都尉，但他并未因文姬曾为胡人生子而轻视她，故此，夫妻感情尚好。可不久，董祀犯法当死，文姬甚为悲痛，当她得知董祀蒙受不白之冤时，便亲自到曹府为丈夫辩解，进见之时，她蓬首跣行，叩头请罪，据理说明真相，纠正曹操的偏听偏信，文姬胸怀坦荡，然语意凄哀，众皆为之动容。曹操见其救夫心切，大为感动，遂下令特赦董祀之罪，并赐文姬头巾鞋袜以示褒奖。

蔡琰的最后结局，史载不详，但从上述经历来看，她毕竟是一个饱尝人世间艰辛与痛苦的不幸女子。尤其在兴平年间，她被掠到匈奴那段经历，显得更加悲惨。一个年轻女子只身流落到异国他乡，受尽了种种不堪忍受的折磨，此刻的心情除了悲愤之外还能有什么呢？再说，当她在南匈奴生活了十二载，生了两个孩子之后，曹操赎其归汉，这时，她的心情也一定是悲喜交加，难以割舍的。归汉是历史盛事，前朝有苏武归汉，今朝自己又能归国，怎能不令人高兴？从此，她这个被称为"中郎有女能传业"的才女，将得以一展才学，同时也可以消弭十二年来远离乡里、思乡怀旧的痛苦；然而抛别"尚未成人"的两个孩子，对一个做母亲的人来说，这又不能不说是一种极大的痛苦和不幸。正是在这种悲剧的背景下，她才写出了令人伤心堕泪的《悲愤诗》。

《悲愤诗》在我国诗史上是文人创作的第一首自传体五言长篇叙事诗。诗中生动地再现了诗人被虏途中悲惨的遭遇，长期滞留匈奴的思乡愁苦，归汉前母子骨肉分离的悲痛，回家后家乡一片废墟的感伤，这一切都以"悲愤"二字为中心，真实而深刻地反映了那个苦难的时代，特别是体现了动乱社会中妇女的命运。全诗按情节的发展，可分三大部分。第一部分先从社会大角度写汉末战乱，董卓篡权给人民带来的巨大灾难："汉季失权柄，董卓乱天常。志欲图篡弑，先害诸贤良。逼迫迁旧邦，拥主以自强。"然后把大视角逐渐缩小，写胡羌乘乱侵扰，自己被虏途中遭到的非人虐待以及目睹的惨象："斩截无孑遗，尸骸相撑拒。马边悬男头，马后载妇女。"匈奴兵的虐待，使无辜的人民痛苦到了"欲死不能得，欲生无一可"的地步。第二部分主要写诗人流落异地思乡念亲的悲哀、被赎归汉离别时与儿子分离时肝肠欲摧的痛苦，特别细腻地叙述了母子的生离死别，增强了全诗的悲剧色彩。可以说，背井离乡，骨肉分离，这既是诗人的悲惨遭遇，同时也是汉末社会动乱和人民苦难生活的真实记录。因此，诗人的悲愤，带有一定的典型意义，是受难者对悲剧制造者的血泪控诉。诗的最后一部分写归汉途中对儿子的怀念以及回到家乡后对败落景象的伤感。诗人在匈奴时日夜思念故国亲人，但归国后却见家人丧亡殆尽，连内外表亲亦无一人。家乡田园荒芜，白骨露野，人声断绝，豺狼号叫。诗人更感孤苦伶仃，无依无靠。

这些悲怆凄楚的诗句，既可以弥补史料之不足，又能触发读者的艺术想象。在史乘中，我们还无法断定蔡琰命运的结局，对其经历的记载也极为简略。但蔡琰诗中却再现了她身经亲人丧亡之苦、又罹流离战乱之难、终抱抛别亲人之憾的悲惨人生。使人不难想象，蔡琰如同封建社会中千千万万不幸的妇女一样，将是"一生抱恨常咨嗟"（《王临川全集》卷三十七）。不言而喻，对于了解封建社会妇女的命运和汉末的社会现实，这首诗有着深刻的悲剧意义和独特的认识价值。

这首叙事诗，在一定意义上可以说是感情的结晶体。它的特点是感情饱满、情绪激越、气势磅礴。从这里可以看出别子是诗人最强烈、最集中、最突出的悲愤，从这种悲愤中，我们看到了伟大母亲的爱心。诗人的情感在这方面挖掘得最深，因此也最动人，是令人叹为观止的艺术匠心之所在。

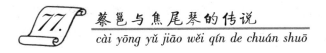

蔡邕与焦尾琴的传说
cài yōng yǔ jiāo wěi qín de chuán shuō

蔡邕是东汉末期杰出的辞赋作家，他的赋作不仅在艺术上具有鲜明的特色，短小精悍，有较强的抒情性，而且内容丰富，包罗万象，既有表现正直文人忧国忧民情怀的《述行赋》，也有抒发个人生活情趣的《琴赋》、《笔赋》，而后者则更全面地展现了一个典型的封建文人的生活情趣和艺术禀赋。

蔡邕是一个"旷世逸才"，在艺术上有多方面的造诣，擅长数学、天文，特别精通音律，善于弹琴，是一个精通琴道的行家里手。

蔡邕因为恪守气节而得罪了当权的奸邪小人，为了逃避迫害，他只好浪迹江湖，前后长达十二年之久。当他游荡于吴（今江苏、浙江等地）时，有一天，在寄宿的地方，好客的主人生火做饭招待他，生火用的柴禾就是桐木。桐木在火里发出"噼噼啪啪"的响声，被正在一旁的蔡邕听见了。他急忙把桐木从火里抢出来，扑灭还在燃烧的火苗，连连说："好桐木，好桐木，定可做成一把好琴。"一副如获至宝的样子。后来，他请人帮忙制作了一把精美的琴。因为琴的尾部已经被火烧焦了，所以就称这把琴为"焦尾琴"。从此，蔡邕携带这把焦尾琴，浪迹江湖，须臾不离。后世便以"焦尾琴"来泛指好琴，唐李咸用《山居》诗："焦尾何人听，凉霄对月弹。"元石子章《竹坞听琴》第一折："夜深了也，取下我这焦尾琴来，抚一曲遣我的心闷咱。"

关于蔡邕和琴、音乐的故事还有很多。有一次，蔡邕路过会稽郡高迁亭时，看见一间房屋是用竹竿做椽木。他仔细观察了一会儿，认定东边第十六根竹竿是制作笛子的好材料，就让人把那根竹竿取下来，果然做成了一支好笛子，吹奏起来声音清越高亢，并且带有一种独特的音调和韵味，确实与众不同。蔡邕在家乡陈留的时候，有一次他应邀去赴宴。当他到达时，正好碰到一位客人在屏风后面弹琴。蔡邕就止住了脚步，悄悄地站在门外仔细地聆听。不想一听却让他大惊失色，顿生疑窦："咦？明明是请我来赴宴，为什么琴声中却暗藏着杀机呢？到底是为什么呢？"蔡邕曾多次险遭不测，所以，为了慎重起见，他赶紧调转身离开了。旁边的人看见了，赶紧报告主人说："蔡邕刚才已经来了，但站在门外听了一会儿琴声后，就又匆匆忙忙地离开了。"主人连忙去把蔡邕追了回来，并向他询问是什么缘故。蔡邕就把琴声中暗藏着杀机的事跟他讲了。主人和其他客人都感到莫名其妙，这是从哪儿说起呢？本来是好意相邀，怎么会暗藏杀机呢？这时，那位弹琴的客人忽然想起来了，赶紧说："刚才我弹琴的时候，远远地看见一只螳螂正想扑向一只蝉，那只蝉也正想逃跑，只不过还没有飞起来，螳螂就这样一进一退的，搞得我心里也很紧张，老是担心螳螂动作慢了，那只蝉就飞掉了。难道是这种下意识的情感不自觉地融汇到我的琴声中，使它听起来好像暗藏杀机了吗？"蔡邕听他这么一说，点点头微笑着说："哦，是这样的，就是这么回事，这就对了嘛！"由此可见，蔡邕在音乐上的造诣确实已经达到了出神入化的地步。

蔡邕在音乐上堪称知音，能够真正体味鉴赏弦外之音，在现实中，面对险恶的仕途和政治争斗，他为了永葆自己清高纯洁的气节和操守，不得不四处逃避，被迫浪迹江湖，这对他的创作有很大影响。一方面他真切地接触到了社会现实的真实情况，表现出了封建文人忧国忧民的思想；另一方面，也使他醉心于个人生活情趣，表现出封建文人的雅趣逸致。除《琴赋》外，他的《笔赋》，对笔的制作工艺，也进行了较为详细周密的描绘。我们再联系到他所写的《篆势》、《隶势》，又证明了蔡邕同时又是一位高明的书法家。他曾因看见别人用扫帚扫地而从中受到启发，独创"飞白"体，独成书家一派。另外，他还有《弹棋赋》，也属于描写当时文人日常生活的内容。

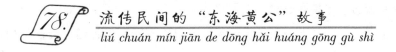

78. 流传民间的"东海黄公"故事

liú chuán mín jiān de dōng hǎi huáng gōng gù shì

"东海黄公"是西汉角抵"百戏"中的一个节目，取材于民间故事。它的故事情节在《西京杂记》中有颇为详细的记载：从前，东海的某个地方，有一位姓黄的老头，年轻的时候，练过法术，能够抵御和制伏毒蛇、猛虎。他常常以红绸束发，腰佩赤金刀，作起法来，可以兴云起雾，令平地化为一派山岭河流景象，本领很大。到了老年，黄公的身体越来越差，再施行法术的时候，就感到有些疲惫不堪，力不从心了。又加上他经常饮酒过度，更伤元气，所以渐渐地，法术就失灵了。秦朝末年，东海一带忽然出现一只凶恶无比的大白虎，时常伺机捕食人畜，危害乡里，弄得老百姓人心惶惶却又束手无策。大家都盼望黄公能像过去那样神勇，来制伏猛虎，为民除害。黄公心中也一直为虎患十分担忧，他也清楚人们的期望，所以，虽然自知老弱不行了，却终于还是强打起精神，提着心爱的赤金刀前往一试。结果法术根本不起作用，反被白虎所害。

黄公死后，关中一带的人民就将这个故事编成简单的角抵戏来演出，一个演员扮白虎，一个演员扮黄公。后来汉武帝把它采入宫廷，经过进一步艺术加工，就作为"百戏"的一个节目，在平乐观等场所演出，有时还用来招待外国宾客。

艺术加工过的"东海黄公"，成为汉代"百戏"中场景规模最大的节目之一。角色出场的顺序和情况大致是这样的：先是黄公大法师头裹红绸布，腰佩赤金刀上场，在台上表演一番他的法术，诸如吞刀、吐火及立兴云雾、画地成川等，一方面显示自己技艺高超，法力无边，另一方面也借以提高观众的兴致，引起轰动效应。接着是白虎上场。白虎也由人装扮，表演在东海危害百姓的情景。最后的场面是黄公挥动赤金刀再上，人虎相遇，黄公法术无效，反被猛虎咬死。

关于这个节目的演出情况，在山东沂南汉墓出土的"百戏"题材的画

像石中，有较为形象的反映：一人披散着头发，戴着虎头面具，身穿虎皮样的衣服，右手中持有一物，类似小旗子。在他面前不远处，还有一个小孩，两手撑地，两脚上翘，昂头匍匐状，似乎一脸恐惧神情。大概是白虎为患的情形。

而在文学作品里，张衡的《西京赋》则有最早且较为完整的描写："吞刀吐火，云雾杳冥。画地成川，流渭通径。东海黄公，赤刀粤祝，冀厌白虎，卒不能救。挟邪作蛊，于是不售。""流渭通径"是"画地成川"这一幻术的效果，实际上是借助某些原料和特殊装置来表演水的迅速增减隐现。"云雾杳冥"是"立兴云雾"这一幻术的效果。汉代百戏里，这两种幻术常常结合起来，提供一定的环境背景和氛围，同时，"立兴云雾"又可作为"画地成川"操作时的掩蔽。"赤刀粤祝，冀厌白虎"，是说黄公手持赤金刀，嘴里念念有词，祝祷作法，希望制服白虎。"挟邪作蛊，于是不售"，是说搬神弄鬼，施行邪法，法术无益，总是没有好结果。

可以看出，民间的"东海黄公"故事以及关中一带演出的角抵戏与汉武帝时的百戏"东海黄公"是有区别的。民间的"东海黄公"故事与角抵戏原本是一个悲剧，看后使人对黄公因年老体衰，饮酒过度，气力衰竭，以致不能有效地施展法术而被虎所害，产生无限同情，在一定程度上歌颂了黄公的侠义精神。而经过宫廷加工的百戏"东海黄公"，从张衡的描写来看，显然变成了一个装扮故事取笑的小戏，含有一定的讽刺意味。民间故事中颇具悲剧英雄色彩的黄公变成了装模作样、"挟邪作蛊"的法师。在没遇白虎前，吞刀吐火，兴云起雾，是那样神通广大；在遭遇白虎后，则全身哆嗦，狼狈不堪，最后白虎把黄公整个吞吃下去。"东海黄公"戏的这个演变反映了民间百姓和宫廷统治阶级之间欣赏趣味和娱乐需求的不同。